風に立つライオン

さだまさし

幻冬舎

風に立つライオン

目次

装幀　水戸部 功

〈序章〉二〇一一年早春

ミケランジェロ・コイチロ・ンドゥングの独白

雨雑《ま》じりの雪が降っていました。透明のビニール傘を叩く雨粒が傘を持つ右手の指先に響きます。

眼下の海は濃灰色に煙っていてほとんど何も見えず、左下でゆったりと海に注いでいる旧北上川も霞んで、河口にかかる日和《ひより》大橋をかろうじて認めることができます。でも、このもっと左奥に見えるはずの牡鹿《おじか》半島は全く見えません。

僕は少し寒さに震えながら、痺《しび》れるような指先だけで呆然と雨音を聞いていました。

「ダクタリ・ジャポネ……」

僕の吐いた息が自分の胸の辺りでほどけ白く周囲に拡散してゆきます。

「やっと」と言いかけて、僕は不意に込み上げてくる涙を必死でこらえました。

「航一郎《こういちろう》。やっと、あなたの国に来ましたよ」

僕は、ようやく胸の中でそう呟いたのでした。

「選《よ》りに選って……。こんなに悲しいときに……」と。

日和山《ひよりやま》神社の境内から見下ろす町には何もありません。

それはこの町だけのことではないのです。あの大地震と大津波とによって、この国はとてつもなく大きくて大切なものを失ってしまったようです。

瓦礫《がれき》の上に薄く白く雪が積もっています。悲しいものを白い布で覆い隠すように。

空爆を体験している僕でも、こんなに酷《ひど》い光景は見たことがありません。あたかも体温まで奪い尽くされてしまったかのようです。

和歌子《わかこ》。愛しいお母さん。

東北にはこんな町が数え切れないほどあります。東北ばかりではありません、東京も、長野も、静岡までも被災していました。日本の半分が歪んでしまったのです。

和歌子。

航一郎の故郷は今瀕死《ひんし》です。僕には涙がこぼれるのを我慢することはとても難しい。

日和山神社は少し高台にあります。

日本の神様のことは難しくて分かりませんが、正式な名前は「鹿島御児《かしまみこ》神社」といって、大昔、天皇家の先祖のために戦った神様とその子どもとが祀《まつ》ってあるそうです。

この境内には、あの日、とても沢山の人が避難してきました。水はすぐ近くまで押し寄せましたが、境内は無事だったそうです。それ以来、毎日かなり大勢の人達がここへやってくるようです。そうして自分が失ったもの、大切な故郷の変わり果てた姿を眺め、生き残った幸せと不幸せとを心の中で秤《はかり》にかけては、涙ぐんでため息をつくのです。

この町を訪ねる多くの人々も、まずこの丘に登り、町を眺めることから始めます。

もう少し待てば桜の季節です。ここは桜の名所でもあると聞きました。

航一郎や和歌子が自慢していた日本の桜の花を観るのが楽しみです。

ロキチョキオのあの街道沿いに咲き映えるジャカランダの、降りしきる薄紫の雨のような花でしょうか。あるいは、もっと美しいのでしょうか。

それよりも、こんな中でも桜は咲くのでしょうか。

ここへ来ることはとても大変だった。国を出るときに用意して貰った赤十字病院の推薦状を持っていても、それだけでは何の意味も持たず、僕がもしも（さほど上手ではないけれど）日本語を話すことができなかったら、この町まで辿り着くことさえ難しかったでしょう。

東京も被災して、人々はうろたえたままで、直接東北へ向かう道路は寸断され、移動手段もほぼ失われていました。僕のために緊急のビザ発給を、直接外務省にはかってくださった東北循環器病院の村上《むらかみ》先生とも、すぐには連絡もつかず（電話どころか、インフラのほとんどを被災地は失っていたのです）、僕は途方に暮れましたが、親切な東京の役所の人の配慮でボランティアグループに交じり、一度新潟へ出てから仙台に入りました。ボランティア同士のリレーのお陰ですが、結局、石巻《いしのまき》の赤十字病院に辿り着くまで東京から三日がかりでした。

この町に来て、今日初めてお休みを半日貰ったので、この場所に来てみました。

ここには既に十数人の、明らかに他の町からやってきたボランティアの人々がいて、お天気が悪いにもかかわらず、それぞれに何か話しながら見えない海を見ています。

境内の隅に青い色の茶店があります。ここは津波被害を免れたのに、まだ電気は復旧していません。それでもお店を開けているのが不思議でしたが、少しお腹がすいたので、ひょっとして食べ物があるかしら、とそこに入ってゆきました。すると店内に奇妙な緊張感が走ったので、僕はつい笑いそうになってしまいました。

黒い肌をした大きなガイジンがふらりと入ってきたら、きっとこの国の人達はみな同じように驚くと思います。あるいはアメリカから来た兵隊と思ったのかもしれません。おそらく世界中の誰でも急に外国の人に会うととても緊張します。

それは僕にも覚えがあります。ロキチョキオの病院で初めて日本人に出会ったとき、とても緊張したことを覚えているからです。あとで航一郎や和歌子は、あのとき僕がとても冷たい目をしていた、と僕をからかいましたが、はじめはあなたたちが敵か味方かも分からず、しかもその頃の僕は殺気立っており、一瞬たりとも警戒心を緩めることはできませんでした。でも、少しずつ少しずつあなたたちが〝少なくとも敵ではない〟ということを理解できるようになったのです。

日本人の中で、殊に航一郎は特別なアウラを放っていました。実際だって働き者で、せかせかと歩き、いつも笑顔に溢れ、何を言っているのか分からなくとも、少しずつ僕の味方なのだ、ということだけは感じるようになりました。

もっともあの頃の僕は頭がおかしくなっていましたから、彼の本当の優しさに気づいたのはずっと後のことでしたが。

それと、彼は相手構わずすぐにハグしましたね。懐かしいです。

「おめえよ」というのが彼の口癖でした。

だから僕が最初に覚えた日本語は「おめえよ」でした。しかしそれは悪い言葉なのだ、とあとで和歌子に諭されたことがありましたね。すぐに「あなた」「きみ」に直されましたが、今でも航一郎の明るい笑顔と「おめえよ」という明るい響きは僕の心の宝物です。

子どもの頃から和歌子や航一郎に、日常生活に困らないくらいの英語と日本語を教わったことが、今では僕の大きな財産になりました。何しろ僕が日本語を話すことは日本人をひどく驚かせるようです。

茶店に入って腰掛けると、十八歳くらいの（といっても僕には日本人はみな若く見えて本当の歳は分からないのだけれど）可愛らしいお嬢さんがお茶を運んできたので少し話をしました。

電気はないけれども備蓄していたガスボンベとコンロを使って、備蓄の材料で炊き出しをしているとのこと。

「僕はケニアから来ました。職業は医師です」と説明した途端、茶店の奥さんがなんだかとても感激して、三色団子という名物をごちそうしてくれました。その上、いくら言っても「炊き出しだから」とお金を受け取ってくれなかったのです。

僕は茶店で一人、ゆっくりと三色団子を食べました。トゥルカナにもお餅のような食べ物はあるけれども、日本の団子はずっと上品で甘く、少ししょっぱく、贅沢《ぜいたく》な味がしました。大袈裟《おおげさ》だけれど、日本へ来て初めて食べ物を食べたような気がしました。ごちそうして頂いたから親切、というのではなく、日本人は……この町の人はみな親切です。というよりもみなこの苦しみを乗り越えるために、肩を寄せ合い、互いの体温で温め合っているのです。

そうそう。僕が日本に来る決心をするきっかけになったあの種子のこと。トゥルカナの老婆から預かったトウモロコシの種子はまだ大切に持っています。植物の種子を海外から持ち込むなんてことは、本当はいけないのかもしれませんが、そんなことにも気づきませんでした。

やがて日本でしかるべき人に出会えたら、この種子の事情を話そうと思っています。

茶店の外に出ると、海を見下ろす高台の手すりの辺りで、ちいさな子ども達が僕を見つけて駆け寄ってきました。どの国でも子ども達は好奇心に満ちています。僕のことが珍しかったのでしょうね。

この酷い震災に遭っても、子ども達の日常を守ろうとする大人達の手によって、彼らは精一杯守られているのです。少しでも早く日常の生活を取り戻そうというこの国の人々の覚悟を感じます。

大きくて黒い人間を見ても子ども達はちっとも怖がりません。むしろ引率の大人の女性が困ったように僕を見ていましたが、同行している男性が、片言の英語で話しかけてきました。

「どこから来ましたか?」

「ケニアです。知っていますか? アフリカのケニアから来ました」

僕が日本語で答えると、彼はびっくりしたように息を呑み、すぐに嬉しそうに笑いました。

「おー、日本語上手ですねえ。ケニアですか」

目を丸くしたその男性が、子ども達を振り返り、しゃがみ込んで解説します。

「アフリカはずーっと西の方にあって、たーくさん国があるけれど、ケニアはその真ん中の辺りにある国なんだよ。凄いマラソンの選手がいっぱいいるんだ」

それから僕に振り返って、「この子達はこの近くの避難所の子ども達で、私は大阪から来たボランティアの保育士です。あなたはここへ何をしに来られたんですか？」と聞きました。

「僕は医師です」

そう答えると、男性はまた前よりもぱあっと、もっと明るい顔になりました。

「みんな、この人はね、お医者さんです！　日本を助けに来てくれたそうです！」

子ども達はそれを聞いて、わーい、わーい、とはしゃぎました。


和歌子。

僕は日本を助けられるのでしょうか。


「こんにちは」

僕はいつも航一郎がしたように、子ども達の輪の中にしゃがみ込んでできるだけ丁寧にそう言いました。

「こんにちは」

「こんにちは」

子ども達は一斉に立ち上がってお辞儀をします。ジャポネは子ども達までもみな、秩序を守って、礼儀正しい。

航一郎。あなたの自慢は本当でした。

子ども達の屈託のない目を見ていたら、とうとう僕の両目から熱い物が吹きこぼれてきてしまいました。

僕は照れくささもあって立ち上がり、一人手すりの方へ駆け出しました。そして海の方へ向かって、航一郎がよくそうしたように、思わず「ガンバレー！」と叫んでしまいました。自分でも驚きました。

突然の僕の行動に子ども達も目を丸くしていましたが、すぐに弾《はじ》けるようにケラケラと笑い出しました。自分のしたことなのに僕はもっと照れてしまいました。

「ガンバレ」はとても懐かしく愛おしい言葉です。

航一郎の好きな言葉でした。

航一郎は、時々夜の闇に向かってそう叫ぶことがあったし、時にはそう叫びながら泣いていることもありましたね。

「ガンバレ」は人に言う言葉ではなく「自分を叱咤《しった》するときの言葉なのだ」と航一郎にあとで教わりましたが、航一郎は、自分が悲しいとき、悔しいとき、迷ったときにはいつも一人で広大な夜空に向かって叫んでいました。

僕はそんな彼が大好きでした。

ふと気づけば、僕の大声に（喧嘩でも始まったのか、と思ったのでしょうか？）遠くにいた八、九人の大人達が驚いて、奇妙な生き物を見るような顔で口を開いたまま僕を見つめています。

「ども」

僕は少し恥ずかしくなり、見渡してから肩をすくめ、彼らに向かって丁寧にお辞儀をしました。

異邦人の突然の咆哮《ほうこう》に一瞬は驚いた日本人達が、僕の白い歯とお辞儀を見て安心したのでしょうか、一斉に白い息を吐き出して笑いました。

緊張がほどけたように笑顔が拡がってゆきます。

笑顔は世界共通のガンバレですね。

「ガンバレ！」

僕が海に向かってもう一度叫ぶと、周囲の日本人は今度は驚きませんでした。

むしろこの奇妙な異邦人に温かな親近感を示すようなまなざしになって、ゆっくりと僕の周りに集まってきました。

「ガンバレ」と小さな子どもの一人が叫びました。

「ガンバレ」またほかの誰かが叫びます。

「みんなで言いましょう」

僕は子ども達と手を繋ぎ、海へ向かって大声でもう一度「ガンバレ」と叫びました。

やがて日本のあちこちからやってきたボランティアの大人達と、未曽有《みぞう》の災害で生き残った子ども達の声が一つになり、大きなうねりのような大合唱になってゆきました。

僕たちが幾度も幾度も叫んだ「ガンバレ」は、遠く霞む海まで届いたでしょうか？


和歌子。

日本人はみな温かいです。


「イクスキューズ・ミー」と先ほどの保育士の男の先生が話しかけてきました。

「お名前を伺っても……いいですか」

僕は胸を張って答えました。

「私の名前は、ミケランジェロ・コイチロ・ンドゥングです。ケニアから来た医師です」

第1部　航一郎

〈1〉東北循環器病院長　村上雅行《まさゆき》の述懐①

僕がケニアのナクールにある長崎大学の熱帯医学研究所にいたときだから、一九八〇年代の終わり頃、確か八七年の春だったと思う。

あの頃、国立大学が一校だけで外国に風土病の研究施設を置くなんて、そりゃあ、他になかったから、今でもそれは誇りに思ってるよ。片峰大助《かたみねだいすけ》博士の強い熱意がつくらせたと言っていい。

なぜ長崎大学だけがそんなに張り切ってるんだい、なんて笑う奴もいたそうだが、ねぇ。

そもそも昔、帝大医学部を長崎ではなく福岡に持ってかれちゃった、ってことがその当時の長崎の医師達のプライドを大いに傷つけたらしい。

〝シーボルト以来、蘭学《らんがく》・西洋医学の礎は我が長崎にある〟

今思えば噴き出しそうになるような青臭い憤りだよなぁ。

僕は関東の人間だけど、個人的にはそんな九州人の意地っ張りなところが嫌いじゃあないよ。むしろ大好きだね。

それで、かどうかは分からないが、長崎大学では風土病研究の権威だった片峰博士の情熱が当時の様々な重い扉をこじ開けて、他の大学に先駆して熱帯医学研究所を創設したんだ。更にケニアのナクールの病院の手を借りてそこに研究拠点、つまり研究所と診療所をつくったんだ。その他ベトナムにも同じように研究拠点をつくった。同じ頃アフリカへ研究所を出した大学は他に一つあったけど、すぐに撤退したようだね。

まあ、当時日本では国内の風土病のほとんどを克服できた時期だったから、それならば同じ風土病に苦しんでいる外国まで出て行って、もっと人の役に立つような研究をしようという片峰先生の思いから始まったんだね。

今はいろんな大学が世界中でがんばっているし、我々も「国境なき医師団」と共同作業もしている。まあ、手前味噌だって笑われるかもしれないけど、熱研はね、思想的には「国境なき医師団」の先駆けっていっても的外れじゃないと思うよ。

いやいや、あくまで手前味噌だけどさ。

何をしていたかっていうと、そりゃあ、文字通りマラリアや黄熱病、フィラリアなんかの風土病の基礎研究や治療の他、ケニアの辺境にある無医村や小さな診療所を巡回して、土地の人々の手助けをするということも仕事の一つだった。

僕がいた頃、ウガンダの内戦はもう落ち着いていたんじゃなかったかな。でもエチオピアのソマリア侵攻、それに南スーダンの内戦やらで、国境近くへは警察や軍隊の護衛なしに行ってはいけないという内々のお達しがあった。もっとも当のケニアもまだまだ政情不安定でね。初代の大統領だったケニヤッタが死んで、そのあとの二代目大統領のモイが独裁を推し進めている最中でさ、外国人の僕らにも分かるような軋轢《あつれき》が国内には充満していたようだった。

その頃は日本からナイロビへ行くのは今よりもずっと大変だったよ。何しろ東アフリカへは直行便がないからね。オランダ航空でアムステルダムまで飛び、そこからケニア航空で、ナイロビまで飛ぶぶってルートだったけど。片道二日はかかったよ。預けた荷物なんか、どこへ行っちゃうか不安だったけどね。

週に二便ぐらいしかなかったから、乗り遅れたりしたらもう大変さ。

いや、いたんだよ、乗り遅れたのが一人。

それが島田《しまだ》航一郎だった。

面白いヤツだったね、航一郎は。

「ミスター安請け合い」って言われてた。といっても、名付け親は僕なんだけどね。

人にものを頼まれると断れない性格なんだな。何でも「オッケー、大丈夫」って言うタイプでね。それでホントにC調で無責任なヤツならそれっきり知らん顔できるんだろうが、むしろ責任感が強いヤツだったからさ、それで最後は自分が苦しむタイプなんだよ。

いやあ、忘れられないよ。

その日の飛行機でやってくるはずの医師は二人。一人は青木《あおき》克彦《かつひこ》って生真面目な内科医で、もう一人が外科医の島田航一郎だった。

その日、熱研のスタッフがナクールから二時間もかけてナイロビまで車で迎えに行ったのに、飛行機から降りてきたのは青木一人だった。

見あたらねえっつうんだよ航一郎が。いや、最初からいなかったのさ。

青木に聞いたら、成田空港で合流するはずだったけど、本人と会わないから、勝手に飛行機に乗っているもんだとばっかり思っていたらしいが、航一郎のヤツ、その飛行機に乗ってなかったんだよ。

乗り遅れたんだって。いやホント。

青木は何しろ真面目なヤツだから、すいませんすいませんって、僕に謝るんだ。僕は当時一応まあ、研究所長の立場だったから、青木には「君が謝る話じゃねえよ。そう心配しなくていいって。子どもじゃないんだから、そのうち来るだろう」って笑った。

そしたらほんとに来ましたよ、三日後に。汚《き》ったねえ格好で、なんか、映画で見た金田《きんだ》一《いち》探偵みたいな格好でさ。

いや、まさか袴《はかま》は穿いてないけど、そんな感じだったねえ。帽子被って、髪はボサボサで、服もヨレヨレ。トランク二つ提げて、背中にはリュック背負って、黒縁の眼鏡の奥で団栗《どんぐり》眼《まなこ》まん丸に見開いて、僕の顔見たら、「ああ、遠かった」って吐《ぬ》かしやがった。

吹き出しちまったよ。知らないよこっちは。迎えにも行ってない。

そしたら野郎、ヌケヌケと文句を言うんだよ。

「誰も迎えがなかったから、どうやって来ていいのか分からなくて三日迷ってました」ってよ。

あははははは。嘘に決まってるだろ。あいつ、澄ましてそういうこと言うんだ。

「お前、飛行機乗り遅れたんだってな」って言ったら、首をかしげながら、少し照れくさそうな、苦そうな顔をして、こう言ったんだ。

「すいません。あのぉ……ちっと……寝過ごしちって……」

全く変なヤツだったね。

〝寝過ごした〟はいいじゃねえか。

早朝の飛行機じゃねえよ。昼過ぎ、一時半発の便だぜ。選りに選って寝過ごしましたはねえだろう、って言うと、野郎、真面目な顔で言うんだよ。

朝、長崎から飛行機で出てくるとなれば市内から長崎空港まで一時間以上かかり、それから飛ぶまでに三十分ほど。飛行時間は羽田まで二時間近くかかる。それからリムジンバスで成田に向かっても二時間近くかかるというので、電車を乗り継いだそうだが、結局、都合二時間ほどかかったらしい。本当は長崎七時半発のに乗りたかったが、どうもそれは本当に寝過ごしたらしい。次の九時半の飛行機に乗ったんじゃ成田の一時半発には間に合わねえ、ときた。腹抱えて笑ったよ。

そりゃま、そうだろうよ。

「じゃ、前の日に東京に来てりゃいいじゃねえかよ」って言ったら野郎、急に鳩が豆鉄砲食らったみたいな顔してさ、「あ、そうか、なるほど」ってふいに真面目な顔になって、それからだよ、すぐに帽子取って深々と三秒頭下げた。

「仰《おつしや》るとおりです！　申し訳ありません！」って。

綺麗なお辞儀だったよ。

あいつあとで聞いたら、そういう手は考えてもみなかったんだとさ。変なヤツだと思ったけど、素直なヤツだなとも思った。

それにしても成田発午後一時半の飛行機に乗るのに、朝、長崎から出てこようなんてね。一緒に来る予定の青木は二日も前から東京に出てたってのに。札幌行くんじゃねえよ、ナイロビだよ。

よく「ケニア」って表記するでしょ？　カタカナだと。でもね、現地の人の言葉を聞くと響きは「キニャ」に近い。

熱研があったのはナクールって町で、ナイロビからは車で二時間。赤道直下とはいえ、ナイロビは標高一六〇〇メートルの高地にあるから決して暑くはないんだよ。

ちょっと知ったかぶりで言うと、ナイロビはマーサイ語で「綺麗な水」って意味らしい。あ、「冷たい水」だったかな？

なんだよ、知ったかぶりになってねえよ。あははは。

ナイロビはね、当時から治安は悪かったが、立派な近代都市だったよ。

ナクールも気候的にはナイロビとそう変わらない。ずっと田舎だけど綺麗な町だった。当時はナイロビより気候も治安も良くて住みやすかったね。青木や航一郎がやってきた春はケニアでも花の季節でね。アフリカンチューリップやタコノキ、それになんとかっていう木に黄色い桜みたいに咲く花が綺麗でね。「なんとかって木」じゃ分からねえな。あはは。

近くにナクール湖って綺麗な湖があってね、二百万羽とか、一説には八百万羽っていうんだが、数えたこともねえから本当の数は知らないけどさ、まあ、とにかくびっくりするくらいの数のフラミンゴが群れていた。朝でもさ、一斉に飛び立つと本当に日暮れみたいに暗くなったからね。

ナクールはリフトバレーっていう州にある。この州は南北に長くて、とても広い。南の端っこはマーサイマラっていうマーサイ族のいる国立保護区で、そこがタンザニアとの国境。南のタンザニアから時計回りに西にウガンダ、北西に南スーダン、北にエチオピア、東にソマリア、それから南東はインド洋に面してる。

リフトバレー州の北の端は、エチオピアと、ちょうど内戦中の南スーダンとの国境に当たるトゥルカナって地方なんだが、当時からその辺は少しややこしい場所だったね。

航一郎はね、なんか僕と揉めて熱研を飛び出したって風にあとで言う人がいたそうだが、いやいや全く……全然違う。

出向した赤十字病院にもうちょっといてくれ、とか言われて、例によって「オッケー、大丈夫」って言ったんじゃねえの？　「ミスター安請け合い」だからさ。あっははは。

いやそれはジョーク。

ともかく、ヤツの意気に感じた僕が赤十字にちゃんと話を通してここを出したんだ。元々のきっかけも赤十字病院からの派遣要請だったしね。最初は一ヶ月間の約束で派遣して、一度戻ってきてからは暫《しばら》くおとなしく仕事していたのに、すぐにもう一度向こうへ戻りてえなんて言い出しやがってさぁ。

子どもじゃないんだもの。しょうがねえじゃねえか。だって、大人が決心したなら行きたい道を拓《ひら》いてやるのは上司の仕事だろ。余程あいつ自身に何か思うところがあったんだよ。

だから僕が追い出したのでも、彼が飛び出したのでもなかったんだ。それで、今度は二ヶ月、次は三ヶ月ってわけで、あいつ、最初の一年以外ほとんど熱研にはいなかった勘定になるなあ。あはははは。

国じゃ、やがてあいつが向こうに居着いちゃったことが話題にはなったかもしれないけれども、別に〝問題になった〟わけじゃないよ。僕が問責されたってのも嘘だよ。だって問責も処分もされてないもん。そういう下らない次元の場所じゃないんだよ、熱研てのは。そこんところはちゃんと理解しておいて欲しい。

航一郎の専門は消化器だったが、あっちじゃ外科医は外科医。専門がどうとか言ってられないんだよ。なんでもかんでもやらなきゃならない。彼は早くて手際が良くて、上手《うま》かったよ。当然患者の身体の負担も減るでしょ。そういうのがいい外科医なんだよ。もたもたしてたら持つものも持たなくなるじゃない？

手術があっという間に終わるもんだからみんな「よ、吉野家！」なんて言ってた。早いウマい、安いってCMが昔あったろう？　なんだか余談が多いな、今日は。

彼はそれにね、心に国境がない、ってのかな？

あ、今いいこと言ったな、僕。

そうなんだよ。彼は人種差別とか、国境とか、完全に無縁の男だったね。患者には誠実だったよ。ま、医局にはテキトーだったがね。

重ねて言うけれども、僕とまずくなって出て行ったんじゃない。彼と僕の名誉のために言うが、あのことは彼の心の中の純粋で一途《いちず》な部分の発露なんだ。僕がそれに触発された。よくあるだろう？　一人の人間の情熱に化学反応起こしたみたいに周囲の人間がその熱に引き込まれてゆく。それだよ。まさにそれだった。

あ、またいいこと言ったぞ、僕。

まさにね、彼の情熱は近くの人間の情熱に引火するっていうか……化学反応を起こさせるような特別な、こう、なんていったらいいのかな……こう……。

ああ、惜しいなぁ……今……いいこと言えそうだったのになあ。

〈2〉長崎市立病院外科看護師長　児島聡子《こじまさとこ》の述懐

島田君とは小学校からずっと同級生でした。

彼は子どもの頃から成績も良く運動も得意でしたから、彼に憧れていた、ませた友だちは多かったですよ。お喋りな方ではなかったですね。というのも、小学校五、六年生のときくらいまで、彼には少しばかり吃音《きつおん》があり、それを気にしていたと思います。時々それに自分で苛立つようなところもありました。

六年生のときに文化祭でミュージカルのまねごとをして、彼がソロで歌う場面がありました。それは宮沢賢治の「ポランの広場」で、主役の山猫博士ではありませんでしたけれども、牧者の役でした。

「けさの六時ころ　　ワルトラワラの
峠をわたしが　　越えやうとしたら
朝霧がそのときに　　ちゃうど消えかけて
一本の栗の木は　　後光を出してゐた」

あの有名な歌を人前で歌ったときから、彼の吃音は跡形もなく一切合切消えてしまったのです。ボーイ・ソプラノの、思っていたよりずっと澄んだ綺麗な声だったのでちょっと驚きました。まるで賢治の魔法によって彼は小心な吃音者、という切ない負い目から解き放たれ、正々堂々とした王子様に戻ったかのようでした。

それから彼は少し、というか、かなりお喋りになりました。中学に入ってからは冗談ばかり言って周囲を笑わせ、みんながそれに飽きて笑わなくなると、びっくりするような思い切ったことをしてみせて、みんなを驚かせたり笑わせたりしました。

私は前の彼の方が好きだったけれど、それでもまあ、今思えば、もしかしたら心のどこかで彼の何かに憧れていたのかもしれませんね。

中学二年生の修学旅行、広島の旅館での夕食後、なんとなくみんなでくつろいでいるときに島田君が突然「僕は医者になる」と言ったのです。

何の話からそうなったのかは覚えていませんけれども、ふいにそう言いました。彼のお父さんはお医者ではなく、市役所勤務の公務員でしたからみんな随分驚きました。

「なんで」と誰かが聞くと彼はいつもと違ってぶっきらぼうに、「いや。なんでも」とだけ答えました。

その当時、お医者になりたいという人はみんな、お医者の子どもと決まっていましたから、どうして彼がそう決めたのか少し不思議でした。でも、一度言い出したら何も考えずそこへ向かって一途に走るタイプの人でしたから、おそらく彼はそれを実現するだろうな、と私は思いました。実はそのときに私の目標も決まったのです。

私も医療関係の仕事をしよう、と思いました。いえ、彼に特別な感情を持っていたから、というわけではないのです。それまで医療関係という進路は、私の選択肢にはないものでした。凄く難しくて遠い世界、と思い込んでいたからです。なんだか私の人生の次元とは違う別世界のことのような気がしていたのです。しかし同級生で、しかも幼なじみの何気ない一言に私は目が覚める思いでした。

この決断は私にとっては大変な事件でしたが、時代のせいでしょうか、私の志のせいでしょうか、私は医師ではなく自然に看護婦を目指そうと決めたのです。しかし私にとって長崎大学で看護学を学ぶルートは、途方もなく高い山を目指すような長く険しい道のりでした。

高校に入ると、私は一所懸命勉強ばかりしていました。この夢を実現させるのは当時の私の学力では大変なことでした。

元々彼の学力は高かったのですが、そう熱心に勉強していたようには見受けられませんでした。なんだか自由気ままに生きている風で、時折学校に来ないでふらりと旅行に出掛けるようなことがありました。そのときに何をしていたのかは、後になって知りましたが、いつも山の中を歩いていたそうです。

それもただの山ではありません、九州の山は言うに及ばず、修験道というのでしょうか、和歌山から奈良、あるいは三重に至る山の中の道を黙々と歩いていたといいます。

そういう不思議なところのある人でしたね。

私は機会がある度に、彼にそれとはなしになぜ急にお医者という道を目指したのか、という疑問をぶつけたのですが、彼はいつでも「別に、なんとなく」とだけしか答えてくれませんでした。

なぜか私が長崎大学医学部附属看護学校にストレートで合格をし、あろうことか、彼は医学部に落ちました。あとで聞いたら受かった人とは○《ゼロ》コンマ何点かの差だったのです。ある意味でこれは私にはショックでした。実際そのときに受かった、他の同級生と彼とを比べたら、医師としての資質は圧倒的に彼の方が高かったと思います。それは今でもそう思っています。

○コンマ何点かの差……たかだかマークシートのシミ一つ程度の点差によって真の能力や資質を無視されるような有り様は、個人的には、今でも間違っていると思っています。

生意気を言いますが看護師として医療と向き合っていると、〝人としての資質〟は、医療に従事する人間には最も重要な条件の一つではないかと思います。どんな仕事でも、大切なことは〝その仕事に対する資質と情熱〟です。

勿論、仕事の性質上、情熱だけで人を救うことなどできません。十分な知識とそれを活かすだけの能力がなければ、むしろ患者にとっては迷惑な仕事ですから、高い学力や技術、また認識力や応用力は必須です。しかし、恥ずかしい話ですが、口先では「患者様」と言いながら胸の内では患者を経済動物としか思っていない医師は確かにいます。

それは事実です。でも、なかには己の命を投げ出しても人のために生きようとする魂を持つ医師も沢山いる、ということも信じて頂きたいのです。

島田君は紛れもなく後者の資質を持っていました。

話が横に逸《そ》れてしまいましたが、彼は一年後に医学部に合格しました。トップでした。

この一年間どれほど彼が努力をしたのか計り知れない、と私は思いました。そうまでして彼が医師になりたかった理由を、私は二十歳のときに知りました。

その日、小学校時代からの仲良しが集まり、恩師を囲んで中華街で成人のパーティをしました。後に彼は酒豪になりましたが、実はそのとき初めてお酒を飲んだのです。高校時代までそういうことをしない人でした。

酔っ払った彼に、私はそれまでに幾度も尋ねた疑問をまたぶつけました。

「あなたの一言のせいで私はこうして看護婦の道を歩いているのよ。人の人生を変えたのだからちゃんと教えなさい。なんであなたは医者になろうと思ったの?」と。

「お前の人生は関係なかろう」と口をとがらせていましたが、やがて赤い顔をした彼が少し照れたような顔でこう言ったのです。

「小学四年のときに、伯父貴が本をくれた」

「え?　その本が原因なの?」

「神の声が聞こえたんだ」

「どんな本だったの?」

「『アフリカの父』っちゅう本やった」

周りにいた仲間は一斉に、ほうっと息を吐き出しました。

「なんや、野口英世《のぐちひでよ》やなかったんか」

誰かがそう冷やかすように言うと、男子は一斉に笑い出しましたが、私は一人、もの凄く感動していました。

シュヴァイツァーの伝記を読んで医者になりたくなった。

〃そんな理由〃で医師を目指す人間が本当にいてくれたのだ、と。

彼には叱られるかもしれませんが、幼なじみとして、彼に対する尊敬が生まれた瞬間でした。

シュヴァイツァー博士に憧れて医者になった彼が、やがて一人前の医師になって、アフリカに行く、ということは当然、というよりも彼の望んだ運命であった、と私は思います。

〈3〉長崎大学国際連携研究戦略本部長 青木克彦医師の述懐①

まず驚きました。いや、日本からアフリカへ行く飛行機に乗り遅れる、ということにです。

その事実に、ではなく、その神経に、です。そうでしょう？　村上先生もそう仰ってた？

そりゃそうです。国内旅行じゃないんですからね。

私だって電車に乗り遅れることくらいはありますよ。でも……どう言えばいいのかな？

せいぜい京都に行く新幹線くらいの話でしょう？

いいですか？　アフリカへ行く飛行機ですよ。それも週に二便しかない。

私は初めての海外でした。本当は航一郎を頼りにしていたんですよ。寂しかったですよ、
アムステルダム空港。しかもそこで二時間ディレーしたんです。搭乗口も二度変わるし。

航一郎とは大学の同期です。彼が一浪したから歳は一つ上になりますが。

村上先生はああいう明るい、大らかな方ですから、人を頭ごなしに叱りつけたり声を荒らげたりするようなことはありません。むしろ航一郎のことを面白がっていた節がありますね。

彼が後に、ロキチョキオの赤十字病院に行って帰ってこなかったのにはさすがに僕も驚きましたよ。ええ。最初にあそこへ行ったときは僕も一緒だったんですよ。

ケニアには一緒に行って、一緒に帰るはずだったんですけどねえ。僕だけ予定通りに、のほほんと帰ってきちゃった。

あいつのことじゃ村上先生は結構苦労されたと思いますよ。

そりゃそうでしょう？　いくら向こうの戦時下といえども、自分のところの医師が急に他の病院で働き始めるなんてねえ、今では珍しくないが、当時は驚く人もあったと思いますよ。

でも村上先生は全然拘《こだわ》らない。人の役に立つならいいじゃねえか、ってなものですよ。日本からナクール病院に行って数ヶ月経った頃、我々二人はケニア山の近くの町へ観光に連れて行って貰いました。折角ケニアまで来たのだから、と現地のスタッフが僕ら新参者に気を遣ってあちこち名所巡りをさせてくれたのです。

なんといってもケニア山は彼《か》の国の名前の起こりですから。

国名の由来については色々な説があるようですが、いつも山頂が雪に覆われて、つまり頭のてっぺんが白いことからダチョウを想像し、現地語でダチョウを意味する「キニャ」が山の名になり、国名になったという説に個人的には説得力を感じました。

まあ、本当のことはよくは分かりません。しかしその山の美しさには感動しました。本当に綺麗な山なんです。

あ、退屈そうにしていましたよ、航一郎は。というよりも本当に退屈だったのではないですかね。

何ヶ月か後には、州境を越えて……ニャンザ州になるんですが、ビクトリア湖のほとりにあるキスムという美しい町の診療所へも行きましたし――あ、あのときは、研究医と内科医だけで、航一郎は来なかったのかな？――またその翌月にはアンボセリ国立公園にほど近いタンザニア国境のナマンガという小さな町の診療所へも行ったのですが……ともかく彼はどこへ行っても退屈そうにしていましたね。

よくケニアといえばキリマンジャロ山を連想する人がいますが、あれはケニアではなくてタンザニアの山なんですねえ。あ、キリマンジャロ山はナイロビ辺りでも見えるんです。何しろ標高五八九五メートルですからねえ。「キリマ」とは山を指すスワヒリ語で「ンジャロ」は白いという意味だとそのときに教わりました。

キリマ・ンジャロなんて、変な区切りでしょう？　キリマン・ジャロだとばかり思っていたんですよ。だってコーヒーだって日本人は「キリマンジャロ・コーヒー」のことを略して「キリマン」なんていうでしょう？　キリマ・ンジャロだったんですね。あっちは「ン」から始まる単語は意外に多いんですよね。

標高でいえば五八九五メートルですから、富士山よりはずっと高い。もっともナイロビの町自体が既に標高一五〇〇から一六〇〇メートルなのでそこまで高い山には見えない。それでも富士山よりは遥かに高いんですが。

そういえば航一郎は観光よりもコーヒーの方に興味を持っていましたね。

「ケニア・コーヒーも旨いんだよな。アラビカ種ともう一つ、あ、なんとか種。なんだっけかな？　ま、いいや。深みのある渋さと肺の奥に届くような重厚な香りのキリマンジャロ・コーヒーって、ああ、考えればタンザニア・コーヒーだったんだな。そーかぁ、こっからもっと向こうのやつかあ」

なんて言いながら、コーヒー農園では目を輝かせていました。

病院から一緒に行った何人かのスタッフが記念写真を撮るとき、いつもシャッターを押したのが航一郎で、自分はほとんど写っていませんでした。熱研時代の彼の写真が少ないのもそういう理由です。


現場で困ったこと、ですか?

あ、私自身のことなら言葉、かな? とにかく現地は広い。国語のスワヒリ語でしょ、公用語の英語、これはかつての宗主国が英国だったからでしょう。それ以外にも土着の現地語、たとえばマサイ語、キクユ語、トゥルカナ語、その他、それぞれの地域にそれぞれの言葉があるんですよ。

ですから地域医療に出掛けたときなど大変でした。航一郎は英語が話せるからまだいいけど、私は英語はあまり得意でないので、私の日本語を英語に訳す人、その英語をスワヒリ語に訳す人、更にそれをトゥルカナ語に訳す人、と凄いときには僕に三人も通訳がついたことがありました。これが一番大変だった。

次がマラリア、ですかね。幸い僕はマラリアにやられませんでしたが。いや、マラリアは実に怖いです。

マラリアの予防薬を最初は毎週毎週飽きもせずに飲む奴もいたそうだが……もうね、ひと月もしないうちに諦める。高価だし、一〇〇パーセント効くわけでもないですからね。

マラリアの完全な予防内服薬を作れたらノーベル賞モンでしょうね。これほど酷い目に遭っているのにまだ〝完璧な薬〟が生まれないのですからね。病気自体もよく分からない。いや、熱研はそれを研究してるんだが。

とにかく蚊に刺されないことですね。蚊の多いところへ行くときは今なら防虫スプレーは必携でしょう？　ただ、あの頃はそういう便利なものはなかったように記憶しています。だから肌を露出しないこと。夜は蚊帳《かや》の中で寝ます。蚊は夜行性ですし、ハマダラカはマラリアだけではなく、フィラリアも媒介しますからねえ。

マラリアの中には何しろ十数年治らないなんていうのもあります。良い薬もあるにはありますが、特効薬、となると難しい。熱研の研究対象の重要な一つですが、本当に難しい。

何しろ寄生虫ですからねえ。はい、ウイルスじゃないんですよ。マラリア原虫というのは原生動物でしてね、だから進化します。虫といっても極めて小さいものです。ちょっと想像するのが難しいけど、ミジンコみたいな種類の生物の一つと思ってください。はい。ミジンコなんかよりもっと遥かに、ずっと小さいですよ。ハマダラカの体の中で増えるくらいですから。

ハマダラカの唾液腺《だえきせん》に集まっているこの原虫が、蚊に刺されることでヒトの身体の中に入るんです。ヒトの身体の中に入ると一時間も経たないうちに肝臓にとりついて増えます。ま、増えるといっても、同じものが分裂して増える。クローン増殖ですね。「無性生殖」といいます。

更にそれがヒトの赤血球に感染します。するとまたまたヒトを刺したハマダラカの体内に戻って、今度は「有性生殖」をします。有性生殖というのは分裂とは本質が違います。別の個体との融合ですから、そこから今までと全く違う新しい個体が生まれますね。そいつがまたその、ハマダラカの唾液腺に集まるわけです。

で、この蚊に刺されることでこの原虫がまたヒトの身体の中に入る、とまあ、この悪循環の繰り返しなわけです。ですからま、専門的になりますけれども、ヒトはマラリア原虫が発展するための宿主、いわゆる「終生宿主」ではなく、一時保管をする「中間宿主」ということになります。つまりマラリア原虫はハマダラカの体の中で新しい個体を作って増えるけれども、増やすための原材料はヒトに預けてある、という格好になります。

おまけにどんどん進化するんですね。今では五種類くらいのマラリアが報告されてますけど私がいた当時は四種類しか見つかっていませんでしたからね。やつらが進化しているのか、我々が後手に回ってるのか、ねえ。

フィラリアも寄生虫ですよ。はい。種類も沢山あります。マラリアとほぼ同じような案配でイエカとかハマダラカによって媒介されます。蚊がヒトから吸血するときに皮膚から侵入したフィラリアの幼虫は、数日かけてリンパ管やリンパ節に移動します。それで、二、三ヶ月で成虫になると、仔虫《こむし》（ミクロフィラリア、体長は〇・三ミリ）を産み出しますが、侵入した幼虫の一部しか成虫にならないと考えられています。おそらく多くは人間の持つ自然免疫あるいは獲得免疫によって成虫になる前に死滅するのでしょうが、実はこのあたりはまだよく分かっていません。感染初期、感染者が「くさふるい」と呼ばれる独特の発熱発作を起こしますけれども、やがてリンパ管炎に移行すれば、血液中からミクロフィラリアは見られなくなり、症状は改善します。成虫になると四、五センチの大きさになりますから、成虫が寄生する部位によっては、リンパ管は閉塞されてしまうのです。それでも成虫が生きているときはまだ、リンパ液はリンパ管を流れるのですが、成虫が死ぬとリンパ管が詰まって流れが止まります。これがリンパ浮腫《ふしゅ》（リンパ液が組織に漏れてくること）で、四肢が腫《は》れます。この浮腫状態をそのまま放置しておくと皮膚に細菌感染が起こって肥大し、その表面が固くなり、見てくれがあたかも象の足のようになるので、象皮症と呼ばれます。そうです、象皮症とは、成虫が死んだあとに起こることが多い、慢性期の症状なのです。アフリカのフィラリアに罹れば、成人するにつれて失明したりする種類のものもありますから危険なんですよ。

ちょっとややこしいですが、お分かりですか？

ああ、ならよかった。

熱研をつくられた片峰先生の専門もフィラリアでしたねえ。ま、そういうことを一所懸命悩んで研究している連中がいる、と思ってください。

私は研究医ではなく、臨床医ですから、このことばかり考えているわけではありません。

勿論、研究もしますけれども、折角病院をつくったのだから、現地に貢献しようという、地域医療のための派遣という面も強いのです。

ナクールへ行ってほぼ一年後の、大雨期に入ったばかりの三月のことでした。スーダンとの国境に近いロキチョキオという町にある、赤十字のロピディン戦傷外科病院から援助要請が来て、航一郎と私との二人で行くことになりました。航一郎が自ら手を挙げたんですよ。

とにかく当時の南スーダンは内戦が激しく、次々と傷病兵が国境を越えて運ばれてくるんですよ。ロピディン戦傷外科病院は反政府軍の傷病兵のためのものでした。いえいえ、ナクールからは車なんかじゃ行けないです。車なら最低八、九時間はかかりますし、何しろ途中はその、ゲリラだか山賊だか強盗だか分からないような、銃器を持ったのがいっぱいいまして、危なくて自動車なんかでうろうろできないんですよ。ほとんどやられるんですから。

はい。ですから移動は飛行機です。まずナクールから二時間かけてナイロビまで戻り、そこから飛行機でロキチョキオへ飛ぶのです。ターミナルなんかはなかったが、しっかりした滑走路もあって、隣のスーダンからどんどんヘリやなんかで傷病兵が送られてくる。南スーダンの、今は首都になっているジュバって町が反政府軍の本拠地で当時の激戦地。そこから二時間足らずで飛んでくるんですよ。勿論、なかには国境付近から車で来たり、歩いてくるのもいましたね。何しろロキチョキオって町から南スーダンの国境までは二五キロもなかったぐらいです。

　そうそう、そのときは航一郎、ノリノリでしてね、やっと俺の出番だ、ってなもので、妙なことを言っていました。

「おい、南スーダンから簡単に怪我人《けが》がケニアに来られるってのは、一体この辺の国境ってのはどういうことになってるんだ？」

　って、そんなことを聞くから、

「お前なあ、戦争だぞ。それに陸続きなんだ。国境がどうのこうの言ってる状況じゃねえんだよ、どっかの国みてぇに国境線に延々と鉄条網張れるような長さの国境なんかじゃねえんだよ」

　と言うと、航一郎がふうん、とうなずき、暫く黙っているので、納得したのかと思っていたら急にこんなことを言いました。

「じゃよ、分かりやすく戦国時代で言えば、武田軍に追われた真田《さなだ》の兵士が上杉のところに怪我人を頼むようなものかな？」

　全然分かりやすくない。真面目な顔でそんなことを言う。

　私はよく分からないから適当に、まあ、そんな感じじゃないの？　と受け流したのですが、彼は目を輝かせて言うんです。

「おんもしれーじゃねぇかよ。じゃ俺等、直江《なおえ》!?」

もう私には訳が分からない。

とにもかくにも彼がそのときにロキチョキオへ行かなければ、彼の人生も全然違ったものになっていたかもしれない。いや、必ず違うものになったろう、と私は思うのです。

〈4〉
長崎県新上五島町胡蝶島《こちょうじま》診療所長
秋島貴子《あきしまたかこ》医師の回顧①

私の父は五島列島の北の外れにある胡蝶島という人口千人ほどの離島で、たった一つしかない診療所の医師をしておりました。

父は長崎市内の生まれで、実家は小さな和菓子屋でした。次男坊だったこともあったのでしょうか、一念発起して関西の医大に進学し、後にはその大学の付属病院の勤務医を務めていたようです。その後、私には決して語らない何らかのことがあって長崎へ帰り、縁あって離島の診療所を引き受けたのは父が三十五歳のときでした。

母は父より七歳下で、この小さな島で生まれ育ち、福岡の看護学校を出たのち、佐世保の市立病院で働きました。後に、この島の学校でずっと教師をしていた祖父が亡くなったのをきっかけに、母は祖母の面倒を見るために帰郷して、ちょうど父が引き継いだばかりの診療所に勤めることになったのです。

二人はそういう形で自然に一緒になりました。

両親にとって私は遅い子ども、しかも一人っ子でしたので、とても大切にされました。と言っても診療所は忙しく、滅多に一緒に遊んでくれるようなことはありませんでしたが、大切にされていることは、子どもはちゃんと感じるものです。

胡蝶島は小さいけれど、とても美しい島です。

台湾に渡って越冬した蝶が春先にこの島に戻ってくる、という伝説があり、それが島の名前の由来と聞いています。漁業が中心の小島ですが、近年は隠れ切支丹《キリシタン》の里、ということが知られるようになり、観光客も増えました。かといって観光で生活できるほど観光資源があるわけではありません。現在、胡蝶島をはじめ、五島列島に点在する美しい教会群を世界遺産（長崎の教会群とキリスト教関連遺産）にしようという運動が起きています。もしも世界遺産になれば、観光客はもっと増えるかもしれませんね。

交通は離島のほとんどがそうであるようにとても不便です。今でも長崎市内から高速船を使い、五島市で乗り継いで四時間ほどはかかりますし、一番近い佐世保まで行くにも二時間近くかかります。私の小学生の頃、修学旅行で初めて長崎市内へ行ったときには六時間もかかったのを覚えています。

それほどの田舎ですが、東シナ海に面した西側や北側には白砂海岸が幾つもあり、これまでに私は、この故郷のように、美しくコバルトグリーンに透きとおる浜辺を他に見たことがありません。

冬はどちらかというと寒く、夏は暑いけれど風は爽やかです。


私は一人っ子でしたから、父の後継者は私しかいない、と自然に思い込んでしまった節があります。この島の同級生の中にも医師を目指す、という男子が一人いましたが、彼は中学のときから長崎の全寮制の進学校へ出て行きました。

私が医師を目指す、と告げたとき、父は一瞬困ったような顔をしましたが、母はとても嬉しそうでした。それで私は伯父が継いでいる父の実家を頼って長崎市内の高校に進学し、運よく長崎大学医学部に進学しました。

そうして航一郎さんと出会ったのです。

航一郎さんは甘い物が好きで伯父の店のファンでした。そういうことから自然に彼との距離が縮まったのかもしれません。

父よりも私の方に和菓子屋の血が濃かったようで、自分で言うのも何ですが、おぜんざいにせよおこわにせよ、私は小豆《あずき》を炊くのが上手でした。薯蕷饅頭《じょうよまんじゅう》の包み方もそう苦労せずに習得しましたので、私は医師ではなく和菓子屋を継げばよかったのかしら、と、実は今でも思うことがあるのです。

航一郎さんは私の作ったお菓子を嬉しそうに食べてくれました。お茶も好きでしたがどちらかというとコーヒー党でした。このお菓子には、もっと渋めがいいの、香りがどうのと蘊《うん》蓄《ちく》を傾け、とうとう生豆を自分で煎《い》ってブレンドするようになりました。前もってどのお菓子かを告げておくと、それに合わせたブレンド、とやらを拵《こしら》えて悦に入っていました。

こういう時間を幸福というのだ、としみじみと感じたものです。

航一郎さんは最初から外科医を目指す、と決めていました。彼の造語を借りれば「ファイティング外科医」なのだそうです。

どういう意味かは彼にしか分かりませんが、

1. 過去の術例にとらわれない。2. 不可能を前提にしない。3. 未知の領域に怖《お》じない。

この三つが〝神様の邪魔をしない〟基本だ、とよく言っていました。

神様と患者とが一緒になって治ろうとするのだ、医師は神様の邪魔をせぬよう、お手伝いをする仕事なのだ、と信じていました。

「すなわち、がんばらない・諦めない・夢を捨てない、だよ」と。

彼のこのような医師としての心根や決意が大好きでした。

私は最初から内科医を目指しました。いえ、その当時は父の後を継いで故郷の診療所で生きることになるとは、考えてもいませんでした。

遠い未来の夢をあてにしていたわけでもありませんが、一人の女性としては、もしもいつか、航一郎さんと小さな島の診療所で一緒に過ごすことができたらどんなに楽しいだろうと、そういう想像をしたことはありました。

私の青春の最も楽しかった時代でした。

医大に入って最初の夏休みに彼が胡蝶島にやってきました。彼としては深い理由などなく、私の自慢話を聞いて東シナ海の白砂海岸に興味を持ったのでしょうが、このときは困りました。両親は妙な詮索もせず大らかに彼を歓迎しましたが、診療所のお嬢さんを若い医学生の男が追いかけてきた、と、小さな島のことですからすぐにそんな噂が広まってしまったのです。

ですが、彼は四日ほど島にいて、私の家を訪れたのは島に来たときと帰る前の二度で、その間一体どこで何をしていたのか知りませんが、ほとんど島の中をふらふらと歩いていたようです。真っ黒に日焼けして戻ってきて、すぐに福江島の方へ行ってしまいました。

父は彼に関して、何のコメントも発しませんでしたが、「鉄砲玉のごとある人やねえ」と母は噴き出すようにそう言いました。
まさに鉄砲玉のような人でした。

〈5〉 赤十字ロピディン戦傷外科病院元院長
ロビー・ロバートソン医師の回顧①

窓の外をじっと見つめていた紘一郎の姿を、私はいつまでも忘れない。深く、悲しい目をして、どこからか聞こえる小鳥の鳴き声を聞いていた。

雲一つない、透きとおるような乾いた青空が拡がっていた、そんな朝のことだった。

「サンテサーナ（ありがとう）。ダクタリ」

その少年は自分の左手を包み込むように握りしめる航一郎に向かい、少し悲しそうな笑顔のまま、掠《かす》れた声でふりしぼるようにそう言った。銃で撃たれ、左の肩口と右腕に傷を負って運ばれてきた十二歳の少年の最期の言葉だった。一時は持ち直したかに見えたが、肝臓と腎臓へのダメージが大きすぎた。

ロピディン病院へ来たばかりの航一郎に任せた最初の患者だった。

航一郎は来たその日から既に後悔をしていたと思う。

あのあと、彼は私にこんな告白をした。

「ここは俺のような半端者が来るところではなかったのだ」と。

そしてこんなことも言った。

「先輩が言うように、研究所にいて、黙ってナクール湖でも眺めていればよかったのだ」

ここでは毎日毎日人が死んでゆく。どんなに面倒なことでも引き受けてしまって、後に「ミスター・ダイジョブ」と呼ばれた彼のもう一つの顔、ストイックに自分を責めてしまう責任感と切なさが伝わってきた。

医師として初めて味わうような、強烈な挫折感だったのだろう。

「善意だけで人命救助などできない」そんなことは分かっている。

「熱意だけで人は救えない」そんなことも言われずとも理解している。

しかし我々の心の中にあるささやかな人情ですら、あの現場は無情にも次々と撥ね返してきた。戦場とはそういう場所なのだ。

南スーダンの国境まで二五キロほどの、ロキチョキオは元々数百人のトゥルカナ人の住む小さな集落に過ぎなかった。南スーダンの内戦が激しくなってから、難民と化した南スーダンの住民達が国境を越えてロキチョキオの周辺に逃げ込んできた。同時に南スーダンの反政府軍を支持する国際世論の流れに背中を押されるように、そこに病院がつくられ、傷病兵を援助するようになった。

南スーダン内戦はある意味で〝イスラム勢力〟に対する〝キリスト教勢力〟という図式も見え隠れする。ただ、これはあくまで私の個人的な見解だが、南スーダンには石油資源があるということが大きかった。およそ国際社会の興味はエネルギー闘争に集約されるような側面のある、ドラスティックなものなのだと思う。

南スーダンからの難民は数年後には、この町から更に車で一時間半ほどナイロビ寄りの町、カクマに集まるようになり、後には巨大な難民キャンプが出来上がることになる。そして、ロキチョキオからカクマ、あるいはその先のロドワーの町に至る山岳地帯はやがてゲリラや山賊の住処《すみか》となり、辺りの治安はひどく悪化していったのだ。

できたばかりの、砂漠の中の七十床ほどのささやかな赤十字病院への派遣職員のうち、看護婦は当初十名で、その他に現地職員が二十人という小さな規模だった。医師は外科医が三名、内科医が一人、麻酔医が二名という実情だった。

動かせぬ病人だけでも手いっぱいのところへ、南スーダンから毎日といってよいほど、次々と傷病兵が運ばれてくる。急いで病院の規模をもっと大きくする必要があった。

現場は精神的にも肉体的にも実に厳しかった。何しろ全く手が回らないのだ。それで私達はケニア中の病院に派遣要請をしたが、どこもかしこもそれぞれが手いっぱいで、ようやく来てくれたのが、当時ナクールの長崎大学熱帯医学研究所にいた航一郎と克彦の二人だった。

飛行場があるのはあの辺りではロキチョキオだけだ。南スーダンのジュバ辺りの激戦地から空路搬送されてくる兵士が多いが、運ばれてきたところで多くは数日もほったらかされることになるから、怪我人の中には手遅れも出てくる。従って後手に回るのが怖いので運ばれてきた傷病兵の九割は身体のどこかを切断することになってしまうわけだ。

私達は多いときには一日に二十件ほども手術をするが、ほとんどは地雷による怪我や射創で、切断の処置を取るものが多かった。手術自体は、それほど難しいことではない。安価なケタミン麻酔を使っての三十分程度の切断手術だが、一年の間に五千件近い手術数になる。言葉にすれば簡単に聞こえるが、一年に五千人が身体の一部を失うわけだ。それでも命を失うよりは少しばかりまし、ということになる。

全く戦争というのは……そういうものだ。

射創、一般的な言葉でいう銃創はおおむね傷口がひどく汚い。まさに汚い、という表現しか思いつかない。撃たれた角度や距離、その銃の口径や弾の種類で全く異なる。妙な言い方だが、質の良い銃弾は先端部分が固く強い金属なので、むしろ近くからそういうもので撃たれて貫通したほうが傷口が綺麗なことがある。しかしそれは余程口径の小さなもので、運のよい怪我といってよい。

質の悪い銃弾による射創は、あたかも噴火口のように破裂したまま、皮膚の表から筋肉の奥まで口を開けている。銃弾の鉛が溶けて割れるように傷口を壊し、細胞が破壊されるのだ。汚い傷はやはり感染症に罹りやすく、すぐに破傷風やガス壊疽《えそ》になる。ガス壊疽は、身の毛もよだつような腐敗臭がするからみなすぐにそれと分かる。患部から死臭に近いような酷い匂いがする。銃創に対してはできるだけ早く破傷風予防のためにオキシドールで洗浄もするが、ガス壊疽などは元々身体の中に棲《す》む菌が引き起こすものなので制御が難しい。一般的には傷口を洗浄した後、ペニシリンなどの抗生物質を六時間おきに大量に投与するのがよいと分かっていても、肝臓や腎臓にダメージが出てしまえばそれで予後不良になるから、残念ながら結局早めに切断するのが一番早い解決法ということになってしまう。

従って外科医は来る日も来る日も誰かの身体を切断するのが仕事のようになるのだ。

三日目には頭がおかしくなる気がするし、一週間も続けていると、胸の中に何の衝撃も感じないようになる。危険信号だが、それで心を壊されるようなら、あの病院の医師は務まらない。というよりも人の心というものは、暫くするとそういうことにどうにか慣れてしまうようにできているのかもしれないと思う。

航一郎を別にすれば。

その朝亡くなった少年は国境線での戦闘で負傷し、助けを求めて彷徨《さまよ》っているところを、ジョン・アフンディという、この町のパトロールを買って出てくれている、トゥルカナ人が見つけて運んできた。

南スーダンとの国境近くの砂漠地帯はほとんど人が通らない。その辺りで銃撃を受けたら人に出会う前に失血死してしまうだろう。アフンディに見つけて貰えただけでも本当は運のよい少年だったはずだ。ただ、それまでの体力の消耗が彼を追い詰めた。

左の肩口と右腕に射創があった。左の肩口は擦《かす》ったようなものだったが、腕の傷は酷く、右肘の少し上から切断するしかなかった。

「少年兵だ」とアフンディが、吐き捨てるように言った。

「どうしてこうも少年達が沢山撃たれるのだ」

航一郎の質問にアフンディが答えた。

「彼らはもう、一体何のために戦うのか分からなくなってしまっているんだよ」

そして乾いた口調で付け加えた。

「撃たなければ撃たれる。理由なんてそれだけなんだ」

これは私見だが、おそらく平和な日本で育ち、生活してきた航一郎達はそれまでに銃創そのものを目にしたこともなかっただろうし、どのような銃で撃ち合っているのか、という想像すらできなかったはずだ。

ライフル、と一口に言っても、せいぜい映画やテレビドラマで見るくらいのもので、クレー射撃に使う銃と狩猟に使う銃、また兵隊が持つ銃の区別もつかないだろうし、小銃と自動小銃の区別すらできなかったと思う。特別な訓練を受けるなどした者以外、日本人のほとんどは銃器の扱い方は勿論、実弾一つ触ったことも間近で見たこともなかっただろう。

航一郎達はこのような事態に、おそらく酷い衝撃を受けたと思う。

航一郎は、この現場に来て初めて、日本人が自嘲して言う「平和惚け」という言葉の本当の意味を知った気がした、と私に語ったことがあったが、それはずっと後のことだ。


「サンテサーナ（ありがとう）と言ったよ、彼は」

私は航一郎にそう声をかけたけれども、思ったよりも彼のショックは大きかった。

「君はがんばったと思う」

「がんばっても」と吐き捨てるように航一郎は言った。「助けられなきゃ意味がない」

それは外科医らしい彼の思想の発光であったと思う。

「航一郎！」

私達が廊下で立ち話をしていると、遠くから大声で呼ぶ声がした。

航一郎に日本語で話しかけてくる人間はここでは他に二人しかいない。一人は一緒にナクールから来た青木克彦で、もう一人は間もなく任期を終えて帰国する看護婦長のシスター橋《はし》本和子《もとかずこ》だ。

　声をかけてきたのは克彦だった。

「どうした克彦?」

「診て欲しい患者がいる」

「珍しいな。自信家のお前が」

「そう言うな。瘤《こぶ》があるんだ、多分オンコセルカ」

　航一郎は私を振り返って首をかしげた。

「オンコセルカか。瘤ならまず、そうだろうな?」

「若いのか?」私が尋ねると、「十六歳の娘だ。航一郎、あれ……切れるかなぁ?」と克彦は首をかしげた。

「ダクタリ」そこへ息せき切って割り込んできたのはケニア人の見習い看護婦で、声が震え、顔色が変わっている。

「どうした?」

「点滴の薬を間違えたかもしれない!」

　克彦と航一郎は息を呑んで見つめ合っていた。

「ダクタリ」別のベテランの看護婦がまた駆け込んできた。「散弾銃で背中を撃たれた老人が来た。意識はある」

「あの、隣に置いてあって、よく似た瓶だったし……でもさっき、急に凄く呼吸が荒くなって……」

慌てて言い訳をする若い見習い看護婦を落ち着かせながら私達は走り出した。

〈6〉大分大学病院循環器内科教授 林田祥一《はやしだしよういち》の回顧

私と航一郎とはある意味で良きライバルだったと思っていたが、ヤツの方が全てにおいて一枚上だった。たとえば私は高校時代からの山岳部で、山歩きや体力にはかなりの自信があった。大学に入り、山好きの航一郎と意気投合した後、学校の休みを使って紀州の奥駈道《おくがけみち》を一緒に歩いたことがある。山岳部に在籍したことなどない彼を少し甘く見ていたことは確かだが、驚いたことに彼の山歩きは私とはレベルが違った。私は若くて未熟なアルピニストに過ぎず、彼は猟師、あるいは修験者のようであった。すなわち山に立ち向かう姿勢がプロとアマの差ほども違ったのに随分がっかりもし、尊敬もしたことを懐かしく思い出す。

私は体力も医師の資質の一つだと思っている。

大学病院の若い医師ときたらとにかく体力勝負だ。なぜ、とか、何を目指して、というような心の話ではなく、目の前に待ち受けるものに〝極めて急いで〟立ち向かわねばならない。

〝仕事〟というよりも〝行〟と呼んだ方が近いほどの〝働きづめ〟の毎日を過ごしたものだ。勤務医と呼ばれる医師のほとんどは今でもそうで、多くの医師はそんな過酷な環境によって去勢されてゆく。

銀行員になった友人に聞けば、それを〝特別なこと〟と感じないで、他人の金を淡々と正確に数える才能のない者は、銀行の門をくぐることすらできないという。その作業に哲学的な疑問を抱く性質の者は到底銀行ではやってゆけないのだそうだ。

我々医師にもある意味でそういうところはある。

航一郎のように人の痛みを我が痛みとして生きることはとても難しいのだ。

医師も患者も互いに感情を持つ〝人間〟だからだ。

患者の全てが人間として尊敬できる、あるいはこちらの苦労を理解してくれ、慮《おもんぱか》ってくれる人物というわけではない。患者の多くは、時として自分の恐怖のみを訴えてくる存在であったりする。その人は、自分だけが痛く、自分だけが苦しい。そしてどうか自分だけに特別な薬や術を与え、自分だけは元気にさせて欲しい、しかも安く、と私達医師に求めるのである。

そういう人々は、自分の苦しみを解放することや病気を治すことは、医師の当然の責務と思っているようだ。一方、悲しいくらい医師に気を遣い、医師に気に入られることで、己の病から解放して貰えるかもしれないという、一種の信者のように卑屈に医師と接する患者もある。もっともこの型の人には、自分の思い通りにならなかった、と思ったと同時に掌を返すように医師に牙を剝く人が多いのも事実だ。

たとえば、現代医術で治療や施術が不可能な病気の場合ですら、治せなければ〝駄目な医師〟と断ずる人がおり、またそういう噂話ほど早く広く拡がる傾向があるのだ。

そういう風に自分の〝誠意〟が〝結果〟によって露骨に裏切られることを幾度か経験すると、医師も人間であるから、悲しみ、憤りを覚え、がっかりし、やがて〝その患者〟を含む〝患者全体〟の人間性を諦めてゆく。

つまり医道を諦め始めるわけである。

こんなことがきっかけになって、元々その人が持っていたはずの〝医は仁術〟という心根がその医師の掌からこぼれ落ちてしまう、そんなことは珍しくない。

そういう医師を私は一方的に責めることはできない。医療とはいわゆるサービス業とは少し異質の場所でサービスをする仕事だからだ。だが、病院は決してディズニーランドではないのだ。

勿論、今述べたのとは全く逆の患者もいる。自分の病気に対する知識も医学に対する見識も高く、自分がどういう病気で、どのステージにいるのかをきちんと理解し、それでもファイティング・ポーズを崩さぬ、謙虚で気高い患者だっているのだ。逆に訳も分からずただ助けてくれ助けてくれと医師にすがるだけの患者もいる。こうなればもう哲学の問題になるけれども、まだ、それでも〝助かろう〟という意欲があればよい。

最も厄介なのは医師が患者になった場合だ。医師はどちらかというと悲観的な見地から入り、希望を探り出す型の人間が多いので、自分のことすら悲観から入る。なまじ知識があるから医師の言葉を疑《うたぐ》る。少しでも矛盾があればそれをたぐり、進んで絶望する。病人が助かろうという態度をみっともない〝あがき〟と決めつけるのはインテリの思い違いだと私は思う。そういう人物は治ろうというファイティング・ポーズを〝恥〟でもあるかのように嫌う。

これでは治るものも治らない。医師にとって最も厄介な患者は自ら治ろうとしない患者なのだ。医師なら医師の、患者なら患者の持つ、それぞれの個人的な哲学が医療現場のムードをどのようにも変えてゆくのである。

そういえばまだ医大生の頃。なぜそういう話になったのか、という記憶は定かではないのだが、航一郎の家で私達若造ばかりが集まって飲んでいるときに、役場から帰ってきた航一郎の父親がなんとなく自然にそれに加わったことがある。そして酒を酌み交わすうち、何かに思い当たったのか、ふと僕らに向かって厳しいことを言った。

「頼むから、患者が発する『お医者様』っていう卑屈で悲しい言葉の響きを感じられる医師になってくれ」と。

「いいか、患者というものがいかに卑屈な思いで〝お医者様〟を見上げているのか、その視線の哀しさを理解しろ」

「どうしたらこの苦しみを救って頂けるのだろうか、どうすれば気持ちよく治療して頂けるのだろうか。どうか〝お医者様〟のご機嫌を損ねぬように、と卑屈に気遣っているのをちゃんと感じる心根を持ってくれなかったら、俺はお前らを許さない」

その言葉は意表を衝《つ》かれるものであったが、まだ解剖実習にも入る前だった若造達の胸に、以来、錐《きり》のように深く突き刺さったままだ。

「患者の家族の身になって考えてみろ。肉親という人質を取られているのだ。手摺《す》り足擦《す》り、ぺこぺことご機嫌を伺っている哀しい視線に気づいてくれよ。その切ない思いを裏切らないでくれよ。いいかい、患者や患者の家族はお前という人格に対して頭を下げているのではないのだ、お医者という幻想に対して平伏しているのだ。それを忘れやがったら、俺はな、お前等を叩っ殺しに行ってやる。覚えとけ」

　豪快な航一郎の父親はそう言い放つと、「ま、きつい言葉に聞こえるだろうが、これは正直な一般患者の偽らざる本音だ」と呵《か》々大笑《かたいしょう》した。

「親父さん、でもいやな患者だっているでしょう?」

　こう言ったのは後に四国の大学で教授になった畑山新一《はたけやましんいち》だった。航一郎の親父はにやり、と笑うと、事もなげに言い放った。

「うん、分かる分かる。そういう奴にはなぁ、こっそり毒混ぜろ」

　一同が初めて大声で笑った。それでも最後に航一郎の親父は柔らかな口調でこう言ったのだ。

「俺はなあ。お医者は聖職者だと信じているんだよ。がんばれよ」と。

　私はあのように航一郎が生きたのは、この父親の、航一郎に与えた心の教育という宝石が彼の中で輝きを失わなかったからだ、と信じている。

　私達同期が今でも助け合っているのは、このときの航一郎の親父の切ない説諭がずしんと心に効いているからだろう。以後、私など、気に入らない患者に出会うと、胸の中でそっと「毒混ぜたるぞ」と呟くことにしている。勿論、本当に毒など混ぜるわけがないが、そう胸の内で邪気を吐く瞬間、逆に僕の心の中の毒が抜けてゆくのを感じるのだ。

僕らの同期はとても仲が良い。

結束力も強いので、後に航一郎がケニアで建設に力を注いだ「戦傷孤児保護院小・中学校」への支援も、ささやかにだが、今でもみんなでずっと続けている。

その施設でずっと院長を続けている草野《くさの》和歌子さんは、とても素晴らしい心遣いの人だ。今でも支援者のところへは毎年毎年欠かさずに、子ども達の作ったキルトや可愛らしい色遣いの焼き物などを送ってくる。ケニアと南スーダンの国境の小さな町でひっそりと二十数年も外国の子どものために生きることなど、なかなかできることではないと我々は感動している。

同期の仲の良い理由は、それぞれに専門が違ったこともあるかもしれない。野球で言えばそれぞれが違うポジションでレギュラーを目指していたからだ。却《かえ》ってそのことで互いに連携できたし、チームとしてのまとまりも出来上がる。

医療チームを支えるのに、心の連携は単純で大切な要素なのだ。

それだけに航一郎が突如アフリカへ行く、と言い出したときには、少し驚いた。

航一郎がなぜ医師を目指したのかという理由はあとで知ったが、少なくとも彼には当時、秋島貴子という恋人がいたし、結婚して一緒に行くのならともかく、三年もの長い期間、覚悟の上で一人で出掛けることにまずびっくりしたのだった。

〈7〉長崎県新上五島町胡蝶島診療所長
秋島貴子医師の回顧②

航一郎さんがナクールへ行くと決める二年前のことでしたから、一九八五年から八六年にかけての出来事です。

ある晩、長崎市内鳴滝《なるたき》に住む五十四歳の主婦、福田和恵《ふくだかずえ》さんが大学病院の救急外来にやってきました。この日の当直医の一人が航一郎さんでした。腰が痛くて動けなくなった、という奥さんをご主人が背負ってきたのです。

熟練の医師でも腰痛は難しいものです。

痛みというのは自分でも説明できないことがあるように、他人には到底正確に理解できないからです。ズキズキ痛むのか、沁《し》みるように痛むのか、キリキリと痛むのか、また具体的に痛む場所があるのか、何もしなくても痛むのか、何らかの格好のときにだけ痛むのか。これらを把握するのは医師にとって大切なことで、怪我や病気の無限の可能性を探る重要な手がかりとなります。

従って患者自身の語彙《ごい》や表現力を引き出す会話力は、医師にも大切な武器ということになります。

まず歩けない、ということでしたらすぐにレントゲンを撮ります。整形外科の領分でしたら、椎間板《ついかんばん》ヘルニア、脊椎管狭窄症《せきついかんきょうさくしょう》、分離症、すべり症というのもありますし、骨に異常がない、という場合には、考えられる限りの内臓の癌の影響を疑うのです。

結論から言うと福田夫人の腰痛そのものはいわゆるぎっくり腰によるものと思われましたが、血液検査とレントゲン写真で意外なものを見つけました。肝臓癌でした。

航一郎さんはまず福田さんのご主人に同意を得て、奥様にも説明、告知をしました。現状では治療可能、と思われるけれども、肝臓癌は進行が速いことが多いので、できる限り早く手術をするように、とお勧めしたのですが、ここで問題が起きました。大学病院には患者が多く、彼女を受け入れる余裕がなかったのです。

この頃の大学病院はとにかく常に患者数が多く、医局員の身になりますと、全ての医師の要望に細やかな対応ができるような環境ではありませんでした。というよりも、実際、福田夫人より更に緊急を要する手術の順番待ち患者だけでも気が遠くなるほど多かったのです。

航一郎さんに相談を受けた私や同期の医師達はできるだけ多くの情報を集め、先輩にも意見を仰ぎ、やっと市内で最も大きな個人病院に勤務する優秀な外科医が、私達の先輩であるという情報に辿り着きました。熊谷司朗《くまがやしろう》と仰るその先生は気持ちよく引き受けてくださり、その上で肝臓手術は急いだ方がよい、と航一郎さんは念を押されたのです。

ところが、です。福田夫人から、大学病院以外では手術を受けない、と個人病院での手術を拒まれてしまったのです。

私はこのときの航一郎さんの思いを語る言葉を見つけられません。

現代のように病気に対する理解が得られる時代ではありませんでした。地方都市においては今でも〃大学病院〃への信仰のようなものがありますけれども、この時代は特にそうでした。社会はバブル景気の気配が立ちこめ始めた頃で、世の中全体がブランド信仰に染まり始めた時代だったこともあって、人々は自分の中であらゆるものに勝手にランク付けをしていたのかもしれません。それは医療に対しても同じだったのでしょうか。

このときの航一郎さんの熱意には、医局仲間はみんな驚いたようです。福田さんに対して〃患者に対する誠意〃を医師として航一郎さんは十二分に示していたと思うのですが、〃誠意を示すこと〃が彼の目的ではありませんでした。

それ以後も、彼はあたかも肉親に接するかのように切々たる説得を試みました。しかし、頑として夫人は〃大学病院での手術〃以外を拒み続けたのです。

航一郎さんは傍《はた》で見ている仲間の医師達も呆れるほど、幾度も幾度も福田家へ出掛けては説得を続けたものでした。

にもかかわらず、と残念ながら敢《あ》えて言います。

「なぜベッド一つ空けてくれないのだ」

ご主人はそう航一郎さんをなじったのです。悲しいことでしたし、むしろ若い私達は憤りさえ感じたくらいです。ご主人は、「大学は全て縦割り社会だから、若い医者にはベッドを空ける力がないのか。ならば教授に引き合わせろ」とまで仰ったのです。

少し前の時代には確かにそういうパワーバランスはありましたし、どこかにそのような気配があったことを否定はできませんが、もはやそういう時代ではありませんでした。

「医局としては決してそういうバランスだけで決めているのではなく、極めて手術を急ぐ順番を重要視しているのです」と説明し、その必要のある患者の数がどれほど多いか、ということを懸命に説き、放置することがどれほど危険かを諄々《じゅんじゅん》と説いたのですけれども、ご主人は一切、耳を傾けてくださいませんでした。

医局の人間にとっては福田さんの航一郎さんへの怒りは理不尽とさえ感じられます。私は航一郎さんの誠意が全く通じないことに対して憤りも感じましたし、悲しくて仕方がありませんでした。

しかし航一郎さんは、苛立ったり、腹を立てたりすることはありませんでした。

その後も航一郎さんは、一日手術が遅れることがどれほど危険かを滔々《とうとう》と述べて説得を続けましたが、福田さんに受け入れられることはありませんでした。

そうしているうちにも刻々と時間は過ぎてゆきます。

航一郎さんも懸命に医局に依頼し続け、ようやく八ヶ月後に福田夫人が大学病院に入院したときには、既にリンパ節ばかりか、膵臓《すいぞう》、脾臓《ひぞう》にも転移しており、あっという間に、今で言えばステージ4という所見で、手術すらできないまま三ヶ月後に亡くなったのです。

航一郎さんの落胆は傍にいる者も胸を痛めるほど激しいものでした。

実際このとき、医局の彼の仲間はその誠実さに半ば呆れてもいたくらいです。

仲間の中には航一郎さんは医師に向いていないのではないのか、という人もいました。気高い人物が医師として大成する、とは限らないですから、むしろ傷つきやすい分、彼は医師として将来やってゆけないのではないか、と話題になったほどでした。

しかし彼の志は既に私達凡人の遥か高みにあったのです。後にこのことは、彼の人格に対する仲間の尊敬の礎になったと思います。

彼が人としてどれほど温かく、どれほど強い人物なのかを、若かった私達がきちんと理解していなかっただけなのです。

そうしてこの事件は起きました。

福田夫人が亡くなった翌日のことです。酷い雨の降る夜でした。

私は彼に同行したのではっきりと覚えています。

私のような者には到底考えられないことですけれど、驚くべきことに、航一郎さんは福田夫人の通夜に出掛けていったのです。

基本的には患者の通夜に出向くことは暗黙の内に禁じられています。その理由の一つには医師があたかも医療事故を謝罪するかのような印象になることを怖れる。もう一つはいちいちそういうことをしていては仕事にならない、ということからです。

私は何度も止めましたが、航一郎さんはむしろ毅然《きぜん》としていました。言い出したら聞かない激しいところは理解していましたから、私はせめて彼と一緒に行くことにしました。そんな修羅場へ航一郎さんを一人でやりたくなかったのです。

この夜の出来事は、おそらくそれ以後の彼の人生に大きな影響を与えることになったのではないかと思いますし、以後の、医師としての私の人生にとっても極めて重要な出来事になりました。

折角出掛けていったにもかかわらず、航一郎さんは夫人のための焼香ができませんでした。ご主人に拒絶されたのでした。

家に入ろうとしたら、突然ご主人が航一郎さんの前に立ちはだかったのです。そして航一郎さんを雨の中へ強い力で押し戻すと、傘も差さずに大声で言いました。

「あのときにベッドを空けてくれたら家内は死なずに済んだ」

私は思わず間に割って入ろうとしました。

「ちょっと待ってください、それは……」

そう言いかかる私を、航一郎さんは黙って右手で押しとどめました。

「航一郎さん。いくらなんでも、それは……」

私がそう言いかけたとき、激昂《げっこう》した口調でご主人が叫ぶように言いました。

「お前が殺した！」

私は耳の奥がきいんと鳴るような激しい衝撃を受けました。

それは全くいわれのないことで、許してはならない暴言ですし、医師として耐えがたい屈辱といえます。

また人としても到底受け入れがたい言葉です。

しかし航一郎さんは優しい……優しいとしか言いようのないまなざしで静かにご主人を見つめていました。

いいえ、悲しい目でも、恨みがましい目でも、非難するような目でもなかったのです。綺麗な澄んだ目でした。

私はこぼれ落ちる涙を拭うこともできず、言葉を呑み込んだまま、航一郎さんと福田さんの顔を、呆然と交互に見比べるだけでした。

「お前にだけは、焼香なんかさせん！」

ご主人は泣きながらひときわ大きい声になって最後にそう叫んだかと思うと、航一郎さんにすがるようにつかみかかり、やがて降りしきる雨の中に座り込んで、航一郎さんの足下に泣き崩れてしまいました。

そうして暫くの間、声をあげて泣き続けたのです。

酷い雨でした。

航一郎さんはじっと動かず、傘も差さず、一言も発せず立っていましたが、どれくらい時間が過ぎたのでしょう、大きく一つ息を吐いたかと思うと、何か思いきったように、一歩下がり、ご主人に向かって深々とお辞儀をしたのでした。


多分、一生忘れない。

私はこんなに美しいお辞儀を見たことがないと思いました。

ご主人は一層激しく泣きました。私も涙が止まりません。

ですが航一郎さんは最後まで泣きませんでした。


それから暫く経った後の、同期の仲間との飲み会の席で、このことが話題に上りました。

メンバーは後に航一郎さんとナクールへ行き、三年後に帰国して後、長崎大学で教授になった青木克彦さん、後に大分の大学病院の教授になる循環器内科医の林田祥一さんと愛媛出身の心臓外科医の畑山新一さん、それに私と航一郎さんの五人でした。

その話になったときに、林田さんが一人息巻いていました。

「お前達は頭がおかしか」

林田さんはむしろ涙ぐんで憤っていたのです。

「第一、そんな通夜に行くのが頭がおかしか。けど、腹が立つとはこのことたい。どう考えてもそれは言いがかりたい。航一郎があれだけ一所懸命尽くした報いがそれか」

「私は」と庇《かば》って言いました。「あのときの航一郎さんは格好よかったと思う」

「馬鹿か」林田さんは今度は真っ赤になって怒りました。

「心を尽くし、手を尽くし、説得しても言うこときかんかった奴が死んだからって、医者の責任って言われたら、アホらしゅうて、だーれも医者にならん。お前の親父が言ったろうが。俺なら毒混ぜる！」

「ご主人だって分かってるのさ」

ずっと黙っていた航一郎さんがやっと口を開きました。

「何を分かってるってんだ？」林田さんは食ってかかりました。

「本当は俺のせいなんかじゃないってことをさ」

「そうかな？」それまで黙って聞いていた青木さんが、やっと絞り出すようにそう言って息を吐きました。

「うん」

「じゃあなんで……」

航一郎さんは更に問い詰めようとする青木さんをなだめるように笑いました。

「俺には分かるんだよ」

それから航一郎さんは少し悲しい目をしてこう言ったのです。

「誰かのせいにしなきゃ耐えられない悲しみって……あるんだよ」

そうかもしれない、と私は思いました。確かに福田さんのご主人は、最後は航一郎さんにすがりつくように泣きじゃくっていたのです。

「誰かのせいにしなきゃ耐えられない悲しみってあるんだよ」

このときの航一郎さんの言葉は、この歳になっても私の胸の中で響き続けています。

〈8〉赤十字ロピディン戦傷外科病院元院長
ロビー・ロバートソン医師の回顧②

航一郎にとって少年兵の死は大きな痛手だったようだ。

やる気をなくしたのではない。彼は決してそういう人間ではないのだ。ただ、哲学的に、医師の仕事の限界を痛感したことは確かだと思う。

少年兵が死んだ後も、彼は懸命に次から次へ運ばれてくる傷病兵と向き合っていたが、初めにここへ来たときの、溌剌《はつらつ》とした〝医療に対する自信や信頼〟が揺らぎ始めたように見えた。臨床医として当然の挫折感に見舞われたのだ。

実際、あの少年兵は助かるかもしれない、と私も期待した。腕は切断したけれども、身体は持ち直すと思われた。しかし元々の栄養状態の酷さや体力の消耗、貧血のショックなど心臓にダメージが残っていたのかもしれず、結局、肝不全と腎不全に始まって予後不良に陥ったのだ。

可哀想な言い方をするが、これはその人の持つ運といってもよいもので、それは私達の病院ではよくあることの一つだった。

それ以後にも、航一郎に任せた患者は他に何人もいた。命を落とした者も何人かいた。にもかかわらず、あの患者のことで深く傷ついたのは、少年が〝兵士であった〟ということが、彼の心の何かを、大きく揺らしたのかもしれない。

少なくともそれから暫く彼の仕事は〝心ここにあらず〟の状態だった。

それから後の二週間はむしろ青木克彦医師の活躍が目立った。

彼は内科医らしく、戦傷者ばかりか、現地のトゥルカナ人に対する医療にも大きな力を発揮した。

トゥルカナ人はケニアの北部あるいは北西部一帯に暮らしている、牛、羊、駱駝《らくだ》、驢馬《ろば》などを飼育する牧畜民だが、一九七〇年代の終わりから八〇年代になると勢力争いによって生活が騒然としてきた。

あの辺りは、八〇年、大干ばつに襲われて主食のトウモロコシやムギなどの収穫量が壊滅的に減った。伝説に過ぎないが、その干ばつはイナゴの大量発生による被害がきっかけとされ、それを部族同士の争いの陰謀に結びつけるデマゴギーが流れたことから、トゥルカナには幾つもの不幸が一気に押し寄せたのである。

家畜の略奪、民族同士の争いに加え、隣国南スーダンの内戦による難民の流入、更に仕事を持たない一部の人々の暴徒化、山賊化である。

あの辺りには我々のいう宗教は存在しない。漠然とした多神教的な〝神々〟への畏《おそ》れと、もっと具体的な〝霊的な存在〟への畏怖《いふ》が混在しているのだ。

従って彼らが迷ったときにすがるものはいずれ何かの〝神〟、あるいは〝霊〟ということになる。すなわち物事を解決できる力を持つ者は神の言葉を聞き取ることのできる長老か、さもなければ霊と語らう霊媒師ということだ。

医師など、それよりもずっと下の地位なのである。

彼らの〝神〟は部族全体の運や未来を司《つかさど》るけれども個々人には働きかけない。

病気は全て土地の悪魔か先祖の霊障による〝身体の異変〟であって、これを祓《はら》うのは霊媒師の重要な役割だ。大雑把《おおざっぱ》に言えばそういう住み分けである。

今日では医学というものに対する信頼や期待は大分高まってきてはいるけれども、つい数十年前まで、医学などというものは彼の地では西洋人の宗教か趣味であり、身体を切らなければ治せない手法などは〝駄目な霊能者の錯乱〟に他ならなかったのである。

しかし牧畜民には単包条虫《たんぽうじょうちゅう》という難敵がある。羊、牛、駱駝といった中間宿主から罹患《りかん》すると肺や肝臓に寄生する、いわゆるエキノコックスと呼ばれる寄生虫で、この辺りの住民に蔓延しているのだ。治療は手術による摘出のみで、こちらは航一郎の仕事だった。航一郎によって摘出された、巨大な単包条虫の有り様は日本では珍しいというので、後に熱研で標本化されたほどだ。

その頃、突如として彼らを襲った奇病にトゥルカナ人たちは戦々恐々としていた。

一九六〇年代の終わり頃からケニアでは既にメガコロン（megacolon＝巨大結腸症）が報告されていた。

分かりやすい表現を使うならば「酷い便秘症状」であって、実は原因はよく分からない。当時の専門医は食生活の中の「メイズ＝トウモロコシ」の摂りすぎが原因の一つと疑ったが証明はできなかった。欧米から流入した食習慣もその原因の一つかもしれない。

七〇年代から八〇年代にかけて更にその病は激しさの度合いを増したようで、私達のいた頃、その病気はメガコロンと同じものか、全く別のものなのかは分からないのだが、あの辺りでは八〇年代の大干ばつ直後から「大便肛門病」と呼ばれる病気が蔓延した。

「大便肛門」とはまた滑稽で哀しい病名だが現地語で「エオシンアガチン」という。「エオシン」とは肛門、あるいはその上の直腸部を指し、「ア」は「〜の」という助詞、「ガチン」はそのまま大便のことなのであるから、直訳も何もこの病気は現地語でそのまま「大便肛門病」あるいは率直に「糞肛門」と訳される。これはまさに「巨大結腸症」の進化形のように想像できるけれども正確にはその関連性は分からない。この症状は一、二週間で治ることもあるが、酷い場合三、四週間も苦しめられることになる。そうなるともうイレウス（腸閉塞）といってよい。

トゥルカナ人の子どもに「エオシンアガチン」と言えば一様にクスクスと笑う。それは大人にしても同じことだ。だがイレウスのまま放置したり、あるいは腸捻転《ちょうねんてん》を伴ったりした場合は、緊急手術をしなければ命を落とすことにもなりかねないのだから、笑い事ではない。

しかし「大便肛門」は誰が聞いても「大便肛門」である。それだけで哀しい笑いの種であるにもかかわらず、多くのトゥルカナ人は実際密かにこの病に深刻に苦しんでいたのだ。

彼らは滅多にこの病気を理由に病院を訪れることはない。訪れるのは霊媒師に失望したときだけなのである。最悪の腸閉塞に陥った場合は手術でその部分を切除する以外にないのだが、それなりのリスクを伴うことであって、これは一般的な解決法ではない。

悲しいことに私達はこの病気に対して正当な処方箋を持たなかった。従ってこの病気のことを理解していない若い医師の多くは消化不良、胃弱、あるいは稀《まれ》にマラリアの症状と診断し、消化薬、または便秘薬などを処方してしまう。しかしそれは却って患者を苦しめるだけになる。なぜならば先に述べたように、肛門に近い直腸部の大便が異常に硬く固まっており、上からいくら下ろそうとしても下は出るに出られない状況だからだ。便秘薬を処方したところで、出口を塞《ふさ》がれた便は出口を見つけることもできず、最悪の場合、食道を逆流して肺炎を起こすことすらあるのだ。

元々彼らはこの病気自体を〝霊障〟だと信じている。そこで霊媒師が治療に当たることになるのだが、私の見る限りそれはいわゆる東洋人のいう按摩《あんま》やマッサージに他ならない。近年ではははっきりとマッサージ師というようになったが、昔は霊媒師と名乗る存在に近かったようだ。ともあれこれは、熟練のマッサージ師が患者の腹を揉みほぐし解きほぐして、どうにか便を体外に押し出す以外に手はなかったのだ。

このことに強い興味を持ったのが克彦だった。

はじめオイルマッサージによって取り敢えず患者の肛門に近い、ぎりぎりの部分の大便を外に放出させる方法に集中し、成功した。勿論「病は気から」という言葉通り、それ以来すっかり治ったと言う患者もあり、良かったのは一時《いっとき》だけのことだったと言う患者もいた。続いてできるだけ水分を摂ることを教え、重湯を摂る方法を教えた。

ブドウ糖濃度を四パーセント未満に抑えた重湯は水分補給水としては理想的なものだ。また、後に水一リットルに対して、ブドウ糖二〇グラム、食塩三・五グラム、重曹二・五グラム、塩化カリウム一・五グラムの割合で溶解したものを処方したが、これは後に南スーダンの反政府勢力にも伝わり、彼らには「命の水」と呼ばれるほどに普及した。

昔から熱中症にはコップ一杯の水にひとつまみの塩と一握りの砂糖といわれているのと同じで、身体に不足している水分を効果的に摂ることで、この病を抑えられるのではないか、と考えたのである。これはかなり成功した。

青木がわずかの間に、一部のトゥルカナ人たちには霊媒師やマッサージ師よりも少しばかり強い信頼を勝ち得たのは確かだった。

＊

あっという間に一ヶ月が経ち、彼らがナクールへ帰る日が来た。

私達の病院へ応援に来てくれた医師達が帰るその日、私はいつも、彼らが最初にロキチョキオに来たときに一緒に撮った写真と、彼らが帰る数日前に一緒に撮った写真、その二葉の写真を贈ることを習慣にしていた。

なぜならば、現場に来た最初のときの顔と、過酷な現場で暫く過ごした後の彼らの顔とを自分自身で見比べて欲しかったからだ。

その二葉の写真の己の姿は〝医療に従事する者〟として、一生忘れられない宝物になると私は信じていた。それほどにどの医師も来たときと帰るときとでは顔つきや目つきや身体つきまでも違った。自信に満ちた顔になる者もいれば、却って不安に満ちた顔に変貌する者もいた。

「戦傷外科病院」などというものはいずれロキチョキオから消える。いや、絶対になくなるものであらねばならない。戦争は必ず終わらせなければならないからだ。

しかし医療は違う。彼らが今後医師として生きる限り、医療現場は命を賭《と》して戦い続けねばならぬ永遠の戦場だからだ。そのことを彼らの記憶にとどめておいて貰いたいと思ったのだ。

写真を贈られた医師達はみな、私達の病院へ来たときの己の顔と、出て行く際の己の顔との違いに驚く。ある者は呆れ、ある者は感動する。

命の現場は私達医師にそういうものを突きつけてくるのだ。

しかしいずれそれぞれの国で医師として病魔や怪我と闘うに当たって、この過酷な現場で過ごした自分の顔を忘れないでいて欲しい、という願いから始めたことだった。

常にこの顔を忘れるな、と暗に私は彼らを脅迫した。

この顔を忘れたとき、君は〝医師〟ではなく〝医療業者〟になるのだ。これはそのための証拠写真なのだ、と。

島田航一郎と青木克彦が去るに当たり、彼らを送る席上で私はまずこの厳しい戦時下の病院へ来てくれたことに対する感謝を述べ、次に彼らが無事にここから自分の居場所へ帰還できることを喜んだ。そして、最後に、彼らが最初にここへ来たときに一緒に撮った写真と、数日前に撮った彼らの写真を贈り、お別れの言葉に代え、「この二葉の写真が君の胸にいつまでも輝き続けることを願う」と述べ、記念に手渡した。

そのときだ。

写真に一瞬目を送った航一郎が、黙ってその写真を破り始めたのだ。

これには周囲が凍り付いた。そんなことをした医師は初めてだった。秩序を重んじ、礼節を旨とする日本人の思いがけない無礼な振る舞いに、その場にいた者が一様に言葉を失った。

それが航一郎であったことがみなをもっと驚かせたのだと思う。

小さな紙切れになるまで千切ったその写真を右掌《みぎて》に握りしめて、彼は小さな声で、「先生。この写真は僕の汚点なんですよ」と言った。

一同はそれがどういう意味か呑み込めず、互いの顔を見合わせた。うろたえている我々に向かって彼はにっこり笑った。

「あの……僕に……もう少し、未来の写真をください」

そして少し寂しそうな笑顔でこう続けた。

「僕は必ずまたここへ戻ってきます。そのときに先生にもっといい写真を撮って欲しい」と。

一同がほうっと安心したようなため息を漏らした。

そして航一郎はやがて、本当に再び私達の病院へ戻ってきたのだ。ほぼ二ヶ月後のことだった。

あの人なつこい笑顔で戻ってきて、「先生、今度は二ヶ月いられますよ」と言った。

私は涙をこぼさないように精一杯の笑顔で「やあ、お帰り」と言った。

〈9〉東北循環器病院長 村上雅行の述懐②

ケニアでね、東洋人の医者を見るとね、みんな「長崎から来たのか?」って聞くんだ。いや、あの当時はね。本当だよ。

ケニアの人はね、日本人の医師は全部長崎の人だと思っていたんだ。これ凄いだろ？　いいかい？　“Are You JAPANESE ?”じゃなくてさ、彼ら“Are You From NAGASAKI ?”ってずっと言うんだ。熱研をつくった情熱はさ、ちゃんと伝わってんだよ。

ま、それは自慢話だがね。

海外で、ある程度の期間、仕事をするでしょ？　そうするとね、自分が何者だか分かってきちゃうんだよ。というよりも思い知らされちゃうんだな。

海外で暮らす日本人は、まあ、全員そうかどうか分からないけどさ、どうあれ自分が何国人かってことを強烈に意識せざるを得ないんだ。だってそうでしょ？

たとえば僕が騒ぎを起こしたとするとさ、外国じゃみんな僕の名前なんか知らないんだからだーれも「村上が」なんて言わないよ。そうだよ、「あの日本人が」って言われるんだね。

そういう意味ではみんな日の丸背負ってるんだよな。

だから、視野も変わってくるさ。良いことばかりかどうかは人によって別だろうけどね。

だって、アフリカに三年いて医者やってごらん。〝肩書き〟なんて全く無意味だって気づく。

本来、医療には最初から肩書きなんて無意味なんだけど、やっぱり日本しか知らないでさ、日本でだけ医者してた頃の僕とは違うと思うんだね。

上手く言えないけどね、心の中の何かが違うんだよ。

照れくさいのを我慢して言えば、〝生命〟とか、〝神様〟というものへの思いとか、もっと身近に言えば自分の心の中の〝感謝〟ってものが動き始めるってのかな？

そういうものはね、残念ながら日本にずっといたんでは、そぎ落とされてしまうシステムになってるんだな。

去勢されるんだよ。心も。

だって、例えば今の日本の病院における勤務医の厳しさなんか、分かる？　びっくりするほどの激務とプレッシャーに加えて、てんで報われない程度の報酬を思ってごらんなさい。誰だって「俺はこの苦労と、何とを引き替えようとしているのだろう」っていう、まあ、なんて言うかな、虚しさや不安に襲われる。それも分かるだろ？

ある意味、患者の側にも責任はあるよ。なにかっつうと医療事故だ訴訟だ賠償だって言われたら、若い医者がのびのびと〝良い医者〟に育つのは大変だ。

大学なんかの医局にずっといたら、なんとはなしに出世しなきゃ〝駄目なヤツ〟と思われるんじゃないか、ってな恐怖心が芽生えるヤツもいる。いや、くだらなくなんかないんだよ。中にいれば中しか見えないから当たり前じゃないか。

航一郎はだから、別の生き物さ。

「絶対偉くなりたくない」っつうヤツの方が珍しい。出世がそのまま幸せかどうかは別だけどね。でもね、そんなこともみーんな分かってるんだよ。

「わかっちゃいるけど」って歌があったな。

名医なんてそんなに沢山いるもんじゃないんだ。

普通、お医者はね、みんな自分のできるやり方で患者を治そうとするんだな。もっと良い方法や、自分より上手な人がいてもそちらへはなかなか患者を回さない。ここが問題なんだ。まあ、保身っていうと酷すぎるが、それで良しとするのが日本の医療の現状だよ。日本の医療制度はそういう形で出来上がっちゃったんだ。国民皆保険というのは理想だが、結果は安かろう悪かろうに近いな。大病院の待合室に行ってごらん。日本人の秩序と従順さと我慢強さに感動するだろ？　五分の診察に何時間待たされるんだい。

つまり患者に対するリスペクトが感じられない。これはシステムに問題があるってことだね。……日本では昔、お医者さんってだけで奉られすぎたってことも遠い遠い原因かもしんないけどね。

セカンドオピニオンってのがようやく当たり前になりつつあるけど、これもねえ……駄目な医者からもっと駄目な医者にリレーしたんじゃもっと悪いだろ？

それにセカンドオピニオンってのはね、最初に診たお医者を疑るというんじゃなくてさ、きちんともう一度最初から診るってのが正道だよ。前の医者に対するリスペクトだか遠慮だか知らないが、前の医者が出したデータだけ診てさ、なるほどね、じゃあ、こうしましょ、ではセカンドオピニオンの意味はないでしょう？　そうなると良い医者に出会えるかどうかは自分の裁量と運だよ、もはやこの国じゃ。でもねえ。それでもさ、他の国よりはずっとましなんだな。

そういう意味じゃ、僕は本当に運がいい医者だと思うよ。たまたまいい後輩がいて、僕のこと誘ってくれて専門病院の病院長にしてくれたからさ、六十五過ぎたってこうして現役でばりばり手術してる。日本じゃそんな恵まれた外科医なんてそう沢山いないもんだよ。真の名医でも働く場所がないってシステムなんだよ、勿体《もったい》ない。おかしいでしょ？　歳で括《くく》るのはナンセンス。いや、できるできる。僕、目も悪くないしさ、足腰もしっかりしてるし、まだだいくらだって手術できるもん。

え？　〝神の手〟って評判だ？　誰が？　僕が⁉

どーゆー奴がそんな無責任なこと言ってんだい。馬鹿言うなよぉ、人間だよ。

日本には八百万《やおよろず》の神っていうのがあるから、ありがたがって誰でもすぐに神様にしたがるけど、神様は手術しねえよ。あっははは。

いいかい、権威が病気を治すんじゃねえんだよ。だから、あの人もこの人も〝神の手〟なんて安直に奉るのは変だよ。外科医なら成功するのが当たり前なんだから。それが自分で選んだ外科医の悲しい宿命なんだからさ。

冗談じゃない。失敗なんか前提に考えねえよ。

僕らはね、神様と患者が意気投合して治ろうとするときのお手伝いをする仕事なんだよ。誤解を怖れずに言えば、駄目な医者が神様と患者の間に割り込んじゃって余計な邪魔をするのよ。

そう。駄目な医者にかかっちまったら、助かるモンも助からねえってことだよ。

え？　航一郎もそう言ってたって？　うん。あいつ正しいよ。

ああ、そうか。……航一郎の話だったねえ。

今日は余談が多いなあ。……余談大敵だ。

今の、どう？　あ、ダメ。


　ロキチョキオからナクールに帰ってきたときの航一郎の顔ったら、そりゃあ酷いもんだったよ。人間の顔貌なんて一日で変わるっていうけど、あいつ一ヶ月向こうへ行って帰ってきたら酷い顔になってた。無感動、っていうのかな？　初めてナクールに来たときの明るさとか人懐っこさなんかすっかり消え失《う》せてさ。立ち直るまでにひと月はかかったっけ。

　余程酷い地獄を見てきたということだ。僕だってロキチョキオの現状を全然知らないわけじゃないからね。

　うん。暫くは放っておいた。

　元々「ミスター・ダイジョブ」ってほど明るいヤツのことだからね。

　どんな難問でもさ、取り敢えずあの人懐っこい笑顔で「オッケー、ダイジョブ」って言われるとみんなホッとするんだよな。そいで、あいつ、どうにかこうにか解決しちゃうところがあるからあんまり心配はしてなかった。

逆に航一郎が「オッケーって言わなかった」って……患者も職員も不安がるところがあったくらいなんだからね。

うん。仕事はちゃんとしてたよ。あの底抜けの明るさみたいなモンはなんだかすっかり消えてたがね。


ナクールの熱研では、年中、のべつ、僻地《へきち》医療をやっているわけじゃないんだ。勿論できうる限り、要請のある限り出掛けてゆく。主に小さな診療所を回るんだが、診療所、とは呼べないようなテント張りの仮設診療所をつくってそこで診療することもある。何しろケニアでも我々が主に担当していたリフトバレー州は、特に南北に長いから移動するのが大変だった。

ケニアの雨期は二回あるんだよ。三月から五月までの大雨期と、十月から十二月にかけての小雨期の二回。

一番暑いのは大雨期に入る前の一、二月、といってもナクール辺りで三〇度を超えることはあまりない。でも夜はぐっと冷え込むからね。一等寒いのは大雨期の直後の六、七月だけど、寒いっていっても二三度前後はあるからね。雨期といっても朝方と夜に強く降ることが多くて、日中はまあまあのお天気のことが多いんだ。

そう、昼は夏服、夜はセーターが要ると思えばよい。赤道直下といえどもインド洋からは五〇〇キロ以上離れた高原だからね。軽井沢の夏、だと思えばいいかな？　いやいや気候の話だよ。治安は別だ。

いや、雨期の頃は大変だった。何しろ移動しようにも道路が消えてしまうんだからさ。水没するんだよ。国道もへったくれもないよ、なかったところに川ができて、見たことのない場所に湖ができるっつう案配でね。だからセスナ型の軽飛行機で移動した。「フライングドクター」ってやつでね。滑走路のないところへも降りるよ。勿論パイロットの経験値があってできる技でね、どこでもかしこでも降りて大丈夫ってもんじゃないんだ。

治安の問題があって北部の砂漠地帯にはあまり行かなかったけれども、南の……タンザニアの国境近くには割合行ったね。

食べ物に関して僕はそう困らなかった。トウモロコシにね、キャッサバっていう芋の一種を練った「ウガリ」っていうのが主食になる。美味《おい》しいよ。地方によって混ぜるときの固さが違う。それをまあ、ご飯代わりにして「ムチュージ」っていう、タマネギやニンニクのたっぷり入ったトマトベースのスープに、そこいらの野菜、ナスだとかキュウリとかオクラのようなものを入れておかずにする。勿論、肉も付いてきたりする。これはなかなか美味しかったよ。なんかさ、不気味な食べ物が出てきて不安なときにはみんな航一郎に振るんだよ。

ヤツはすぐに「オッケー、ダイジョブ」ってぱくり、だ。

果物はほとんど何でもあったし、特にマンゴーなんかは凄く安くて美味しかったしね。でもあれ、ウルシ科の植物だから人によっちゃバカみたいに食べると身体が痒《かゆ》くなるらしい。航一郎がそう言ってた。あははははは。僕はそんなに沢山食べたことはないけど。

地方へ行けば地方独特の山羊肉の焼いたのだとか……あ、場所によって僕はワニが駄目だったなあ。あれ、場所のせいかな水のせいかな？　大体はワニって、蛙とか、鶏料理のような、さっぱりしたものなんだけど、凄く生臭く感じる場所もあったな。

鶏は旨い。だってどれも放し飼いだもの。牛肉も食べるけど、美味しかったよ。いや、そりゃ松阪牛っていうようなサシの入ったのなんかありゃしませんよ。いわゆるビーフ、ですよ。あ、勿論、米も食べる。

病院じゃよくカレーなんか作ったなぁ。

航一郎がたまに作った牛丼が美味しかったね。あいつ、結構、料理上手いんだよ。

それからね、ウガリの一種なのかもしれないけど、グリーンピースみたいな青い豆の煎ったものに牛だか何かのスープを混ぜてさ、捏《こ》ねて潰《つぶ》してまた焼いて食べるのがあるんだけど、あれ、なんつったけな？　香ばしくて好きだったね。

ナクールの町の至るところに野天の八百屋だとか肉屋なんかが出ていてね、ま、僕らは病院で食事を摂るから滅多に外で買い食いなどすることはなかったけれど、航一郎は時々パプリカ系の色とりどりの野菜と豆と正体不明の肉を刻んだのを炒めたような、訳の分からん物を旨い旨いなんて言って買い食いしていたなあ。

エビもあったよ。淡水生のエビだけどね。煮たの焼いたの蒸したの。生じゃ無理だろうな。なんだかちょいとね……僕は食べない。航一郎なら食べたかもしれないけど、それは聞いてない。

お腹すいてきたね。


航一郎はナクールに戻ってきてから僻地医療に集中していたな。僕には、ロキチョキオの記憶から遠ざかろうとするように見えた。

毎月あっちこっち出掛けていたね。そんななかで、航一郎がそれでも少しずつ変わったな、と感じるまでになったのは戻ってきて二ヶ月くらい後の六月のことだったかな？　そんな頃まであいつはどこか上の空だった。

僕はね、十日も経てば彼の心の傷も癒えると思っていた。だってロキチョキオの子どものことも聞いたが、彼のミスで死なせたというわけではないだろう？

ところがそう簡単じゃなかったんだ。

つまりどう言えばいいのかな？　医師として傷ついていたのではなくて、人として傷ついていたんだな。

周りの人間の心に化学反応を起こさせるようなヤツだから、なおさら彼の心の傷は相当深かったんだね。まあ、人としての愛情の深さがかえって自分を傷つけたようなもんだよ。

今、上手いこと言ったけど……メモらなくていいよ。


そうだ、航一郎に関するエピソードなら、いつだったか忘れたが……確か来たばかりの頃の……「片山先生」の話なんか面白いかな？

マラリア、フィラリア、それから「住血吸虫症」は世界三大寄生虫病といわれるほど世界中にあるんだ。特にアフリカは激しい。だからアフリカでの医療の話をするときにこの奇病のことは必ず出てくるわけ。

あのね、実はね、アフリカには……いや、世界中って言った方がいいかな？……名前も付いてない奇病は嫌になるくらい、沢山あるんだ。

よく分からない皮膚病の類《たぐい》、爪まで腐っちゃうもの……それから、匂いがしなくなったり、目が見えなくなったり、耳が聞こえなくなったりする奇病が実はいっぱいある。

でも、病気ってね、沢山の病人がいるから薬を開発しようって、そんなに単純じゃないんだよ。薬どころか研究まで手が回らないってところもあるんだけど、残念ながら薬ってやつは「売れる」から作れる。分かるだろ？　資本主義的には、売れない物は作れないんだな。

仮に特効薬が開発されたとしても、買おうにも、貧しくて買えない人の方が多いってこと。そんな病気は世界中にびっくりするほど沢山あるんだよ。

仮にそいつが流行性のもので、人の生き死にに関わるならば、慌ててどうにかしようとするんだろうが、そうでもなければ、まあ「しょうがないか」ってね。ほったらかされる。そんな病気のことを僕らは「貧者の病」あるいは「見捨てられた病気」って呼ぶんだ。

残念だけど……本当は、そういうの……いっぱいあるんだよ。

あ、「片山先生」の話だったね。

リフトバレー州境を越えて隣のニャンザ州のね、ビクトリア湖のほとりのキスムという、水辺の綺麗な町の診療所へ行ったときのこと。

若い男性が熱を出した、と言ってやってきた。普通、風邪だと思うよね。でも航一郎は一応勉強はしてきたらしくすぐにそれが「住血吸虫症」ではないか、と疑ったわけだ。

「住血吸虫」ってのは、これ気持ち悪いぐらい変態を繰り返すんだよ。説明するのも気持ち悪いけど教えたげる。

人や家畜に侵入し、成熟した成虫が産んだ卵がさ、便なんかに交じって水の中に出てくるんだよ。すると水の中でさ、卵の殻を破ってまず「ミラシジウム」ってゾウリムシみたいなのに変身して、そこらにいる淡水巻き貝に侵入する。すると今度は「スポルシスト」ってのに変態して――名前が変わるんだよ――実にこの貝の体内で二世代を過ごして……そうそう、二世代。つまりお母さんの代はこの貝の中で人生を終えてその娘が「セルカリア」っていうのに——また名前が変わるんだな——変態する。あ、もう嫌でしょ？　でもここからが凄いの。

「セルカリア」は枝分かれしたみたいな尾っぽを持っててね、貝から出たらこれで自由に水の中を動き回るわけだ。あげくタンパク質を溶かす酵素を持ってて、ヒトやなんかの皮膚を溶かして侵入するんだよ。体内に入った途端尾っぽを切り離して……そうそう、ロケットを切り離して人工衛星だけになる感じ。それで終《つい》には「シストソミューラ」ってのに変態してね、血液中を通って心臓に行くだろ？　それから肺に行って心臓に戻り、門脈に達してようやく成虫になる。雄が雌をずーっと何しろ抱きかかえてるの。細い紐みたいなのが抱き合ってる。

そう気持ちの悪そうな顔をせずに聞きなさいってば。

もっとも、こっちもそういう顔が見たくてわざと話すんだけど。あっはっは。

成虫になるまでおよそ四十日。これがヒトの身体の中で増えて悪さをする。放っておけば肝臓に入って肝硬変の原因になったり、酷いのになると脳までやられることもあるんだ。

大きさかい？　一、二センチから三センチ近くになる。気持ち悪いだろう？

だからアフリカではみんな泳がない。なのに水辺で作業をしている人はやられちゃうんだな。

日本は世界で唯一「住血吸虫症」を克服した、とされてるが、隣の中国ではまだまだ猛威をふるっているよ。一九八〇年代に入ってから日本国内での住血吸虫症の症例の報告がないから絶滅させた、って言ってるわけだが、さて自慢できるのかねえ。農薬や環境の悪化で宿主のミヤイリガイって巻き貝が日本では激減したからでね。

ま、余談はともかく、初めて「住血吸虫症」患者を実際に診たときの航一郎の不安そうな顔は、ギャラリィとしちゃ愉快でもあったな。

「日本住血吸虫症」とは別の「マンソン住血吸虫症」って寄生虫に冒された患者だった。あのね、さっき言った「セルカリア」覚えてる？　尾っぽの生えたの。それに侵入されたらまず皮膚炎が起きる。「セルカリア皮膚炎」ってやつでね、痒かったりそれを掻いて爛《ただ》れたりする。

その後を急性期っていってね、三ヶ月も経たない頃に咳き込んだり熱が出たり、ぜんそく症状を起こしたりするんだ。

この熱を「片山熱」っていうんだ。うん、英語でも“Katayama fever”って呼ぶ。

このくらいの患者なら特効薬はあるよ。「プラジカンテル」っていうドイツの薬だった。バイエル社？　おお、詳しいね。

話を元に戻すけど、喉の奥なんか診たりしてたミスター・ダイジョブが一時、珍しく混乱してた。やがて振り返って、「先生、この熱、風邪じゃないですよね。ひょっとして住血吸虫症……ですかね？」って僕に聞くんだ。

正確を期するには検便で虫を確認するのがいいんだが、もうね、現場じゃそういうこと言ってられないほど患者が待って並んでるからね。

「僕もそうだと思うよ。片山熱じゃないかな」って答えると、ホッとした顔になってね。

「へえ。初めて出会いました」って目を輝かせてるんだよ。

そこへ次の患者が来た。男性なんだが今度は腹が腹水でひどく膨らんでいる。

これは間違いなく重症の「マンソン住血吸虫症」なんだね。肝臓がひどくやられてる証拠だ。

ヤツは途方に暮れた顔で薬を処方して、「ここまで酷い人、初めて見ました」って肩を落としてる。

あとでこう言ってた。

「あそこまで病気が進むと、なぜ今までほっといたんだっていう彼への怒りのような、それでも彼なりに、きっと我慢強い人で、がんばる他なかったのかなって思うと、なんか、切なくなりますね」ってね。

航一郎らしいよ。

その晩のこと、ヤツが僕のところへ来て神妙な顔で言うんだ。

「片山先生について教えてください」って。

「誰だそれ?」って聞き返すと、「片山熱の……片山先生のことですよ」って言う。

一瞬、僕の頭も混乱しかけたが、航一郎の勘違いに気づいて思わず飲みかけてたコーヒー、噴き出しちゃった。いや鼻に入って痛いの痛くないのって。暫くは笑いが止まらなかったっけね。あいつ、その間、不機嫌そうな顔で僕の顔を見ていたなあ。

僕が暫く笑っていると、「俺、何か変なことを言いました?」って口とがらして首をかしげてやがんだ。

「人の名前じゃないんだよ」って言ったらきょとんとしてた。

「最初にこの病気が見つかったのはな、広島県深安郡の、片山地区(現・福山市)って場所だったんだ。片山ってのはお前、人の名前じゃなくてそこの小さな山の名前だよ」

僕がそう答えたときの航一郎の顔が良かったよ。

しばらくの間ぽかん、と口を開けて僕の顔を見ていた。それから真顔になってこう言ったんだ。

「え!? え!?……山?」

そうして頭を抱えて怒ったみたいに言うんだよ。

「あちゃあ。俺、完全に人の名前だとばかり思ってた。だってそうでしょう? 地名なら片山地方病とか片山地方熱とかいえばいいじゃないすか。なんだい紛らわしい。片山熱っていわれたら片山先生って偉い先生が見つけたのかなって思うのが人情でしょう」

人情を持ち出すとは思わなかったから僕は爆笑したよ。

「じゃあエボラ熱は？　知恵熱は？」

ヤツは一瞬息を呑んだ。

「あいた。……うん確かに」

あいつ恥ずかしそうな可愛らしい顔して、へこんでやんの。

「片山熱」って言葉は知っていても語源までは勉強してなかったらしい。

「いや、片山先生は良かったな」とからかうと、ようやくあいつ自分でも噴き出して、「確かに。……片山先生は良かったですね」とひとしきり笑った後で、真顔になると、「こういうのなんつーんです？　とんちんかん？　アホっすね。勉強不足。恥ずかしいすね。サイテーっすね」って呟いたかと思うと腹の底から「片山先生……あははははは」って大声で笑ってた。

僕も一緒に暫く笑いが止まらなかった。

それから暫くは航一郎のことを僕はわざと「片山先生」って呼んでやった。

「お、片山先生、どちらへ？」とか「おお、片山先生、おはよう」とかね。

周りはきょとんとしてたが、あいつその度に膝をカックンしてこけてみせてさ。

元々彼はそういう明るいヤツだったんだよ。

本当はね、真面目で……明るいヤツだった。

〈10〉 村上雅行の述懐③

東北循環器病院長

リフトバレー州はいわゆる大地溝帯に位置している南北に長い州だって説明したよね。その南の端に、有名なマーサイ族の居住地マーサイランドの一つ、ナマンガって町がある。ケニアとタンザニア国境の町でアンボセリ国立公園の入り口でもあるんだよ。

うん。マサイってみんな言うけど正しくはマーサイ。

蘊蓄するか？　マー語を話す人って意味だ。キリマンジャロに住むエイ＝サーって神様を信じてる、一神教の人達だよ。あ、エイ＝サーじゃねえや。エン＝カイだった。なんだよちっとも蘊蓄じゃねえな。あっはっは。

前に一度連れて行ったときには何の関心も示さなかった航一郎が、二度目に行ったときには全然違った反応をした。

観光地で狩りができない代わりにお金を稼ぐっていう、〝商売〟を覚えた連中の中にはこすっ辛いのも出て来始めてはいたが、当時は今ほどの擦れっ枯らしはいない。元々遊牧民だった人々の価値観を〝お金〟って概念が壊しちゃったから、〝お金が全て〟になった連中もいてね、だから人の物は盗るわ、たかるわってのが増えちゃった。そんなもの、そういう価値観を押しつけた外国人の責任だよな。

元来マーサイ族は〝アフリカ最強の戦士〟というプライドを大切にする誇り高い人々なんだが、僕らが行っていた頃にはそんな〝サバンナの貴族達〟も、もう既に権利的には追い詰められていた。というのは、アフリカはさ、それぞれを占領した植民地主義者の宗主国同士による勝手な線引きで国境線が引かれたわけだ。地図で国境線見たら分かるじゃない？　まーっすぐに線が引いてあるんだから。

それで、彼らの土地なのに、急に、はいここからはアンボセリ国立公園になります、マーサイマラ国立保護区です、ここは狩りをしちゃ駄目ですってね。

だって、ナイロビやナクールだって元々みんなマーサイの土地なんだよ。

第一、狩猟民や遊牧民には国境なんて概念なんかないんだよ。家畜を連れて季節毎《ごと》に移動を繰り返すし、狩猟となれば動物の方で移動するのを追いかけるわけだからね。

そこへさ、ここからこっちがケニアでここからはタンザニアで、勝手に出たり入ったりしちゃ駄目だ、なんて言われても冗談じゃないよね。しかもさ、自分たちの一番大切な生活の場でもある土地を〝国立公園〟だから野生生物を捕っちゃ駄目です、なんて決められてご覧よ。元々野生生物しか捕ってないのにさ。だって他人の家畜捕ったら泥棒だものね。迷惑な話じゃねえか。

　だから今でもかなり強く抵抗してる。自由往来を求めて一所懸命交渉してるんだが、まあ、国境ってものはさ、どの国でもナーバスなものだろ？　難しいよな。

　マーサイの視力が良いってのは事実。実際五・〇とか八・〇ってクラスの目の良さなんだね。一〇だ一二だを超えたなんて噂もあるけど、僕は本当だと思う。視力四・〇を超えると昼でも星が見えるっていうけどホントかねえ。

　僕？　〇・七、〇・五だから分からない。

　航一郎もそんなもんだったと思うよ。近眼だよ近眼。

　しかも彼らは暗視能力が凄い。暗夜でも遠くまではっきり見えるんだよ。そういうとさ、大袈裟に聞こえるでしょ？　でも本当。赤外線機能付きみたいなもんだよ。でもね、遺伝的な要素は低いってのが医学的見地でね、昼でも夜でも、遠くばかり見ていなくちゃならない環境と、遠くまで見通せる地形や気候の影響なんだな。

　だってナイロビでビジネスマンやってるマーサイ族の男性なんか、あっという間に僕らと違わなくなるよ。これホントホント。

　あるときマーサイの戦士と話していたら、ビクトリアの滝の噂話になったことがあるんだ。そうしたら彼らはプライドが高いだろ？　だからあんなタンザニアの果てっていうより、実際ジンバブエまで行かなきゃ見られないビクトリアの滝より凄い滝があるって言うんだよ。航一郎と思わず顔を見合わせた。

近くか？　って聞くとそう遠くないっていうから、まあ覚悟はしていたが、一体どこの道をどう通ったんだか分からない場所を、ジープでガタガタゴトゴト三時間。

何ていう滝なのか知らない。覚えてないだけなんだけどさ。

それがまあ、その、細いけど、高くてまっすぐで素晴らしい滝なんだけど——そうね、一五〇メートル以上の落差があった。日本では見たこともないくらいのね——でもほら、僕らはビクトリアの滝の水量を知ってるからね。

アンボセリ辺りに住むマーサイは見たことないんだよ、ビクトリアの滝なんて。ジンバブエって国のことも多分知らないだろうな。

どうだ、凄いだろ、なんて顔で胸張ってるんだ。いや、ビクトリアの滝はこんなもんじゃないって言いかかって言葉を呑んだ。

僕は少しがっかりしたんだが、航一郎は無邪気に興奮していたなあ。すげえすげえ、ってさ。

「先生、写真撮ってください」って珍しいこと言うなと思ってたら、滝のずっと手前の方で横向いて空へ向けて大きな口を開けてさ、「ちょうど滝の水飲んでるみたく見えるよう撮ってくださいね」って言いやがる。

撮ったよ。写真で見たら航一郎が遠くの滝の水を飲み込んでるみたいにね。

マーサイの連中も大笑いしていた。みんな同じように真似して順番に撮ってやったよ。

みんなが笑ってたら、航一郎が一人だけ真顔になってるんだ。

「どうした？」って聞いたら、「先生、滝って凄いですね」ときた。

「何が？」って聞くと、「だってあんなに水が落ちてくるってことは、あの上にそれだけ沢山の水があるってことでしょ？」って言う。

僕はこいつ、何を思ってるんだろうと考えていたら、更に航一郎が言うんだよ。

「滝があるってことはその上には滝を作るだけの水があるってことなんですよね。それが涸《か》れないってことは、涸れないだけの理由があるんですよ」

思いがけない言葉でしょ？　なんだか僕、分からないなりに感動したなあ。

「先生、滝の水って一瞬たりとも止まらないんですよ。落ち続けてるんですよ。それでも涸れないんですよ。生きてるんですよ。いやあ、滝って凄《すげ》えなあ」

あいつ泣きそうになって感動してるんだよ。さっきはその水を飲んでる写真なんか撮らせたくせにさ。

「涸れちゃ駄目だ」ってあいつ、必死に自分と闘ってたんだろうなぁ。実際ビクトリアの滝はザンベジ川の水量が支えてるんだものね。ナイアガラもそうだろ？　大きな水源がなければ大きな滝なんて生まれないってこと。人も同じだ、って航一郎は言ってたんだな。ずっと凄い滝でいるには自ら巨大な水源であれ、ってこと。確かに僕らはね、自分の心の水源が涸れることで自分という滝を失うんだろうな。

話が長くなったね。もうそろそろにするよ。

さて、あれはその滝のエピソードのすぐ後のことだ。

ナマンガだったか、もっと西の……マガディだったか……ごめんね、もう昔のことだからね。湖の近くって印象があるからナマンガじゃあなかったと思うが国境近くの村でのことだ。折から新月で、真っ暗闇の中で僕らの歓迎会が始まったんだ。通訳は新月の祭りだって言うんだけど、〝祀り〟という改まった気配はなくまさに〝歓迎祭〟って感じでね。

ぼん、っと焚き火が上がったかと思うと、マーサイの人々が武具を持ってダンスを始めたんだ。幾つも見せてくれたよ。「戦いの踊り」「狩りの踊り」「神様への感謝の踊り」、最後に「友好の踊り」。

驚いたのはこのとき、誘われるままに航一郎のヤツ、彼らと同じように半裸でさ、裸足《はだし》になって踊りの輪の中に飛び込んでいったんだよ。彼らと一緒に楽しそうな奇声まであげて。青木まで引っ張り出されてその気になってさ、一緒に盛り上がってやがんの。マーサイの人々の盛り上がること。

いや、航一郎はそういうところもあったよ。

お陰で僕まで引っ張り出されちゃってね。僕は半裸に裸足はやだよ。マラリア怖いし、毒グモやサソリがいっぱいいるからね。

航一郎、その辺は全然無知。ひゃっほう、とか騒いで踊り始めたら、みんなに大人気だよ。彼らが喜ぶのは分かるだろ？

日本人ってシャイだから、そういうときにあんまり乗ってこないイメージがあったんだろうな。だからみんな大喜びで、あいつ、すっかりスターさんだったよ。

彼らは足首に金輪を幾つもしてるんだが、航一郎ったら、「かっこいいよねえ」ってその金輪を欲しがってさ。ただのアクセサリーだと思ってやがんだよ。アクセサリーじゃないよ、チャリチャリ音を出すのは毒サソリ除《よ》けだよって言ったら、「毒サソリ！　いるんすかっ！」って跳び上がって慌てて靴下穿いて靴履いてさ。

あははは。即死するような強毒のやつはいないんだけどね。

「ハマダラカも多いぜ」って耳元で囁いたら、目が点になって長袖のシャツ羽織ってた。

そういう子供のような純なところは、あいつの魅力の一つだったなあ。それ見て青木はきょとんとしてた。

クモやサソリ？　ま、なかには怖ろしいのもあるけどスコーピオン血清ですぐ治る。キンカンで治るみたいなのもあるからね。

アナフィラキシーショックは確かに危険だけどね。日本の蜂だって危険あるからね。

そりゃぁ、マラリアの方がやだよ。十二年以上治らないのがあるんだもの。

その晩はテントの蚊帳の中で寝た。寝る前に航一郎が例によって地平線に向かって一人で「ガンバレー」って叫んでるのが聞こえた。

それはあいつの、まあ……自分に煮詰まったときの儀式なんだな。

そうしたら初めてそれを見たマーサイの連中が笑い出してさ。

最後は航一郎と一緒になって「ガンバレー、ガンバレー」って楽しそうに叫んでさ。うるさかった。

その夜はね、心地よい眠りだった。祭りの発散と興奮の後の静寂。

交感神経と副交感神経の連係が僕の場合、その晩は上手くいったんだろうな。

僕らが寝ているときもマーサイの護衛隊みたいな連中が銃を持って——勿論、麻酔銃だよ。公園内だからね——交替で見張ってくれてね。いや、ゲリラが怖いんじゃなくて、そう、猛獣だよ。猛獣は夜行性のも多いからね。

怖いのはライオンじゃないよ。ヒョウだよね、夜行性だからね。クロヒョウとか怖いね。見えないもん、素人《しろうと》には。マーサイには見える。ね？　目が良い理由だよ。水辺じゃ案外、土地の人はカバを一番怖がる。凶暴なんだよ、あれで。

で、僕はすっかり安心して眠り込んだわけだ。ふと明け方近くになって気がつくと航一郎がいない。どうしたろうと思ってテントを出てその辺りを探したら、一人テントの近くの岩の上にぼうっと座ってるんだ。

黙って一人で遠くを見てた。

何か思うところがあるんだろう。誰だってそういう時間は必要だからな。それで邪魔しちゃ悪いなと思って引き返そうとしたら、あいつの方が気がついてさ、「おはようございます」って声かけてきたから、「おお」って返事して、僕も岩に上って彼の隣に腰掛けた。

「もうすぐ日が昇りますよ」って言うんだ。

「いつもこんな時間に起きるのか?」って聞いたら、「いつもといえば嘘になりますが、時々」

それからこんなことを言うんだよ。

「地平線から太陽が昇るとき、最初、緑色に光るんすよ。見たことありますか」って。

そういえば僕は日の昇る瞬間なんて見たことがなかった。

「緑?」

「ええ。緑。一瞬で赤になりますけど。もっとも余程空気の澄んだときでないとそうは見えませんけどね」

驚いたよ。いや、本当なんだ。緑なんだよ。

初めて見て息を呑んだ。

暁暗色(セルリアンブルー)だった空があっという間に黄色からオレンジ色に変わったと

思った次の瞬間の日の出。

本当に太陽の上の縁の部分が緑に光るんだよ。それも一瞬のことだ。次に赤い太陽光が向こうから差したかと思うと、木々の影が長くこちらへ伸びる。瞬《まばた》きする内にその影は短くなっていって、広大なサバンナが朝の朱に染まる。一面の朱色だよ。それから気を取りなおすみたいに、木々は自分の色を取り戻してゆくんだ。草木の緑にね。緑から始まり朱を経て緑に戻る。

いや実にその……見ていて飽きない、というか、言葉にするのが難しいくらい雄大で、美しい風景なんだ。広大なサバンナの地平線の辺りに雲だか山だかの影があって、木々が真っ白に見える腕を空に伸ばして、あるいは背の低い木々は緑深くうずくまってね。

なかなか詩人だろ?

航一郎に教わった風景だよ。それからは僕も向こうにいるときは早起きになってね。この風景を飽きずに眺めたものだ。

肌寒かった空気が一変して温度を持ち始める頃にね、航一郎が遠くを見つめたままこう言うんだ。

「先生、俺、ライオンって好きなんすよ」

「ふうん」

それでこうも言った。

「神様って不思議な生き物を作りますよね。将来、この世の生き物が全部いなくなって化石だけ残ったときに、次の人類はライオンって、オスにだけ、タテガミがあったって、気づくんすかねえ」

不思議なことを言うだろう？

「格好いいすよね。ライオンって好きだなあ。百獣の王って言いたくなる威厳がある。そう思いませんか」

あいつがあんまり真面目にそんなこと言うから、少しからかってやろうと思ってこう言ったんだ。

「ライオンの雄なんて気楽なもんだよ。狩りは雌が集団でやってくれるし、交尾の時間なんてチョイの間だし、まだヒモの方が女に尽くすぜ」

そうしたらあいつ遠くを見たまま、「先生、それは群れの中のライオンの話でしょ」って言った。

言葉を失ったよ。確かにそうだな、と思ってね。

航一郎のヤツこう続けた。

「群れから離れたライオンって……厳しいんですよ」

群れから離れたライオン。

歳を取った今も、僕の胸に残ってる言葉だな。
それからようやく僕を振り返ってこう言ったんだ。
「先生、もう一回ロキチョキオへ行かせてくれませんか」ってね。
僕はね、いつかあいつはそう言うと思っていた。

〈11〉ロピディン戦傷外科病院元院長
ロビー・ロバートソン医師の回顧③

それまで独立独歩だった国に、外国人がいきなり別の価値観を持ち込むのは、本来そこになかった新しい流行病を持ち込むようなものだ。ロキチョキオへ来て以来、私はそのことがずっと気にかかっていた。

リフトバレー州北部一帯に住むトゥルカナ人に限らず、遊牧民達は元々経済観念が発達していて、それに、互いの価値観が一致していた。物々交換というものは同じ価値観を持つ相手との間だけに成立する経済的概念だからだ。

従ってそこへ降って湧いたように出現した〝金銭〟という新しい概念は、物々交換者にとってある意味では突然外国人から湯水のごとく振る舞われる〝魔法の約束手形〟の出現だった。


南スーダンの内戦が始まってから、ロキチョキオに外国の団体が一気に進出してきて町が膨らみ始めたかと思うと、貨幣価値の全く違う異国人が〝魔法の手形〟をばらまき始めた。

それればかりか現地の事情も顧みず、言われるままにお金を振り撒くような慈善団体が増えたこともあって、一部の遊牧民達は〝たかり〟を覚えたのだ。残念ながら彼らにはそれを恥ずかしいことだというモラルはなく、悲しいことに、誰にでも、すぐに物をねだるような人々が増えた。遊牧民たちはそれまで家畜と共に動き、生活することを〝労働〟という概念で考えたことはなかった。ましてや〝労働〟だけが実生活と切り離され、それが〝金銭〟という〝対価〟の対象になるとは考えもしなかったはずなのだ。しかもその〝労働〟には精一杯なのか、いい加減なのかという哲学など重要でなく、決められた時間そこにいて、言われたことだけをやっていれば一日は過ぎてゆく、ということに気づく。〝歩合制〟でもなく〝生産性〟も加味されなければそうなる。

人間ならば誰でも持っている狡《ずる》さだろう。

その〝魔法の手形〟が彼らを少しずつ堕落に追い込み始めた。

自分の家畜が盗まれるという揉め事はこの辺りでは昔から頻発していたが、気候変動に加え政情不安や武器を持った山賊の出現によって遊牧民達の心の尊厳は剝ぎ取られ、更に〝国家〟の持つ〝国境〟という概念の出現が遊牧民の自由を奪い始め、いつの間にか〝金銭〟という架空のオアシスだけが、今度は彼らの欲望の対象となってゆくという図式だ。

これは彼らにとっても私達にとっても不幸の種でしかない。

これらは共通の価値観、たとえば宗教観や人生観、あるいは善悪というものが一致していないから起きてしまう不幸なのかもしれない。そのどれか一つでも一致していさえすれば、これほど不幸なすれ違いは起きにくいものなのである。

人の善意は必ず他人を幸福にするとは限らない。

愛とか、善意と呼ぶものの難しさについて、私はそれをあの病院で一番学んだ気がしている。私達の病院は南スーダンの内戦ばかりではなく、そんな〝価値観の戦場〟にも、ほど近い場所にあったのだった。

さて、航一郎が最初に私達の病院にいたのは一九八八年の三月のほぼ一ヶ月間だったが、再び帰ってきたのはその年の六月のはじめだった。

彼がいなくなって再び戻るまでのわずかの期間に、私達の病院には少し変化があった。三人の医師が母国へ帰り、入れ代わりに六人の医師がやってきた。病院には外科医と麻酔医が二人ずつ増えた勘定になった。

南スーダンの内戦が拡がるにつれ、増え続ける傷病者の数に対応すべく病棟も二棟新設され、全体で二百床に拡がり、看護婦も三十人に増えた。現地人の手伝いを入れると七十人のスタッフを抱えるに至っていたのだ。

航一郎がここに初めて来たときの看護婦長、シスター橋本和子は六月の中頃に任期を終えて広島の修道院病院へ帰ってゆき、代わりにやってきたのは草野和歌子という名の、まだ二十七歳の女性看護婦だった。

彼女は元々東京のとある大学病院で看護婦として働いていたが、二十二歳のときに発心して突如、日本の青年海外協力隊に加わり、インドのマザー・テレサの終末病院「死を待つ人々の家」で二年間を過ごした。その後日本に帰ったものの、東京の大学病院の医局に属している医師とはどこかしら心が折り合えずに病院を去り、一旦は医療の道を諦め、貿易関係の仕事に就いた。

そこで彼女が、何を思い立ったのか、あるいは何かに触発されたのかは知る由もないが、アフリカに来る決意をし、かつての同僚や医師の人脈をたぐった末、鹿児島のある病院のつてで、ロキチョキオに来ることになったのだ。

人の決意について私はあまり立ち入ったことを尋ねないことにしているので、彼女のことも今述べた以上の事情を知らない。

ただ、私達の病院で働く彼女を見ていると、ある部分は際だって日本人的であり、ある意味では全く日本人離れをしているところもあった。

背丈は五フィート五インチほど、つまり一六五センチメートル。日本人男性の平均と同じか、少し低い程度の身長だそうで、日本女性としては決して低い方、ではないらしい。因《ちな》みに航一郎は一八〇センチメートルだそうで、日本人の平均男性よりはかなり背が高いようだった。

小太りで小さな丸い銀縁の眼鏡をかけ、常に笑っていた印象のある前任のシスター橋本和子は、年齢が五十代後半、元々が修道尼だからか、声を荒らげることなど一度もなく、黙ってみんなの後始末をするような人で、控えめで慎みのある日本人女性そのものであった。だからみんなは愛を込めて「ママ・カズ」と呼んだ。

シスターと和歌子は、年齢も違えばムードも違うが、誠実で誰にでも等しく優しいという古風な日本女性の持つ美しい特性は一致していた。

和歌子はいつも身体にぴったりとした細身のスラックスやジーンズを穿き、化粧っ気はなく、いわゆる女性を売るようなところはなかったけれども美人だった。アメリカの大都会でよく見かける仕事のできる女性のようでもある。華奢《きゃしゃ》で、長い黒髪をいつも無造作に頭の後ろでピンクのゴムで縛っていたが、ポニーテール、というのではない。もっと機能的な感じがした。

彼女の、細い身体からすっと伸びた腕は白く透き通るようだったが、それでいて案外腕力があった。

美しい声は高く澄んでよく通り、英語も上手に話した。笑顔が魅力的で誰でも包み込むような温かさがあり、病院でとても人気があったのは日本人の極めて良いところだろう。お節介といってもよいほどの世話好きで、何でも引き受ける人の善さは前任のシスターに通ずるところがあり、すぐにみんなに愛された。

気は強かったが、決して傲慢ではない。スタッフは……彼女がインドの終末病院を経てきたことを知っていたからか、尊敬を込めて若い彼女に〝マザー〟という称号を与えた。

彼女は周囲に対してまさに母親の発する大らかな愛を振り撒いていたが、実は、はじめ航一郎とはそりが合わなかったのではないか、と私は思っている。

航一郎の、何でも安請け合いをするときの「オッケー」という言い方が彼女の神経を逆なでしたようで、彼が無責任な男に見えたのかもしれない。

無責任な医者と傲慢な医者は彼女の〝最も嫌いな生物〟なのだ。それに、いかに同じ国の人間で、確かに彼女の方が年下だとしても、彼は最初から和歌子に向かって彼の口癖で「おめえよ」と呼びかけた。勿論それは彼の親近感の表れだったろうし、悪意などあろうはずもないが、妙齢の女性には傲慢で不愉快な呼びかけ方だったろう。

航一郎の「おめえよ」は、後にはあの病院では流行語のようになって、イギリス人がアメリカ人を呼ぶときも、フランス人が日本人を呼ぶときにも共通語になっていった。だが、そのときも和歌子はこの流行が気に入らず、この妙な言葉の流行は日本人にとって「おめえよ」じゃなくて「ふめいよ」だわ、と小声で言って苦笑していたが、その洒落《しゃれ》は私には難しかった。

一方の航一郎は相変わらずマイペースで、彼女が航一郎をどのように思っているのか、ということには一切興味を持たなかった。

しかしロキチョキオへ戻ってきてからの航一郎は極めて能動的だった。進んでアイデアを出し、実践した。

たとえば彼のアイデアでトリアージも刷新した。トリアージとは、傷病者の傷や怪我や病気の度合いを第三者が見てすぐに分かるように、色のついたタグを使って客観的に示すやり方のことで、医師の判断で患者の容態が色分けされる。このとき傷病者の腕に付けられるタグの色は、実はそれまでは基準などなく、国によってバラバラだった。かなり複雑に細分化された国もあったが、それを航一郎の提案で、この病院ではもっと単純化した。勿論その必要性があったからだ。

数百人規模の傷病者の中から医師達が一見して識別できる、あるいはそれに対応できる限界は本来三色までだ。それを1、既に命が危ない。2、放っておけば命が危うい。3、ゆっくりでも間に合う。この三つと決めた。

そこで我々は「不必要」を含めた四色を選んだ。まず赤いタグは「緊急対応が必要な患者、重態者」。黄色のタグは「早急に処置をしなければ赤いタグに変わる危険性のある重傷者」。緑色のタグは「命に別状のない怪我、あるいは異常なし」。そして黒のタグは「死亡確定者」だ。

このやり方はあちこちに拡がってゆき、後に日本で起きた地震災害でも適用され、以後日本でも基準となる。

航一郎のアイデアで、思い出すことがもう一つある。

彼が提起した看護婦の仕事の範囲についての問題だった。

ひどく忙しい日の午後のこと。戦傷兵がジュバから三十五人も運ばれてきたのが発端だった。それは航一郎と和歌子の、二人の日本人の間で、日本語によって交わされた会話だったが、私は後に双方の話を聞いて、以下のやりとりがあったことを知ったのだった。

「おめえよ、そっちの……ほれ……あいつの傷ぐらい縫えるだろう?」

傷病兵の傷口を縫いながら航一郎が和歌子に言った。

初めは軽いジョークのように聞こえたという。和歌子は咄嗟《とっさ》に彼の言葉の真意を理解できずに、ぽかんと航一郎の顔を見ていた。その顔を見て航一郎は話を逸らすように言った。

「ま、いいや。これ、あと処置しといて」

和歌子は航一郎の最初の言葉が心に引っかかって尋ねた。

「先生。今、私に何を縫えって言ったんですか?」

「何をって、おめえよ、こんだけ医者がバタバタして手が足りねんだからさ、その……ほれ、緑のタグの兵士の肘の上の……ほら、ちょっとばかりさ、裂けてるのぐらい、チョイチョイって、縫えるだろって言ったんだよ」

航一郎はニヤニヤしながらそう言ったようだ。

「正気ですか?」

生真面目な和歌子は思わず真顔で言い返した。「看護婦が直接そんな医療行為なんかできるわけないじゃないですか」と。

すると航一郎がからかうように言った。

「だから……できねえのかって聞いただけだよ。だっておめえよ、縫うときに用意する薬だって、手順だって、大体ほれ……どんな具合にやるかは、見てきてんだろよ。縫った後の処置はちゃんとやってきてんじゃん。それとも何かおめえよ、お裁縫できねえのかい」

これにはさすがに和歌子が抗議をした。

「無茶言わないでください。お裁縫とは違うじゃありませんか。看護婦に医療行為ができないのは分かってらっしゃるでしょ? 法律違反じゃないですか。それ、犯罪行為ですよ。思いつきでバカなことを言わないでください」

「ふうん」

それまで治療していた兵士から手を離した航一郎が、つと立ち上がり、和歌子と向かい合うと割合強い口調で言った。

「法律とか言ったからちょっと言い返すぞ」

それから和歌子の目を覗き込んで言った。

「ここは戦場。有事なんだ。法律じゃ人が守れない場所にいる。ここはそういう現場だ。インドへ行き、人の命の最期を看取《みと》った経験があって、それからわざわざ戦場まで来たほどの君だからきついこと言わせて貰う！　法律論なんてちゃんちゃらおかしい。『縫うのが怖いです』っていう答えならまだしも、こんな場所で二度と法律とか言うな！」

航一郎が声を荒らげるのは珍しかった。

「ヘイ……航一郎……どうしたんだ」

そのとき、私は思わず二人に割って入った。

可哀想に和歌子は少し涙ぐんでいたよ。

航一郎にしてみれば、同じ日本人同士、というちょっとした甘えもあったのだと思う。少し〝わがまま〟にだだをこねてみせただけだろう。

その証拠にその後二人の間がぎくしゃくしたり険悪になったりした、ということもない。一過性のささやかな言い合いに過ぎず、そんなことを後に引きずるほど二人とも幼くなかったからだ。

それより興味深かったのは航一郎は興奮すると丁寧語になるってことだった。和歌子のことを「おめえよ」と言わず「君」と呼んだのは後にも先にも、このときだけだったらしい。

なるほど、あの病院は一刻を争う傷病者ばかりが次々と押し寄せてくるから医師のストレスは溜まる。勿論、看護婦はそれ以上なのだが、時折こうして何かにぶつけたくなる気持ちも分からないではない。ささやかなじゃれあいのようなものだったのだと、今になれば思う。

このことがあって暫く後、彼は看護婦による〝医療行為〟の容認を私に要求した。つまり、医師なしには看護婦が勝手にトリアージを行うこともできず、医師の診断と許可なしには風邪薬一つ出せないという現状は、この「戦傷外科病院」の現状にマッチしていない、というものだった。

彼は、ある程度の熟練の看護婦であれば、かつて経験したことのある病状に出会えばどういう疾患であるかを特定することは難しいことではないはずで、従ってその病気のための薬を処方したり、明らかに命に別状のないような軽い傷口の縫合程度は任せられるのではないか、というかなり突っ込んだ提案をした。

「だって」と彼は言った。「医師が許可すれば看護婦は注射を打つ。大概そこいらの医者より看護婦の方が注射は上手でしょ？」と。

「ちょっと縫うくらい誰だってできるじゃない？　最初指導した後、医師が許可して責任もとればいいでしょ？　案外女性の方がそういうことは上手いんじゃねえかなあ」

私は思わず噴き出してしまった。

彼の言うとおり、戦傷外科病院では、より多くの傷病兵をできるだけ早く処置して助けることが優先される。確かに重篤な傷病兵を一人の医師が手術する間、何も彼のような一流の医師の手を借りなくても誰かが代行できるような怪我の縫合や処置は当然存在する。

振り返れば、第二次大戦中は正式な医師でなくても医療行為を行うことのできる立場の「衛生兵」という中間職が存在した。そのことを思えば、戦傷外科病院にそういう存在があれば、かなり医師の負担は減ったはずだと思う。が、この時点で私は彼のように簡単に「オッケー、ダイジョブ」と答えることができなかった。

しかし航一郎のこの発想は後に実現する。

航一郎が既にそのことを知っていたのかは知らないし、私も後で知ったことだが、その頃この試みはアメリカで既に行われており、後にはNP（Nurse Practitioner）という「特定看護師」が誕生し、アメリカでは医師と看護師の中間職的な立場が確立されることになるのだ。

といってもアメリカの場合、日本のように国民皆保険という制度や思想が実現されていないため、医療費が高すぎて多くの国民が医療を受けることができないという現状がある。そこで中間職というニーズが生まれたのであるけれども、中間職と軽く表現すべきではないだろう。なぜなら資格を取るのは簡単ではないのだ。これはアメリカの例だが、まず既にナースの資格を持っていることが前提になる。そしてナースとしての一定の経験が必要である、それから専門職大学院で学位を得なければならない、更にNPとして診療報酬を受けることができるようになるための試験に合格する必要があるからだ。

あのとき航一郎の提案を結果的に拒絶したことは、私の失敗の一つだったと今なら思う。彼のアイデアを実行する、極めていいチャンスだったかもしれない現場だったからだ。

ところで、航一郎が、彼の人生を大きく変える少年と出会ったのは、彼が私達の病院へ戻ってきた、そのわずか一週間後のことだった。

その日は朝から雨が降っていた。雨の日には案外酷い武力衝突は起きない。もっともそれは私の経験則に過ぎないから大してあてにはならないが、私が最も警戒するのは雨上がり、あるいは晴れて風の強い日である。勿論、雨の日に決して戦闘がないはずもなく、天気がいいからといって戦争日和というわけでもない。

しかし案の定、というか偶然にも、というべきか、その日はジュバからの傷病兵の移送が極めて少なかった。少ない、というのは五人だったからで、多い、というときは三十人を超える数になる。その日の午後に搬送されてきた傷病兵の内、赤いタグは二人で、残りは黄色のタグだった。

落ち着いた一日だったと言ってよいだろうが、例によって赤いタグを付けられた二人の兵士の身体の一部が医師によって切断され、残りの三人は薬を投与されて静かにベッドに横たわった。

ところが夕刻になって思いがけない〝客〟があった。子どもばかり数人の怪我人が、国境辺りからトゥルカナ人のトラックの荷台に乗せられて搬送されてきたのだった。

少年達はみな地雷によって足を損傷していた。しかもほとんどの少年がどちらかの片足を失うほどの大怪我をしている。私のようにあそこに長くいると、傷を見ただけで紛争地帯で一体何が行われているのか、想像することができた。

その少年達は無情にも実験動物のように、兵士達の前を一列になって地雷原を歩かされたに違いない。あの辺りの戦場で、子ども達を地雷のスウィーパーとして使うのは特別なことではなかった。

六人の子どもが運ばれてきたが、ほとんどは直接地雷を踏んでいないか、間近の地雷の破裂に巻き込まれた子ども、あるいは踏み方が幸いした、という悲しい意味で運のよかった子ども達なのだ。なぜなら地雷の信管を真上から踏んだ子どもは爆発によって兵士の代わりにほとんど死んでしまったに違いないのだ。

「二十人以上倒れていたが、あとはみんな死んだ」

そう言ったのは子ども達を運んできたトゥルカナ人のジョン・アフンディだった。トゥルカナ人の中にも親切な人物は沢山いる。なかでも有名なのはこのジョン・アフンディだった。まだ四十代の若さにもかかわらず、あの辺りの人々のまとめ役を任されるほどの人格者で、仕事の合間にこうしてボランティアで仲間と巡回しては国境周辺の怪我人や病人を運んでくる。しかも一切の報酬を要求しない、あの辺りには珍しい人物であった。

「なぜ子ども達ばかり、こんな目に遭うのだ」

私がため息をつくと、彼は肩をすくめて、「戦争だからだ」と事もなげに応じた。

私を見つめる彼の目の奥が、おまえの国も加担しているじゃないか、と言っているようだった。

彼は傷病兵以外にも、近在の病気の老人や子ども、それから時々毒虫（スコーピオンや蛇）に嚙まれた怪我人や、ヒョウやハイエナの群れに襲われた怪我人も運んできた。あの辺りでは、猛獣やハイエナに襲われることは珍しくなかったのだ。

しかもあの辺りには病院は他にないので、地元の人々も何十キロ離れていても私達の病院へ来るより他はないというわけなのだ。

知らせを聞いた航一郎は、看護婦の和歌子を伴ってすぐにやってきた。航一郎の指示に従って和歌子がため息をつきながらそれぞれの少年の腕にタグを付けてゆく。

「イエロウ、イエロウ、レッド、イエロウ」

航一郎は小さな声で呟きながら横に小さく首を振る。

「子どもばかりだ」

航一郎の悲しげな横顔を見ていて、私はふと、航一郎に「サンテサーナ、ダクタリ」と言って死んでいった少年のことを思い出した。

和歌子が隣で意外なものでも見るような顔で、悲しげな航一郎の横顔を見ていた。彼女には航一郎がそんな風に感情を表す姿を見るのは初めてだったのだろう。

そのとき、他の子どもとは違って、明らかに銃で撃たれた少年が一人、交じっているのを見つけて、航一郎が怪訝《けげん》な顔をした。

「この子だけ、一人違う怪我だね?」

航一郎が尋ねると、

「おいらの想像だが、この子は多分兵隊から逃げた。そして撃たれた。撃った兵士はこの子がそれで死んだと思ったのだろう。みんなと少し離れたところに倒れていた」

アフンディは大きな身振りを交えて英語でそう答えた。

私の見たところ、右の大腿部《だいたいぶ》を貫通していた一発目の射創は、おそらく五、六ミリクラスの小口径の最新式のアサルトライフル(多分、改良型のカラシニコフ)で、撃たれたものだった。彼には二つの射創があって、もう一撃はやはり右の臀部《でんぶ》の一部をえぐり取ってこれも綺麗に外へ抜けていた。お陰で出血もそう酷くはなかった。

「最近のカラシニコフは進化してる。防弾チョッキでも突き抜けるように口径を小さくして細く長い銃弾を使うんだ。至近距離から撃たれてる」

脇でアフンディが航一郎に解説していた。

「案外綺麗な傷口だ。それに大腿骨からも外れているぞ。ダイジョブ。この子、上手くすれば歩けるようになるぜ」

航一郎は少年の傷を見ながらそんな風に呟いた。和歌子も頷いていた。

そのときだ。その少年が急に動いた。

ふいに目を見開いたかと思うといきなり航一郎に飛びかかったのだ。和歌子が思わず立ち上がった。

これだけの傷を負っていて大して動けるはずもない少年の、あまりにも意外な行動に私達はひどく驚いた。だが、航一郎は少しも驚かなかった。

咄嗟に航一郎は、その少年を抱きかかえると、柔らかに押さえつけた。そのとき少年が航一郎の腕にがぶり、と噛みついているのが私にも見えた。アフンディが慌てて少年を引き剝がしにかかったが、航一郎は一人だけ落ち着いて、噛みつかれたまま、笑っていた。「ダイジョブ、ダイジョブ」と呼びかけながら、少年を無理に振り外そうともせず、むしろもっと強く抱きしめるようにして振り返り、「ダイジョブ、敵じゃないって言って」とアフンディに小声で言った。

「安心しろ。ここは病院だ」

アフンディがトゥルカナ語でそう言うと、少年は噛んでいた口をやっと航一郎の腕から離し、鼻で大きく一つ息を吸い込み、ほうっと口から吐き出したあと、諦めたように航一郎の腕を振りほどいて身体を離し、じっと踞《うずくま》ったまま、航一郎を睨《にら》みつけた。

航一郎の腕の噛まれた部分に血が滲んでいた。

和歌子がそれを気にしたけれども、航一郎は相変わらず「ダイジョブ」と言っていた。

その少年は撃たれた大腿部の傷口がかなり痛んでいるはずなのに、追い詰められた猛獣のような鋭い目で瞬きをするのも惜しむかのように航一郎を睨みつけたまま、息を潜めていた。

そのときの少年の目を私は今も忘れない。決して憎悪に満ちた、というのではない。悲しみ、でもない。一切合切の感情を拒絶するような、冷徹なまなざしだった。

そのときふと、何を思ったのか、航一郎がその少年に微笑みかけた。

「ハイ」彼が小声で発した言葉はそれだけだった。

航一郎がその少年に向けた笑顔は、遠く離れた場所で暮らしていた父と子とが邂逅《かいこう》したような、あるいは懐かしい親友と久しぶりに出会ったときのような、柔らかで温かい笑顔のように見えた。少年の目は一瞬和らいだが、それはほんの一瞬のことで、目の底の冷たさを緩めることはなかった。

ジョージ・ンドゥングという名の、その年の五月に十二歳になったばかりの少年だった。

その晩、ジョン・アフンディに食事と酒をおごろう、と言い出したのは航一郎で、彼の献身的な地域への貢献に感謝して、という名目だったが、航一郎が彼に聞きたかったのは別のことだった。

「何人ぐらい少年兵がいるんだ?」

それまで彼の仕事のことや、世間話に耳を傾けていた航一郎が突然そんなことを聞いた。

「沢山……沢山だよ」とアフンディは肩をすくめた。

「十人?……五十人?」航一郎がそう尋ねると、「反政府軍兵士っていっても、元はよ、おいら達と同じ遊牧民が多いんだ」と言った。

「元々遊牧民に国境なんかねえ。季節が国境なんだ。だから家畜を奪ったり奪われたりなんつう揉め事は昔から絶えたことがねえのさ」と、彼は肩をすくめた。

「でもよ。揉め事の理由がはっきりしていねえのに、いきなり銃を持たされて、ホラあいつが敵だって言われてバング・バングだ。生きていられりゃ幸甚ってもんだよ。ストレスは溜まるし、命は縮む。反政府だか政府側だか知らねえが、銃を持つ奴らは山賊となんにも変わらねえんだ。だから……」とアフンディは人差し指を立てた。「少女は犯し、男の子どもは手下にする……」

大きく息を呑み、ゆっくりと吐き出すと続けた。

「おいらの姉は犯され、両親は殺された。おいらは隠れていたから助かったが、見つかっていればコレを打たれて銃を持たされて人を殺しただろうよ」

突然の思いがけない告白に航一郎も私も言葉を失った。

彼はコレ、と言ったときに腕に注射を打つ仕草をした。つまり麻薬を打たれて、言いなりにさせられるのだ、と。悲惨な話だ。少年兵の恐怖心を排除するために麻薬を使う。歴史的にも、大昔からその手法は繰り返されてきた。

どういういきさつで彼の家族が殺されたのかといったことまで聞くのは遠慮したが、昔からアフリカでは遊牧民同士や部族同士の憎しみ合いは根深い。彼の家族が惨殺されたのはそういう種類の諍《いさか》いなのか、あるいは全くの強盗のような、無慈悲な俄兵《にわかへい》にやられたのか。

戦争というものは理由なく敵を殺す作業であり、何かのはずみで、しなくてもいい別の犯罪を犯す性質をも持つものだ。人が潜在的に持つそういう残虐性を〝原罪〟と呼ぶのかもしれない。

ジョン・アフンディは自分の家族のことを我々に告白した頃から酒が回り始め、心が解放されたように饒舌《じょうぜつ》になった。スワヒリ語訛《なま》りの英語なので航一郎には聞き取れない部分があったが、それは私がいちいち通訳した。

「反政府軍っていうが政府軍と区別なんかつかないんだよ。我々にとっちゃ近くにいる力の強い奴には勝てない。それだけのことだ」

彼は穏やかに語り続けた。

「子どもなら相手も油断するだろ。そこが付け目だ。だが子どもでも銃を手にすりゃ、半月も経たない内に立派な狙撃兵になる」

昂《たか》ぶるでもなく、訴えるでもなく、淡々と話すジョン・アフンディの言葉に、私達は何かの本の朗読でも聞くかのようにじっと耳を傾けていた。

「AK－47……カラシニコフ一丁が幾らで買えると思う？　人を殺す道具が、たかだか二万シル（シル＝ケニアシリング。二万シルは日本円で約二万円）だよ」

自分でそう言って指を二本立てた。

「一人でも殺せたら立派な兵士だ。子どもにしてみりゃ親は殺されてる。孤児だ。行く場所もねえ。麻薬打たれて感覚を麻痺させられる。食べ物もくれる。コレがでけえや。もう飢えなくていいんだからな。銃を持たせなくてもほれ、銃で脅してよ、一列に並ばせて地雷原を先に歩かせれば地雷のスウィーパーにはなる」

ジョン・アフンディは大きくため息をついた。

「立派な職業さ。相手が誰だか分からなくてもよ、あいつを撃てと言われたら撃つ。なぜもへったくれもねえ。撃たなきゃ撃たれる。子どもの方がそういうことには無邪気だよ。神様にも縛られず、モラルにも拘束されねえ。天下無敵、自由な殺し屋ってわけだよ。もし相手にこちらの少年兵が殺されても、代わりはいくらでもいる」

一息にそう言うと、最後は諦めたような声になった。

「子どもなんぞ、ここいらでは家畜のほんのちょいと下くらいの価値なんだ。いくらでも生まれるけど、すぐに死んじまうし、働けるようになるまで時間がかかるからな。牛なんか三年も育てたらちゃんと金になるだろう?」

私は声を失って彼の言葉を聞いた。

ふと見ると航一郎は涙を拭っていた。

第2部　ンドゥング

〈1〉草野和歌子のメール①

ンドゥング。

毎日大きな余震があると、こちらのメディアでは伝えています。ニュース映像の中ではあなたのいる町にはいつも雪が降っています。日本はまだ冬なのね。

寒い中、足は痛みませんか？　大丈夫ですか？　そんな風に尋ねると、航一郎の口癖を真似るあなたの「オッケー、ダイジョブ」という声が聞こえてきそうです。

家族を失い、家を失うということの悲しさと、どこに、誰にぶつけていいか分からない怒りと苦しみは、きっとあなたなら理解できる気がします。

だからといって航一郎のように共に苦しみすぎないこと。自分のできることを、ほんの少しだけ背伸びしておやりなさい。決して背伸びしすぎないでね。

あなたが聞きたがるから、時折こうしてあの頃のことを思い出すままに話すことにしています。話が前後したり飛び飛びになるのを許してね。なにせもう、随分昔のことだから。

そう。はじめ、私は航一郎のことをあまり快く思っていませんでした。

なぜならロピディン病院の中では、患者からも彼は「ミスター・オッケー」とか「ミスター・ダイジョブ」って言われるほど、なんでもすぐに引き受けるところがあったのです。彼自身の心が限界でもです。そういうところを〝いい加減な人〟と感じたのは、私が若くて正義感が強すぎたからかもしれませんね。

彼からいきなり「おめえよ」って呼ばれるのは正直言って不愉快でした。

だからあなたがそれを真似たときにたしなめたのです。勿論親しみの表れですが、決してお行儀が良い言葉ではありませんから、日本でその言葉を簡単に使ってはいけませんよ。

覚えていますか？　私達と出会ったとき、あなたは強くて無慈悲で、冷えきった悲しい目をしていました。

それは仕方のないことです。あなたはその二年前に強盗のようなゲリラに家族を殺され、お姉さん二人を誘拐された。この心の傷は、平和な子ども時代を送った私には理解も想像もできないことでした。

最初いきなりあなたが航一郎に嚙みついたときのことは忘れませんよ。びっくりしたのは確かですが、それはいきなりの乱暴に驚いたのと同時に、あれほどの傷を負っていながらまだ闘争心を失わないあなたの憎しみの底の深さに驚いたのです。

痛みで気を失ったあなたがベッドで我に返ったとき、私達はすぐに動こうとするあなたを押さえつけるのに大変だった。あのときあなたは十二歳だったけど、もっと、もっと老けて見えた。老けて、というよりくたびれて見えた。多分それはあなた自身の目の色が老けていたのだと思う。

あなたには分かるはずでしょう？　人は絶望すると目の色が老けてしまうのです。医師の仕事は病を治すことだけではなしに、目の色の老けてしまった人に、元の目の輝きを取り戻させることこそが一番大切な仕事なのです。

それは大変な仕事だと思います。でもきっとあなたにはできます。辛いときにはどうぞ航一郎を思い出してください。

でも決して航一郎みたいに簡単に「オッケー」とか「ダイジョブ」と言わないこと。

航一郎がどれほどあなたの治療に必死だったかは気づいていたはずです。これには私も驚きました。あの病院にはあなた以外にも沢山の少年が運ばれてきていました。

にもかかわらず、航一郎があなたにあれほど思い入れたのは、あなたがいきなり彼に嚙みついたことや、そのときの彼に向けた、今でも忘れられないほどの、あなたの冷たいまなざしと決して無関係ではなかったと思います。

航一郎はいつもあなたと話したがっていた。

暇さえあれば——本当はあの頃のあの病院で働く人には少しも暇なんてなかったのですよ——航一郎はあなたに話しかけていましたね。「おめえよ」……って。

なのにあなたは、はじめ一切口を利かなかった。

航一郎が話しかけると、いつも相手の心を決して信じないというような冷たい目で睨みつけるばかりだった。

少年兵、と私達は簡単に言ったけれど、あなたにとって銃は生きるための道具だった。あなたには、猟師の持つ銃と何も違わなかったはずです。すなわち食べ物と引き替えに誰かを撃つということが、生きるための〝仕事〟だった。というよりも、他に生きるすべがなかった。そのことであなたを決して褒める気持ちはないけれども、責めることもできません。その分、あなたの心の傷が深くなったことを思えば、胸が痛むばかりです。

子どもは生まれてくるときに何ひとつ選べないのです。

生まれてくる時代も、国も、親も、教育も、自分の名前ですら。

私がそういう子どものために、自分にできることはないかと考えたのも、あなたの〝目の色〟との出会いがきっかけでした。

それは航一郎も同じだったと思う。あなたの冷たいまなざしは、大人達の心の、最も後ろめたい部分に突きつけられた〝真実の刃《やいば》〟だったと思います。

ンドゥング。

子どもといえども、人にはそれだけの力があることを信じてください。そしてそれに応えようとする大人がどこかにきっといることも。

実はあなたの治療の際、航一郎が一番悩んでいたのはあなたの身体に入り込んだ〝薬物〟のことだった。

もしもあなたがもっと長い間、頻繁に覚醒剤などの〝麻薬〟を投与されていたとしたら、あなたの心は助からなかったかもしれない。

あのときのあなたの凶暴さや、混乱したまなざしや、誰も信用しない目の底の光、それから時折全てを諦めたようなふてくされた姿は、実はあなた自身のものではなく薬によって作り出されたもう一人のあなたでした。

幻視幻聴を来《きた》すまでには至っていなかったあなたが薬物中毒から脱却できたのは、ある意味で与えられた薬の不純さも幸いしていたのよ。航一郎がそう言っていた。

時間は必要だったけど、だから克服できた。それもあなた自身が気づかぬ内にね。

あなたが航一郎に向かって最初に発した言葉を覚えてる？　思い出すのも恥ずかしいでしょうが私は覚えている。

「シャラップ」と「ゲラウト」だった。

英語だったから随分驚いたけど、あとで航一郎はこう言った。

「あいつよ、きっと、ちゃんとしたとこの子どもだったんだな。ケニアの公用語は英語だろ。なんか、そういうきちんとした仕事をしていた家の子どもじゃねえかな」って。

その予想は当たっていた。あなたのお父上は学校の先生だったのですものね。

「あいつ喋った喋った」ってはしゃぐから私は言ってやったのよ。

「確かに傍で私も聞きましたよ。『うるせえ、出てけ』ってね」って。

航一郎は肩をすくめてたけど。

でもね、「こっからだよ、こっから」ってファイト燃やしてた。


大事な秘密を告白します。あなたのお尻の傷は真ん中の辺りが今でも少しへこんでいませんか？　縫い目もでこぼこで恥ずかしかったとしたら、責任は私にあります。実はあなたのお尻の三十五針の傷の内、十七針を縫ったのは私だったのよ。

本当は看護婦がそんなことをしてはいけない決まりなのです。ですが、その直前にあることで航一郎に叱られたことがあった。

〝決まり〟はみんなに守られる、ってことが前提の話だろう？　って。

戦場とは、もう既に決まりを守られない場所のことだよって。だから自分のテリトリーだとか立場だとか言っていられる場所じゃないんだよって。つまり、そういう現場では法律とか決まりが、人間の邪魔をすることがある。

だからといって誰も彼もが何の決まりも遠慮もなく思い通りに生きるなら、力の強い者の天下になります。弱い人は守られない。ということはハナから約束事なんて存在しない、ということなのです。戦場はそういうところです。

法律とか決まり事は何のためにありますか？　本当は弱い人を守るためのものです。それはあなたには何度も言ってきましたね。

大切なンドゥング。

どうかあの戦場で航一郎が勇敢だったように、あなたもあなたの戦場で勇敢に、そして優しく公平に生きて欲しい。

それには、まずはあなたが元気でいること。

ではまたね。

和歌子

〈2〉長崎県新上五島町胡蝶島診療所長
秋島貴子医師の回顧③

航一郎さんが熱研の、ナクール病院へ行く前の年ですので一九八六年に入った冬のことです。

胡蝶島の私の父が脳梗塞《のうこうそく》を起こしました。

里帰りする度に私が父の健康診断をしていたのですが、それまで老化による年齢相応の動脈硬化は見られましたけれど、普段から血圧も低かったものですから、脳梗塞は警戒していませんでした。

また、島に一つしかない診療所をたった一人で切り盛りする疲れから、自律神経の失調は確かにありましたが、休めたら治る程度の疲れとしか見ていませんでした。結果、私が見逃してしまったわけですが、本人が軽く見て誰にも告白しない、心房細動、いわゆる不整脈があったのです。私はやはり、医師として甘かったと思います。

父の脳梗塞は幸いそう重篤ではなく、父自身が自分で腕の感覚がおかしいと感じ、自ら船に乗って佐世保の病院へ行き、ＭＲＩで確認したのです。

命に別状はなく、そういう意味では幸運でしたが、左腕、殊に手首から先に障害が残りましたので、指を動かすことが厳しくなりました。

しかし、父のことは敢えて航一郎さんには詳しくは話しませんでした。彼がちょうど、福田さんの奥さんが亡くなったことでかなり参っていた頃でしたので。

休みを取って胡蝶島に帰ると、父の病のことは別にして、母は嬉しそうでした。

診療所には父が倒れたことを知らなかったのか、相変わらず沢山の人がつめかけていました。何しろ島の診療所はここだけなのですから。お陰で休暇で帰ったというのに私は普段よりも忙しかったくらいです。ほとんどが風邪や、飲みすぎ食べすぎの胃痛や腹痛で、勿論、なかには深刻な病気もありましたが、診療所で手に負えない患者さんは、ありがたいことにすぐに佐世保の大きな病院で引き受けてくれました。

「大学病院のお嬢さん先生」

島の人はみな私がこの診療所に帰ってくるものだとすっかり信じているようでした。

母も当然私が島に帰って、診療所を引き継ぐものと思い込んでいましたが、父だけが私の帰郷を望んでいませんでした。

「左手は、まあ……あんまし、ようはなかばってん。こん島ん中の病人ぐらい、当分わしが診られるけん」と父は言いました。

「お母さんはすーぐ帰ってこい帰ってこいって言うやろうけど。お前はまだまだ自分でしたかことのあるとやろう？」

若い医師の気持ちは年老いた医師にしか分からないものだ、と父は優しく笑いました。

「よかよか。お前が自分のしたかことばして、歳取ってから、もうよか、家に帰ろうかな、と思うまでどこででも、好きなごと、しなさい」


父の診療所は佐世保方面に面した側の、島の一番南の端の「元町」にあるのですが、車で西へ三、四十分も走ればもう、反対側の東シナ海に面した海に出ます。

私が子どもの頃から大好きだった海は、島から西に突き出した西崎と呼ばれる岬の、北側にある小さな白砂海岸「北浜」でした。そこからは真西に向かって拡がるコバルトグリーンの水の向こうに水平線が見えるのです。

北浜からは見えませんが、すぐ脇の小道を小高い丘へ上がれば、西崎の岬の突端から一〇〇メートルほど先の、海の中の大きな岩の上に、高さ一〇メートルほどの小さな灯台が立っているのが見えます。

私が子どもの頃からありましたから、随分昔に建てられたものでしょう。煉瓦《れんが》造りの塔は白く塗られ、青い海によく映えてとても綺麗でした。

もしも生活にゆとりができたら、と子どもの頃から夢見ていたことがあります。この西崎の丘の上の土地に家を建てて住むことができたら、どんなに素敵だろう、と。

お天気のいい日にはよく北浜で夕日を眺めました。

大きくて真っ赤な太陽が海に沈む寸前のひととき、太陽の下半分が溶けて流れるように歪んで見えることがあるのです。

私は子どもの頃から、大きな船が太陽の光の中を黒い影になって横切ってゆくのを見る度に、いつか大きくなったらあの海の向こうへ行ってみたいものだと、本でしか知らない外国で暮らす自分を夢見たものでした。

そのくせ私は歳を取ったらここへ戻り、毎日この夕日を診て過ごしたいと思っていたのです。

〝西崎の丘の上の家〟は夢のままですが、まさかすぐにこの島へ帰ってきて、やがてこの小さな島の診療所でささやかな人生を送ることになるとは思いもしませんでした。

父の脳梗塞の原因は心房細動で、発症後も不整脈が治らないため、佐世保の病院で血液をサラサラにする、ワルファリンを処方してくださったにもかかわらず、父はそれを飲みませんでした。ワルファリンは飲み始めたら簡単にやめることができない上に、この薬を飲むようになれば、大好きな納豆が一生食べられない、というそれだけの理由でした。

父は翌年再び脳梗塞を起こしましたが、このときにも命は助けて頂きましたが、前のときよりも後遺症の腕の麻痺が厳しく、もう医師として診療を行える状態ではなくなってしまったのでした。言葉も少し、もつれるようでした。

母からは帰郷の決心を促す電話が頻繁にかかるようになりました。


その頃のことです。航一郎さんから珍しくお誘いがありました。

当時、私達は大学の勤務医ですから、なかなか自由にお休みは取れませんでしたが、全くデートの時間がなかったわけではありません。航一郎さんによく連れて行って貰ったのは南《みなみ》山手《やまて》の小さなレストランで、長崎港の夜景を見下ろす窓辺の席に向かい合って座りました。航一郎さんがいつも予約してくれていたのです。その窓からは長崎港に揺れる町の明かりを挟んで遥か向こうに町の西へ拡がる夜景が見え、ずっと先には稲佐《いなさ》山《やま》のテレビ塔が見えました。

小さい町だけれど、長崎の夜景は宝石箱をひっくり返したようで、本当に美しいと思います。

その店はフレンチレストランですが、堅苦しいものではなく、アラカルトで何でも頼むことができました。旬《しゅん》のお野菜のサラダ、旬の魚を焼いたもの、また五島牛や、頼めばトビウオからキャビアまで。フォアグラも好みのソースで出てきました。それで決して高価ではないところなど、女性にとってはたまらないお店です。ですから予約をしなければ〝夜景シート〟に座ることは不可能なのです。

航一郎さんはいつも、中華街でチャンポン、皿うどんを、あるいは浜町《はまのまち》の老舗《しにせ》のうどん、また名物の茶碗蒸しや、思案橋《しあんばし》の一口《ひとくち》餃子《ギョーザ》なんかを食べ歩いているのですが、私と二人のときには、こうして時折驚くほど洒落た店に連れてきてくれることがありました。

幸せなひとときでした。

この店のメニューで私が好きだったのは少し贅沢な感じがしますけれども、とても柔らかく炊いたふろふき大根の上に、お醤油ソースで焼いたフォアグラをあしらったものでした。料理の名前は忘れましたけれど。

航一郎さんはいつもビールでお任せコースを頼みました。好き嫌いなく何でも美味しそうに食べていました。私は少しだけワインを飲みましたが、ワインの味はよく分からないので、いつもお店お薦めのグラス・ワインでした。

デザートで美味しかったのは柔らかいパウンドケーキに生クリームではなく、嫌みのないカスタードクリームを使ったケーキで、これは必ずいただきました。

私がふと帰り際に時計を見たとき、航一郎さんが真面目な顔で、聞いて欲しいことがある、と切り出しました。

少しドキドキしました。

彼は二分ほど沈黙し、言葉を探していたかと思うと、いきなり想像もしていなかったことを言いました。

「一緒にアフリカ行ってくれないか」と。

私の人生で、このときほど混乱したことはありません。

私は航一郎さんが大好きでしたから、勿論ついてゆきたい、と思いました。熱研のナクール病院に行くとしたら任期は三年。どうという長さではありませんし、シュヴァイツァーに憧れて医師になったことを知っている同僚の一人として、彼がアフリカへ行くのは極めて自然なことだ、と思いました。いえ、むしろアフリカに行くのは必然だと思いました。私は彼がとうとうアフリカに行けるのだ、ということが無邪気に、本当にとても嬉しかった。だって、彼の夢が叶うわけですから。

元々、私は彼を日本の医局や医療環境の世界に閉じ込めたくなかったのです。彼はもっともっと次元の違うスケールの中で生きるべき人だと信じていました。

しかしそのとき私には、故郷の小さな診療所の事情がありました。

私は彼の夢が叶うという喜びとは全く次元の違うところでふと、故郷の小さな診療所のことを思いました。

不思議に父の事情とか、母の期待とか、ではなかったのです。あの小さな診療所のことです。勿論わたしの少女のような夢を照れずに語るなら、いつか年老いて、航一郎さんと一緒にあの島に帰ることでしたが、もしかしたら初めからそれは実現できるはずのない夢ではないのか、と思っていたかもしれません。

少なくとも航一郎さんをあんな小さな島に閉じ込めてしまうことなど決して、してはならないことだ、と思ってもいましたから。

こんなに嬉しいことなのに、はい、と即答できなかったことが、既に航一郎さんとは生きるべきステージが違っていたのだと、今になれば思うしかありません。

私はその日「少し時間をください」と答えるのがやっとでした。

二日間の休みを貰って胡蝶島へ帰り、母には正直に全てを話しました。

「あんたも鉄砲玉のごと出て行ってしまうとねぇ」と、母は認めも否定もしないようなことを言いました。

寂しそうでしたが、私が好きな人と同じ道を歩きたいと願っていて、きっとそれが私の幸せなのだ、ということはちゃんと母に伝わっていたと思います。

父は医師ですから、ベッドの上で積極的にアフリカ行きに賛成しました。必ず医師として何かの役に立つはずだ、と言ってくれたのです。

私が診療所のことを言うと、父は静かに押しとどめました。診療所はどうにでもなるから、と。派遣を要請すれば必ず来てくれる医師はいるし、仮にこのまま診療所を閉めるようなことになっても、それは仕方のないことなのだ、とまで言いました。

「なぜなら数十年前に僕がここへ来て診療所を引き受けるまで、五年ほどは無医村だったのだから」と。

「それでも人々はちゃんと生きられたのだから」と。

両親はアフリカへ行くことを認めてくれたと言ってもいいにもかかわらず、私はほとんど眠ることもできずに、右を向いたり左を向いたりしている内に朝になりました。

その朝のことです。

新聞を取りに外へ出たのは朝八時前でした。既に診療所の前に人がいたのです。

「病院は何時からですか」

その人は妖精のような顔で笑ってそう私に尋ねました。

「どうかなさいましたか?」私が聞くと、「先生の具合の悪かって聞いたけんね」とヤマトイモの他に一抱えもある野菜を私の足下に袋ごとどさり、と置いたのです。

「これは?」

私が尋ねるとその人は言いました。

「土産ですたい。先生には早う元気になって貰わんばいかんけんね」

そしてこんな話をしました。

「前に私が風邪で死ぬごと熱の出たとき、先生は夜中に山越えして家まで来てくれたとよ」

確かに父は気になる患者がいたら、夕食のときにも好きなお酒を飲まずにいました。僻地医療というのはそういうもんだ、と父はいつも、事もなげに言っていました。

こんな小さな島で夜中に飲酒運転をしたところで誰も気がつかないでしょうし、往診とあれば、さほど咎《とが》め立てもされまいと思うのですが、この辺が父の生真面目なところでしょう。

「そいがさ、そんときは先生も風邪で酷か熱の出ておってね。試しに先生の熱ば計ったら私より熱の高かったとよ」

そう言ってからからっと笑い、それから私に、「先生の具合はどうね?」と尋ねました。

その人はこの診療所のちょうど反対側、山を三つ越えた、島の北の外れにある泊《とまり》集落の老婆でした。泊集落が隠れ切支丹の村だったことは今でこそ有名ですが、つい百二十年前まで隠里として他の村とは一切無縁に隔絶されていました。勿論、狭い島の中ですからみんなその存在を知っていても、表面上は没交渉で生きてきた、そんな集落の人々でしたので、その分警戒心も強く、この島の中では特殊な存在でした。父はそんなところも普通にカバーしていたのです。これには少し驚きました。

「おばあちゃんはお幾つ?」と聞くと、「八十二」と胸を張ります。

八十二歳の老婆が父の具合を心配し、重い野菜を担いで、山を三つも越えてわざわざ見舞いに来てくれたことに私は胸が震えました。

「どこか具合の悪いところはないと?」と私が尋ねると、「胃薬のなくなったけん、貰えたらよかとばってん」と言います。

診療室に呼び入れようとしたら、「よかですか⁉」と外から声をかけてきた人がいます。赤ん坊を抱いた若い母親でした。

「どうしたと？」

私が聞くと、泣きそうな顔で、「熱の酷かとです」と言いました。

夫が漁師で早出をした後、実家に子どもを預けて漁協の事務所に仕事に行こうとしたら彼女の母親が赤ん坊の熱に気づいた、というのです。

診るとおそらくただの感冒で、ひきつけを起こすほどでもなかったので敢えて解熱剤も使わず、かいた汗で身体を冷やさないように、よく着替えさせ、万が一急にもっと熱が上がったらすぐに来るように、と言って帰しました。

彼女が出て行くとき、泊集落のおばあさんは待合室でうつらうつらしていました。

胃薬を少し多めに出してあげているところへ、背の高い、色の浅黒いの男性が乱暴な音を立てて入ってきたので驚きました。

「ああ、ごめんねごめんね」

大きな身体を二つ折りにしながらぺこぺことお辞儀をします。

「どうされました？」私が尋ねると、「いや、あの、先生は？」と聞きます。

町の人は誰もが父が倒れたことを知っているので、私は隠さずに言いました。

「まだ動けないんですよ」

「あの……今日さ……良か鰤《ぶり》の獲《と》れたけん、先生に食べて貰《もろ》うてくれんね」

そう言うなり大きくて白い発泡スチロールの箱を、どさっとその場に置いたかと思うと、あっという間にいなくなりました。

母に告げると、「ああ、ゴン太やろ?」と言います。

「ゴン太?」

「ああ、ほら、子どもの頃ようお父さんに怒られよった田上《たがみ》さんの息子のおったろが? あんたより二つばかし上の」

「ああ、田上太郎ね」

「そうそう田上のゴン太たい。漁師になって、真面目によう稼ぎよるよ。お父さんにいっつもこげんして魚ば持ってきてくれるとよ」

時計を見るとまだ午前九時になっていませんでした。


僻地医療。

簡単な言葉で言ってしまうその医療の本質の、なんと奥深いことでしょうか。

たった今、私は赤ん坊を抱いた若いお母さんに、もっと熱が上がるようならすぐに来るように、と無意識のうちに言いました。

明日の朝には私はここにいないのです。

その無責任なこと。

そうして父がたった一人で長い間果たしてきたささやかな仕事と、この島の人々との関わり合いについて思いました。

人が生きている限り、いつか必ず怪我や病と出会います。重い軽い深い浅いの差はあろうとも、それぞれの小さな命にとっては、それらの一つ一つが〝一大事〟なのです。

島で生まれ育った人にとってこの小さな小さな診療所が、ささやかな人々の小さな命と直接繋がっているのです。

私は一体何のために医師になろうとしたのだろう。

この日、私は母に相談して診療所を開けることにしました。

午前中に十五人ほどの患者さんがありましたが、診療所が開いているという噂を聞いて午後三時までに更に二十人がやってきました。ほとんどが感冒か胃炎で、さもなければいわゆる持病の検診です。幸い難しい患者が現れなかったので四時には診療所を閉め、それから一人で北浜へ行きました。

とても気持ちよく晴れた日でした。

ゆっくりと沈んでいく夕日を見ながらずっと泣きました。

夕日が沈んでも泣きました。

この晩もほとんど寝られず、私は翌朝一番の船で佐世保へ行き、午後から病院へ出ました。

私は一緒に行くことはできない、と航一郎さんに告げました。

〈3〉赤十字ロピディン戦傷外科病院元院長 ロビー・ロバートソン医師の回顧④

「ダクタリ・ジャポネ!」

「日本人のお医者さん!」という意味だ。

航一郎が私達の病院に戻ってきて一ヶ月余り経った八八年の七月半ば頃には、子ども達が彼を見つけると弾けるようにそう呼ぶようになった。

航一郎の存在が子ども達に良い影響を与えたのは確かで、病院の庭にはたちまち子ども達の明るい声が響くようになった。

病院で暮らす子ども達はこのとき既に二十人以上もおり、怪我の治療が済んだ、といってもほとんどの子どもが孤児で、その上身体の一部を事故や戦闘のせいで失ったか、その怪我の影響で障害を持つ子どもが多かった。

本来ケニアの教育制度は小学校八年、中学校（日本では高校に当たる）四年という「八・四制」なので、この少年達の半分以上が小学生と中学生に当たるのだけれども、現状では近くの町の学校に戻すことは難しかった。

従って、今後彼らをどう処遇するかは極めて重要、かつナーヴァスな問題だったのだが、ひとまずは私の、病院長としての権限で彼らを病院の施設内に暫く留め置くことにした。

大人達のそういう悩みと子ども達の心の内実は無縁だ。多くは九歳から十三、四歳くらいの子どもだったから、元気になると無邪気に集団遊びをするようになった。なかでも彼らを夢中にさせたのはケニアにはない日本の「かくれんぼ」で、〝オニ〟になった子どもが近づいてくると怖がって本当に泣き出す子どももいるほどみんな面白がった。更にその発展形の「缶蹴り」＝“pine can”（「缶蹴り」に最も都合のよいcanがここではパイナップルの空き缶だったのでこの遊びはすぐにそう呼ばれるようになった）は、大人達まで一緒になって夢中になったほどだ。

航一郎はサッカー・ボールを彼らに贈って運動で汗を流す楽しみを教えたり、どこで手に入れたのか大量のＬＥＧＯを持ってきて室内では子ども達の知的好奇心をくすぐった。

「おう！　おめえよ、足は痛くねえか」

「おめえ、もっと大きな声で笑え」

航一郎は誰彼なく子どもを見つけると笑顔で抱き上げ、いつも大きな声の日本語でそんな風に呼びかけた。

子ども達の能力は計り知れない。

航一郎の真似から入ったかと思うと、驚くべきことに彼らはいつの間にか簡単な日本語を話すようになっていたのだ。

「痛くない」「ダイジョブ」と。

しかしンドゥングだけは他の少年達と遊ぶようなこともせず、たった一人だけ、まさに壁際にぽつりと置き去られた一輪の花のようにじっと沈黙を守っていた。

「おめえよ、もういいじゃねえか。話、しようよ」

航一郎は自分のハグを拒み、押し黙るンドゥングに苛立ちもせず、諦めもせず、常に熱意を持って話しかけた。

それでもンドゥングは少しも緊張感を解かず、彼が一切信用しない大人達の心根を推し量るように、あるいは航一郎の決心を試すかのように、膝を抱えたまま黙って冷たい目で彼を見上げるばかりだった。

これはあとで和歌子に聞いて、そういえば、と思い当たったことだけれども、航一郎は自分が悩んだときに「ガンバレ」という言葉をよく大声で叫んでいた。

「ガンバレ」は激励のエールだと和歌子は私に説明したが、後に航一郎が、それは「人に向かって贈るエールではない」と説明した。なぜならば人は誰でもがんばって生きているのだから、その人に「もっとガンバレ」などと他人が言うべきでない、と言った。

それでは誰に贈るのかと聞いたら、航一郎は「自分自身にだ」と答えた。

自分が情けないとき、自分の心が折れそうなときに、自分を励ます言葉なのだそうだ。

ンドゥングと向かい合っていたこの時期、夜になってなんと言っているのかは分からなかったけれども、どこかから航一郎の叫び声が聞こえていたのを覚えている。

おそらくあのとき彼は、少年の心を開くことができずに途方に暮れた自分に、諦めるな、と言い聞かせていたのだと、ずっと後になって腑《ふ》に落ちたのだった。

二ヶ月、という約束でナクールから派遣されてきた航一郎の出向期限が来て、また八月のはじめに彼は熱帯医学研究所へ帰っていった。

「サヨナラ」

「サヨナラ」

子ども達はみんな、航一郎を空港まで送る車に向かって手を振って見送ったけれども、ンドゥングの姿はそこにはなかった。

そして航一郎が去った後、ンドゥングは一層かたくなに心を閉ざすようになった。

あれほど熱意を持って自分に接していた航一郎が、不意に何もかもなかったようにこの現場から去ってしまったことで、もしかしたら彼は自分に向けられた友愛も情熱も所詮その場しのぎの大人達の方便に過ぎなかったのだ、と思い込んでしまったのではないか。そう思うとき、私には前以上に心を固く閉ざしてしまう彼の気持ちが分からないでもなかった。

他の子ども達にも同じような空虚感が見て取れた。ボール遊びひとつにも無邪気な明るさに少し影が差したようでもあり、室内でのＬＥＧＯにしても、建設性や公共性、そしてようやく彼らの間に生まれ始めた協調性までが失われたようで、見ていると子ども達に派閥が生まれつつあることに気づいた。

これは危険な兆候だ。派閥が生まれることによっていじめが起き、いじめが日常化することで、人の心に消すことのできない〝憎しみ〟が生まれる。この憎しみが争いを生み出すからだ。大人達の社会でもそうだが、象徴的な誰かの存在なしに、人々の心はなかなか一つにならないようだ。

「航一郎」という中心人物を失った途端に、芯《しん》のずれた独楽《こま》のように回転は歪み、たちまち遠心力を失ってしまったようだ。

子どもの世界の変化は共に暮らす大人達にも影響を与えないはずがない。大袈裟な言い方は慎むべきだが、実は病院も少しばかり殺伐とした。

一人の人物の存在がこれほど一つの集団に影響を及ぼすものだと、私は彼によって学んだ。

同時に航一郎の〝人徳〟というものを改めて思い知ったのだった。

だからそれから二ヶ月後の十月初め、ドクター村上から、航一郎を三度《みたび》派遣するという連絡があったとき、私は電話口で冷静な声で「大歓迎する」と告げて電話を切った後、思わず「ひゃっほう」と叫んだことを告白しておく。

このとき、航一郎は実に驚くべき姿で戻ってきた。彼は怖ろしいことに、なんとナクールから自分でトラックを運転して、子ども達や病院への支援物資を山と積んできたのだった。

あまりのことに私は言葉を失った。

ナクールからロドワーの町までおそらく六、七時間ほど。そこからロキチョキオまでは三時間ほどはかかる。時間はともかく、ロドワーから先、カクマを経てこの町に至る国道A1〈ロドワー・ロキチョキオ・ロード〉――ケニアと南スーダンを結ぶセントラル・アフリカン・ハイウェイの一つ――は国道とは名ばかりで未舗装部分も多く、しかもゲリラ兵崩れの、銃火器を持った山賊達が驚くほど大勢潜んでいるからだ。

しかもそこを単独行で、よくぞ無事に、と驚嘆したが、それは実際、運がよかっただけの危険な行為で、まさに〝暴挙〟といってよい。

私は航一郎に二度とこのような危険なことをしてはいけない、と念を押した。

「ダイジョブ、ダイジョブ」

彼は例によって屈託なく笑ったけれども、日本のような安全はここにはないこと、日本人のように人に対する友愛なども一切ないことを諄々と説いた。

「日の丸付けてきたから大丈夫」と彼はさらに子どものように笑ったが、あの辺りではそれが日本の国旗だということなど、知る人の方が少ないのだ。彼はやはり平和な場所で育った優しい日本人の一人なのだ。

そのときに感じた嫌な予感を、私はずっと忘れられなかった。

「航一郎が帰ってきたよ」

ボールを追いかけていた子ども達にそう告げると、彼らは一斉に何か叫びながら走り出した。

多くの子どもは不自由な足を引きずるように、あるいは片足で飛ぶように、だったけれども、みな満面に笑みをたたえている。

「おう、おめえら、元気だったか?」

トラックから降りた航一郎が大声で叫ぶと、子ども達は一斉に大声で、「ダイジョブ!」と叫び返した。

それから彼は子ども達の一人一人を抱き上げてその子の名前を呼んだ。このことに私は少なからず感動した。

自分の名前を覚えてくれている。

それは彼らの誇りなのだ。航一郎のことだからこのことを哲学的に認識していたとは思わないけれども、彼はきっと本能的に人の心の温度を知っているのだ、と思った。

勿論その中には航一郎が私達の病院を留守にしていた二ヶ月の間にジョン・アフンディによって運ばれてきた、航一郎のことを知らない傷病少年も幾人か加わっていたが、他の子ども達の熱気に励まされるように、みな一様に興奮して彼のハグを待った。

航一郎は初めて出会う、見知らぬ子ども達には必ず名前を聞いた。彼はその名前を数度繰り返し、その度に大きく頷いた。

このとき私が思わず持っていたカルテの束を取り落としそうになったのは、なんとそこにンドゥングの姿を見つけたからである。輪の中ではなく、少し外れた壁際でンドゥングは航一郎の姿を眺めていた。私はそれだけで胸がいっぱいになった。

航一郎が八月末に病院を去って以来、ンドゥングは更に心を閉ざしたかのように一切口を開かなかった。どうやら食事だけは摂るけれども、それはあくまで死なないため、であって、自分の前に新しく開かれつつある世界を信じることも、認めることもしなかったのだ。

一瞬の間を置いて航一郎はすぐにそれに気づいた。

「ンドゥング!!」

航一郎は叫ぶと彼に向かって走った。

ンドゥングは一瞬身体をこわばらせたが、驚いたように逃げ出した。右足をやや引きずるように走るンドゥングに航一郎が追いつくのは訳もないことだった。

「ンドゥング!!」

追いついた航一郎がンドゥングの小さな背中を捕まえて宙に抱き上げた。

暫く手足をばたつかせながら抵抗していたが、航一郎が力を込めて抱きしめるとやがておとなしくなった。

「おめえ、迎えに来てくれたのかよ！　嬉しいじゃねえかよ！」

航一郎が涙声になっているのが分かった。

航一郎はンドゥングを抱きしめたままその場にしゃがみ込んだきり、暫く動かなかった。

私の場所からは航一郎の表情は見えなかったけれども、彼が泣いていることは分かった。

航一郎の涙を見た途端、ンドゥングが航一郎に抱きつき、そのまま声をひそめて泣き始めた。

ンドゥングは静かに、静かに泣いた。

そこにいた沢山の人々は声もなく二人を見つめていた。

子ども達も駆け寄って、二人を見守るように取り囲んでいた。

折から病院の中庭にはジャカランダの薄紫の花がこぼれるように咲き誇っていた。

私は、あの日「サンテサーナ」と言って亡くなったあの少年が航一郎とンドゥングを祝福している、と感じた。

このときからンドゥングの表情が一変した。

航一郎が声をかけると照れながらだが、応じるようになった。

ンドゥングは右足を少し引きずる程度の後遺症は残ったが、それは時間と共に癒えるものと思われた。

＊

航一郎は子ども達に本人の喜ぶ渾名《あだな》を付けるのが上手だった。サッカーの上手な子どもには「キング・ペレ」や「皇帝・ベッケンバウアー」。LEGOでびっくりするような建築物を作る子には「フランク・ロイド」。哲学的な質問をぶつけてくる子どもには「ZEN」。そして数学に強い子どもには「アインシュタイン」など、いつの間にか子ども達は二つの名前を持つようになっていた。

ある日、和歌子が何かしら航一郎に抗議をしていた。珍しく航一郎が小さくなって肩をすくめている。

「子ども達は真っ白な紙と同じなんです」と和歌子が言った。

「分かったよ。分かりました」

航一郎がいやに素直に返事をしている。

ンドゥングは航一郎に心を開くと共に、少しずつ病院の大人達にも心を開き始めたようで、殊に和歌子に懐いて慕っているように見えた。航一郎と同じ日本人であることがその原因の一つだと思うが、和歌子の大らかで温かな人柄も大きな原因だったろう。

和歌子が航一郎に抗議していたのは彼の言葉遣いに関してだった。

航一郎が誰彼なく呼びかける「おめえよ」が和歌子には未だに大いに気に入らない。子どもも達までが人に呼びかけるときに「おめえよ」と大好きなダクタリ・ジャポネ・コイチロの真似をして恥ずかしい、というのが彼女の抗議である。

「みんなに強い影響を与える人は、自分をちゃんとしてください」

さすがの航一郎も黙って叱られるよりなかった。

私はすぐそばで笑いをこらえながら二人のやりとりを聞いた。

そのときケニア人の看護助手のケイトが、白い画用紙をひらひらさせながら興奮して廊下を走ってきた。

「見て、見て、見て！」

航一郎のところへ辿り着くと、その紙をこちらに向かってかざすように拡げて見せた。それは、はっきり航一郎の顔と分かる絵だった。

「まあ、上手だわ。とてもよく似ている」

和歌子が目を輝かすと、ケイトは鼻をひくひくさせながら胸を張った。

「やっぱりそう思う？　これ、誰が描いたと思う？」

勿体をつけるようにケイトが言った。

「え？　まさか……」和歌子が目を丸くする。

「その、まさかかもしれないわよ？　これ……ンドゥングが描いたのよ。彼は絵の才能があるわ。画家になれるかも！」

「ンドゥングが⁉」

航一郎と和歌子と私は思わず見つめ合った。

航一郎がトラックに積んで運んできたものの中には、お菓子や副食などの食べ物は勿論のこと、絵の具やクレヨン、画用紙から粘土、ゲームまで、子ども達が当分の間困らないほどの文房具や玩具《おもちゃ》が含まれていた。

その日以来、彼らは粘土で遊んだり、絵を描いたりして過ごす時間が増えた。航一郎のもたらした「缶蹴り」などの集団遊び、それから図画工作は子ども達の情操教育にとって、極めて重要なことだ。

戦争という異常事態の中で傷ついた彼らの心を癒やすことは決して容易ではないが、こうして少しずつ平和な日常を思い起こさせることは、間違いなく何らかの良い影響を与えるはずだと思う。

「おめえよ！」とンドゥングにそう声をかけた後、航一郎は慌てて和歌子を振り返った。和歌子は噴き出しそうな顔で、それでも彼を睨みつけていたが、「だってよ、ンドゥングって言いにくいだろ？」という航一郎の一言でとうとう噴き出してしまった。

「凄いじゃないか！　俺のこと描いてくれたのかい？」

航一郎は照れるンドゥングをハグしながら嬉しそうな顔でそう言った。

「おめえよ！」

ついまたそう言って航一郎は決まりが悪そうに和歌子へ振り向いたが、今度は少し困った顔をしただけで、興奮を隠さなかった。

「ミケランジェロみたいになれるかもな！」

その言葉に、休暇を子ども達と過ごしていた多くの看護婦が一斉に反応した。

「ミケランジェロ!?」

「ミケランジェロ？」

「ああ……それは凄いね」

私が思わず脇からそう言うと航一郎が胸を張った。

「よおし、ンドゥング！　これからお前はミケランジェロだ。いいな！　分かるか？」

航一郎はンドゥングの前にしゃがみ込むと勢い込んで言った。

「あのな、昔、ミケランジェロって、凄い天才画家がいたんだ！　彫刻もできるし……それになぁ……なんだっけ？　頭も良くてさ、……ま、とにかく凄い人だったんだぞ。お前は今日からミケランジェロだ！」

それ以来、彼はミケランジェロ、あるいは略してミケと呼ばれるようになったが、この命名には後日談がある。

「どうしてミケランジェロなんですか？」と和歌子が航一郎に聞いたことがある。

そのことがあって暫く後、何人かで一緒に食事を摂っていたときのことだ。

「え？　どうしてって？　何が？」

「いえ、ピカソでもダリでも……たとえばラファエロでもよかったのにどうしてミケランジェロ？　好きなのかなと思って」

「そりゃ、なんといってもルネサンス早期の代表的なその……絵描きといえばだな……」

「ルネサンス早期」に和歌子が異議を唱えた。

「ミケランジェロって……ルネサンス後期でしょ？」

「え？　そうだっけ？」

急に航一郎が不安そうな顔になった。

「あのさ、俺その辺……ホントはあんまり詳しくなくてさ、ま、その、なんつうか、イメージだけでミケランジェロって言っちゃったんだけど……あれだよな、ミケランジェロって、ほら、ヘリコプターの設計図描いたり、『モナリザ』とかよ、『最後の晩餐』描いた奴だよな……」

一同が航一郎を見つめた。

「航一郎、それはダ・ヴィンチだよ。レオナルド・ダ・ヴィンチ」

私が答えるとみんな一斉に噴き出した。

「なんだ。いい加減だなぁ」

「え？　本当はダ・ヴィンチって言いたかったの？」

「え？　ダ・ヴィンチとミケランジェロを間違えたの？」

「え？　勘違い？」

みんなが口々に航一郎を責めた。

航一郎は頭を掻きながら、「あっちゃ。ダ・ヴィンチかあ。そうかぁ。だよな。『モナリザ』はダ・ヴィンチって常識だよなあ」と言い、それから赤い顔になって言った。

「単純な勘違いだな……ま、いいじゃん。絵描きには違いないからな」

ンドゥングは航一郎の単純な記憶違いからミケランジェロと呼ばれるようになったが、もしかしたらレオナルドだったかもしれないのだ。

勿論これはンドゥングには絶対内証《ないしよ》の話だ。


なんと幸せな時間だったことか、と私はあの頃を思い出す度に懐かしく思う。

戦傷外科病院という過酷で熾烈《しれつ》な場所において、それはほんの一時ではあったけれども、こうして柔らかに過ぎてゆく時間があった。そしてその時間は、航一郎という偉大な存在によってもたらされた安らぎのひとときであったと思うのである。

〈4〉 長崎大学国際連携研究戦略本部長

青木克彦医師の述懐②

再び要請を受ける形で、私がナクールから二度目にロキチョキオに出掛けたのは八八年の九月のはじめでしたね。航一郎が三度目の出向でロキチョキオに来るよりも一ヶ月前のことでした。

ロキチョキオのあの病院。え？　ロピディン病院は今も存在するんですか？　だってもう、南スーダンの内戦は終わったでしょ？

へえそうか、病院としてはまだ機能してるのか。あ、そう。ちょっと嬉しいような、ですねぇ。なにせ私には、まあ青春の大きな一ページですからね。でもあの頃のあの病院はね、ある意味では天国で、ある意味では地獄でしたねえ。

私ら日本で生まれ育って、ほら、戦争を知らない子ども達ですからね。最初はもうね、びっくりしましたっけ。

いや私は内科医ですから切ったり貼ったりは本来しないはずなんですけどね。航一郎があ
あいうヤツでしょ？　勿論やらされましたよ。切ったり貼ったり縫ったり。ま、医者ですか
ら。戦場で専門がどうのって言っている場合じゃあないんですね。
とにかく多いときには日に三、四十人もの兵士が運ばれてくるんですよ。いや、兵士って
いっても元はそこいらの遊牧民ですよ。
ほら、日本でも戦国時代は農民が駆り出されたでしょ？　あれとおんなじ図式ですよ。
いや……拒否なんかできないできない。
「今、俺に撃たれて死ぬか、俺と一緒に敵と戦って死ぬか？」って銃を突きつけられたら、
取り敢えず普通みんな、たった今死なないで済む方を選ぶじゃないですか。それでしょうが
なく銃を持たされて人を撃つんですよ。撃たなきゃ撃たれるんですからね。前も後ろも敵み
たいなものです。でまた、訓練されてないからすぐ怪我するんですよ。
これ、私の父から聞いた話ですけど、あ、父は戦時中、中国の奥地で戦闘していた兵士の
一人なんですがね、戦になると弾が飛んでくるでしょ？　よくテレビなんかでバキューンと
かピューンとか弾の音がするじゃないですか？　あれ、ああいう音がする弾は自分の身体よ
りもかなり遠くを飛んでいるんですってね。
至近距離だとパチッ、っていうそうですよ。耳のすぐそばを飛んでる音はチッとかパチッ
ていうらしいですね。ピューンとか聞こえる方が怖いじゃないですか？　でも実際に怖いの

はパチッの方だなんて、素人は知らないですからね。

あ、いえいえ勿論そんな音のするところへは私らは行きませんですよ。航一郎は別ですけど。ともかく運ばれてくる兵士は助かる可能性があるから運ばれてくるわけですから、どうにか助けたいと思いますよね。だから私ら、余計苦労するんですよ。

ロピディン戦傷外科病院は私達が応援に行った頃から、なんだか一気に人が多くなりましたね。ロキチョキオには世界中のお金が集まる感じでね。あれ、赤十字のパワーですかね、ぐいぐい病院を拡げてゆく。医師も次々に集まってくるんです。欧州や米国の人は慈善に熱心です。寄付も集まるようで、半年に一棟って速度で病棟が増えてゆきました。南スーダンには石油が出ますから、みんなそれ狙いだよって村上先生は仰るんですが、確かに欧米人はそういう点ではドライですから。

あれはロバートソン院長の政治的手腕だったんでしょうかね。

でもロバートソン院長ご自身は人格者でしたよ。みんな彼を尊敬していました。あそこへ来た傷病兵たちもそうでした。人種差別を一切しなかったからかな？　ある意味で詩人でもあり、哲学者でもありましたからね。

ロビー・ロバートソン院長。名前だけ聞いて驚く人がいますけど、「ザ・バンド」の人とは勿論、全然別人なんですよ。ああ、ご存じですか？　私は大好きだったな「ザ・バンド」。

そう、やっぱ「ラスト・ワルツ」ですよねえ。

最初に名前だけ聞いたときには本人かと思ってびっくりしたけど。よく考えたら、そんなわけはないな、と。

え、あ、ご健在ですか? 今ハワイに住んでらっしゃる? あ、そう。いやあ、いい人でした。穏やかで、物わかりがよくて、詩人でねえ。あそこに七年もおられたんですよね。あの病院はあの方の作品のようなものですよ。

そうですか、今でもお元気ですか。


航一郎がンドゥングという名の少年に思い入れたのは、ロキチョキオに来て初めて担当した子どもが亡くなって……その影響はあったと思いますよ。日本では銃で撃たれた少年を診るなんてことはまずありませんからね。ましてや少年兵なんて。

ま、日本でも田舎に行きますと、山の中でイノシシか何かに間違えられて散弾銃で撃たれたなんて人が稀に運ばれてきたりするが……。でも少年が撃たれたなんてことはありません。いや、あるとすれば事故、さもなきゃ犯罪でしょ。銃創なんか見たこともなかった私らにはそりゃあショックは大きいですよ。

殊に航一郎は子ども好きっていうか、本人が子どもみたいだから……。ヤツは感受性がホント、強いんですよ。

いや航一郎がね、ンドゥングにだけ贔屓《ひいき》するみたいに肩入れしてたっていうわけではないんだ。怪我して身体の一部を欠損した子ども達やなんか、何人もまだ病院の敷地内にいてね。怪我が治っても、帰るところがないでしょう？　なにせ戦場ですからね。ほとんど孤児ばかりですし。しかもかなり精神的にやられてますから、そっちの治療の方が余程難しいんですよ。それにしてもですよ、六、七歳の子どもを並べて地雷原を歩かせるなんて、人間はどこまで冷酷になれるものなんでしょうね……。子どもの恐怖心を取り除くのに麻薬まで使うんですから。

航一郎は子ども達を見るとすぐにハグをしました。

「おめえ、元気か？　もう痛まねえか？」ってハグして、大怪我から生還したような子どもが何人もいたけど、みんな明るかったですね。航一郎の場合ハグっていうより抱きかかえる感じでしたけどね。

ロバートソン院長は航一郎のことを心から信頼していました。

「彼はゼロ・ファイターだ」と私に言ったことがあります。

アメリカ人の口から零戦が褒め言葉として出てくるとは思いもしませんでしたから、私は二度聞き直したくらいです。

目を丸くして、右手の人差し指で念を押すように、「ズィアロゥ・ファイトァ」って大袈裟に言ってから、ロバートソン院長は茶目っ気たっぷりに笑ってウィンクしましたっけ。小回りが利いて速くて上手で燃費が良い。日本車みたいでしょ？

ロバートソン院長が言ってました。その国の代表的な製品にはその国の国民性が反映されているんだって。

日本の製品は知恵が生かされていて美しくて生真面目だけど繊細すぎるそうです。アメリカの製品は分かりやすくて大雑把で大きくて目的がはっきりしている。ドイツは？　って聞いたら簡単に壊れず、優れて頑丈だが融通が利かない。そう言った後「ここにいる医師のことじゃないよ」と言った。

勿論ジョークです。なかなか面白かったですがね。

航一郎が零戦ってのは言い得て妙だと思う。

だから私もロバートソン院長も彼にはハラハラしていたんですよ。片道だけの燃料で飛んでゆきかねない無鉄砲さがあったからです。いや決して「カミカゼ」という単語は使いませんでしたが。

十月はじめ、航一郎がロピディン病院に戻ってきたときの、あそこの人達の熱狂は、私も同じ日本人として誇らしかったです。

まことに〝勇者の帰還〟って感じでね。ロバートソン院長をはじめ、医師や看護婦みんながなんだか心強い援軍が戻ってきたように喜び、子ども達はヒーローが帰ってきたって顔してた。もっとも院長は、そのとき航一郎がナクールから自分でトラックを運転してきたってのが気に入らなかったらしい。

確かに強盗だらけの〝山賊街道〟ですしね、日本の昔の……箱根とか、鈴鹿《すずか》の護摩《ごま》の灰と違ってあの辺りの山賊は自動小銃やら機関銃やら、酷いのになると地雷から手榴弾まで持ってますからね。度胸があるというか、無鉄砲というか、運がいいのか。その全部なのか。

勇者の帰還の後、すっかりンドゥングが航一郎に心を開き、他の子ども達と同じように一緒に遊んだり食事をしたり、絵を描いたりする姿には本当に驚きました。

航一郎の一途な思いは、子どもには、いえ、子どもだからなおさらはっきりと伝わってゆくのだ、と感じましたね。

そうしてとうとうあの日が来たのですよ。

あの大切な日に立ち会えたことを、私は生涯忘れません。

あの日の一週間ほど前、私も航一郎も、とても忙しい日がありました。というのはその日ジュバで激しい戦闘が行われ、四十人近くも傷ついた兵士が運ばれてきたから、二人とも夕方になるまで手術台が六つある大治療室に入ったきりで、へとへとになるほど治療を続けていました。

普段、子ども達は治療室への立ち入りを禁止されていました。衛生面の配慮は当然ですが、あの修羅場を見せることで子ども達の情操に悪影響を与えてはいけないという配慮がありました。にもかかわらずンドゥングがそこへふらりと入ってきたのを、私達スタッフは最初から気づいていました。

それでも誰も咎めなかった。一つはそれどころではないほど忙しかったこと、もう一つはンドゥングが他の子ども達とは何かが違っているのをみんな感じ取っていたからでしょう。ンドゥングもできるだけ私達の邪魔にならないよう、音も立てず、息を潜めるようにじっとしていましたね。そんな風な彼の気遣いにもみんな気づいていました。彼がそれだけの配慮をしたからみんなが彼に気づきながら見ないふりをしていたのです。

そこにいた医師や看護婦にとっても、ンドゥングが気障りでも邪魔でもありませんでした。これも不思議なことでした。

ンドゥングは部屋の片隅に立って、数時間あの酷い現場を息を殺して見ていましたよ。深い目をしていました。無残な怪我をした兵士の腕や足が切り取られてゆく様や、医師と看護婦が必死に闘っている様を食い入るようにじっと見つめていましたね。

その晩、気になって航一郎と私とでンドゥングを見に行ったけれど、彼は早くから眠りこけていました。あんな現場に長い間いたのですから、相当気疲れしたはずで、すぐにぐっすり眠ったのでしょう。

翌日からまた、ンドゥングは、治療室に現れては食い入るように息を潜めて私達の治療を見ていました。そうして毎晩、夜は必ず死んだように眠り続けたんです。それが一週間ほども続きました。

風は強かったけれども、晴れた日の午後でした。ジャカランダの花が風に吹かれて吹雪《ふぶき》のように舞っていました。

あの日は幸いに送られてくる傷病兵も少なく、私達も少しばかり気の休まる日でした。航一郎と私と草野和歌子と三人で久しぶりに日本語だけで談笑していたときのことです。中庭で「ミケ」が航一郎を探していたから連れてきたわよ、とケニア人の看護婦のエミリがンドゥングを伴って現れてそう言いました。

休憩室の入り口から中へ入ってきたンドゥングが、航一郎を見て、目にいっぱい涙を溜めていました。

「どうした？　何があった？」

航一郎は笑顔で近づいてしゃがみ込み、優しく彼の頭を撫《な》でた。

ンドゥングの思い詰めたような顔は可愛らしくもあり、いじらしくもありましたが、何らかの確かな決意を感じました。

そして、突然、まさに突然、ンドゥングが思いを吐き出すように言ったのです。

「僕はお医者になれますか？」

ンドゥングが……医者になりたい？

私の心臓はどくり、と大きな音を立てました。

私ですら胸が痛くなったくらいですから、ましてや航一郎の思いは想像に難くない。

航一郎のあのときの顔をどう表現したらいいのだろう。

「勿論なれるよ」

航一郎がンドゥングごと包み込むように肩を抱いてそう答えたんですが、その途端、ンドゥングの顔色が急に変わったんです。

「いい加減な慰めを言わないで！」

そしてこう怒鳴ったんです。

「僕は九人の命を奪った！」

ンドゥングは涙声になってってそう叫びました。

私達、そこにいた者の全てが思わず言葉を失った。だってそうでしょう？　十二歳の少年がですよ、僕は九人を殺した、って叫んだんですよ。

ンドゥングはそれから泣きじゃくり、思い詰めた顔でもう一度念を押すように叫んだんです。

「僕は銃で九人を撃ち殺した。人殺しだ！」

病院へ来てから過ごした時間、彼はその小さな胸で、そのことを悩み苦しみ、後悔し、悲しんでいたのでしょう。私にも彼の小さな胸の中の、大きな痛みが、そしてその慟哭《どうこく》が伝わってきました。

誰も、何も言えない。

悲しくて痛くて柔らかで切ない時間でした。

和歌子はぽろぽろと涙をこぼし始めた。

そこにいたエミリも私も、もう涙をこらえるのがやっとです。

少しの間を置いて、今度は不安に震えるようなンドゥングの声がしました。

「こんな人間でも……」とンドゥングは途切れ途切れに続けました。「僕は……本当に医者になれますか？」

生きていると、こういう瞬間に立ち会うことがあるのだ、と私も涙をこらえることができませんでした。和歌子はそこにしゃがみ込んで声をあげて泣き出しました。

「おめえよ。おめえが望むならなれるに決まってるんだ」

あのとき航一郎は一人だけ泣きもせず、吹きこぼれるような優しい笑顔でンドゥングに語りかけたんです。

「お前は九人を死なせた、それなら……」

航一郎はほんの少し言葉を探し、こう言いました。

「……それなら、これからお前の一生を懸けて十人の命を救わなくてはならない」

このときのンドゥングの驚いたような、嬉しそうな顔を忘れることはできません。

涙で頬をぬらしたンドゥングに向かって、航一郎は満面に笑みをたたえ、なんとも優しい顔でこう言ったのです。

「分かるだろ?」

そしてこう続けました。

「いいかい。未来はそういうためにあるんだよ」と。

ンドゥングはとうとう大声で泣き始め、航一郎は笑顔で彼を抱きしめていました。

実はあとで聞いたのですが、あのあと、航一郎は一人になってから、ずっとほろほろと泣いていたそうです。私の前では一度も泣くことはありませんでしたが、和歌子から聞きました。

あいつ、私の前では泣けなくても、和歌子の前では泣けたんですね。そう。その頃にはいつの間にか航一郎と和歌子の間に、柔らかで深い愛情が芽生え始めていたのだと思います。

後になって航一郎は――もちろんへべれけに酔っ払ったときでしたがね――私にこんなことを言いました。

「俺はあのときほど医者になってよかったと思ったことはない」

小学生だった航一郎が本の中のシュヴァイツァー博士から受け取ったバトンが、彼をアフリカにまで呼び寄せ、更に航一郎がそこで出会った狙撃兵の少年に、その大切なバトンが渡ってゆこうとは……。

人という生き物はこうして静かに志というバトンを受け継いでゆくのだと……いいえ、そうであって欲しいと私は心から願います。そして今でも、私はこの話をする度に胸がいっぱいになるのです。

「お前、本当に〝アフリカの父〟になったな」

私が真面目にそう言うと、航一郎は真剣な顔になって大きくため息をつきました。

「いやぁ……こっからが大変だよ。医者を一人育てるってのはな、簡単なことじゃねえんだよ。殊にこの国じゃな……」

草野和歌子が、後の「ロキチョキオ戦傷孤児保護院小・中学校」をつくるために奔走し始めたのも、この少し後のことでした。

〈5〉 赤十字ロピディン戦傷外科病院元院長
ロビー・ロバートソン医師の回顧⑤

「ロビー、相談がある」

航一郎が真面目な顔で私の部屋にやってきたのは、クリスマスに近いある日の夕方で、そろそろ雨期も終わりに近づき、ジャカランダの花の勢いが弱りつつある頃だった。

「決して安請け合いしたわけじゃないんだが……」

いつになく神妙な顔で彼はそう切り出した。

「これからどういうルートを通ればミケは……ンドゥングは医者になれると思う?」と。

「簡単なことだ。小学校をちゃんと出て、中学を出て、医大に入って試験を受けて資格を取ればよい」

私は冗談を言ったつもりではなかったが、彼は深くため息をついた。

「ここには小学校しかなく、頼りになる教師はいない。その上、彼のような孤児でも……その……戸籍がなくてもそういう資格は得られるものなのだろうか?」

「航一郎」私は彼の勘違いを正した。「君の国では医師になるためにどういうハードルがあるのか知らないが、少なくともアフリカでは……この国では、医師の試験に通るだけの知識と技量さえあればどこの誰であろうと医師になれるのだよ」

航一郎の頬に赤みが差した。

「ンドゥングでも、大丈夫だよね?」

「オッケー、ダイジョブは君の得意な言葉だったと思うけど?」

私がそう答えるやいなや、航一郎はいきなり立ち上がり私をハグすると、「オッケー、ダイジョブ！」そう言ってつむじ風のように私の部屋を出て行ったのだった。

翌日、彼はまた神妙な顔で私の部屋に来た。

「昨日はオッケー、ダイジョブって思ったんだが」と首をかしげ、「どこでどのように教育を受けさせ、どういう手順で大学へやるのかって考え出したら、この国の実情が分からないので弱っちゃって」と言う。

「いや……あの……たとえばでいいんだけど」と航一郎は尋ねた。「何かよいアイデアがないかな？」

しかし私は、少し突き放すように厳しいことを彼に言った。

「航一郎。ンドゥングだけがここの子どもじゃない」

航一郎ははっとした顔になった。

「それにいつまでもあの子ども達をこの病院で預かって、ずっと遊ばせておくのは難しいことなんだよ。そのことをどう考えるつもりだ？　子ども達はみんな君に懐いているように見えるが、君はンドゥングさえ大人になればよい、と思っているのかい？」

子ども達の尊敬を集める航一郎が、ンドゥングを殊更に贔屓するのは他の子ども達に良い影響を与えないと思った。

「確かにその通りだ」

航一郎は少し肩を落として部屋を出て行った。

その夜からまた遠くで「ガンバレ」と叫ぶ航一郎の声が聞こえてくるようになった。

三日もそれが続くうち、ふと気づくと、既に寝静まっているはずの子ども達の声が、合唱になって遠く重なって聞こえるようになった。

「ガンバレー」

「ガンバレー」

航一郎の言葉に呼応するような合唱だった。

子ども達はその日本語の意味は知らない。にもかかわらず、航一郎の声の悲しい響きを感じ取り、彼の自分自身に対するエールに応えるように一緒に叫んでいるのだ。

遠くで聞こえるその異国の言葉を聞いているうちに、私はなぜか涙がこぼれてきて仕方がなかった。気がつけば私自身も胸の中で一緒に「ガンバレ」と叫んでいたのだった。


やがてクリスマスが来た。

その年の暮れ、キリスト教徒の多い南スーダンでは、政府軍と反政府軍の間でクリスマス休戦協定が結ばれ、クリスマスから年が明けて三日までの十日間は戦いをしない、と決まった。すなわちこの十日の間、急な戦傷兵はほとんど送られてこないはずなので、私達も少しばかりゆっくりと過ごす自由を得られることになる。

私達はイヴの夕刻に合同ミサを行い、それからパーティになった。

数日前から準備した食べ物や飲み物を病棟にいる全ての患者に振る舞い、動ける者は住居棟の庭に集まって火を囲んだ。子ども達にはサンタクロースが現れてプレゼントを贈るのだ。航一郎がトラックで運んできた荷物の中の、この日のサプライズのための品物はそっと倉庫に隠してあった。それを大きな袋に詰め込んで現れたサンタクロースが、子ども達に贈り物を手渡すのだ。勿論、その役は航一郎の仕事だった。

そう広くはない庭の中央に火を焚き、それを囲むように簡易テーブルを配置する。

この方式を日本ではヴァイキングと呼ぶのだ、と和歌子に教わったが、大人達は大テーブルに盛られた飲み物や食べ物をセルフサーヴィスで銘々の皿に取り分け、自分のテーブルで食べる。

子ども達は子ども達用のテーブルに集められ、きゃあきゃあ騒ぎながら遊んでいる。

そこへ航一郎扮《ふん》するサンタクロースが、いきなりけたたましい音のバイクの後ろに乗って現れたのだった。運転しているのはスタッフの誰かで、どこで用意したものか、彼はなんとトナカイの着ぐるみを着ていた。

航一郎の扮するサンタは後部座席で白い袋を担ぎ、白い紙吹雪を撒きながら登場して庭を二周した。

子ども達は沸き返り、バイクを降りた二人に一斉に群がってゆく。いくら付け髭で顔を隠していても、子ども達にはそれが航一郎の変装だとすぐに分かる。

航一郎はぴょん、と子ども達の椅子に飛び乗ったかと思うと、テーブルの上に大きな袋をどさり、と置き、一人一人子どもの名前を呼びながらプレゼントを渡してゆく。篝火《かがりび》に照らされて汗をかきながら航一郎がはじけるような笑顔で一つ一つ子ども達に手渡してゆくのだ。子ども達はプレゼントを受け取るとみな大声をあげて興奮する。

おそらくそれらは航一郎の観察によって選り分けられた、子ども達がそれぞれ最も喜ぶ物だったに違いない。

そうして最後に航一郎はンドゥングを呼んだ。子ども達ばかりではなく、私達のほとんどが息を呑んで二人を見つめる。

私はそこで航一郎がンドゥングに対して特別で素晴らしい物、あるいは高価な物を渡すことのないように密かに祈った。

子ども達はそういうことには敏感に反応し、傷つく。

しかし、航一郎が笑顔で袋から取り出した物を見た誰もが一瞬声を失った。

あろうことかそれは玩具の、自動小銃だった。

心ないジョークだ、と私は思った。大人達も子ども達も一斉に凍り付いた。

ンドゥングが自分が九人を撃ったことをあれほど悔いているのを知っている航一郎の、この演出は無慈悲すぎる。

「航一郎、いくらなんでもそれは……」

私が言いかかる前にンドゥングが動いた。

ンドゥングは何の屈託もない顔でにっこりと笑ったかと思うと、玩具の銃をうやうやしく受け取って、そのまま両手で捧《ささ》げ持ち、つかつかと焚き火の方へ歩いてゆくと、何の迷いも見せず火の中にぽいっと放り込んでみせたのだ。

私は感動して大きく身震いをした。

この子はなんという強い心を持った子どもなのだろう。

二度と、絶対に銃は持たない。その強くて立派な決意をそこにいる全員に示してみせたのだ。航一郎はそこまで考えてこの贈り物を思いついたのだろうか。

一同が同時にほうっと溜めていた息を吐いた。

ンドゥングはそれからくるりと振り返ると頬を膨らませ、わざと怒った顔をして両手を腰に当てて航一郎を睨んだ。

一瞬の静寂の後、大人達も子ども達も一斉に吐き出した息が笑い声に変わり、自然と大拍手に変わった。

「ミケ、いいぞ」

「コイチロは酷いヤツだ」

「意地悪な男を、やっつけろ」

子どもの誰かが叫ぶ声が聞こえた。

すると今度は航一郎が袋の中から子供用の白衣を取り出し、手招きをしてンドゥングに羽織らせた。そうしてどこでどう拵えたのだろう、耳鼻科の医師には欠かせぬ小さな額帯鏡をンドゥングの額に被せ、聴診器を自分のポケットから取り出して彼に渡した。

小さな医師が生まれた。

みんながどっと笑い、はやす声や指笛の鳴る音があちこちから聞こえた。航一郎はンドゥングをハグし、抱え上げると子ども達の輪の中に入って地べたに座り込んでしまった。

子ども達が航一郎に群がってゆくのが火の向こう側に見えた。

私はそのとき、ンドゥングはいつか本当に医者になるだろう、と確信した。

忘れがたい光景だった。

さて、その翌年。

一九八九年の年が明けてすぐのこと、今度は和歌子が私の部屋にやってきた。

「ンドゥングの将来について相談に来たのかい?」

私がそう言うと、和歌子は、「いいえ、私の未来について」と答えた。

「どういう意味の未来のことかね? 君と航一郎の将来のこと?」

私にからかわれたと思ったのか、和歌子は頰を赤くして、「違います!」と答えた。そのことで却って私は、和歌子は航一郎に思いを寄せているのだということが分かった。

「ではどういう未来かね？」

「子ども達の未来です」

「ンドゥングの、ではなく？」

「勿論です。子ども達みんなの」と和歌子は答えた。

「先生、この病院の近くにあのような立場の子ども達を育てることのできる、学校を兼ねた保護院のようなものをつくることはできませんか？」

和歌子は一息にそう言った。

私は驚いて和歌子の顔を見た。

彼女や航一郎に相談を受ける以前から、実は、私は病院にいる子ども達を将来どのように遇するべきか悩んでいた。

子どもはいつか大人になる。いや、大人になるまできちんと育てなければならない。それはここにいる私達大人の責任でもある。つまりある程度の生活環境や教育環境の整備が当然必要になる。そこで私はいっそ当病院の予算の中からそういう施設をつくる手立てはあるのかを密かに探っていたのだった。

ここでの子育てには学校を含む孤児院という形は理想だ。

しかし、と私は一瞬の間迷った。病院に提供される資金はあくまで南スーダン内戦による戦傷病者に対する支援としてのものであって、私はその責任者に過ぎない。その資金運用はこちらの勝手な都合で私すべき性質のものではないのだ。とはいえ、支援団体の多くは善意団体であるから、子ども達の生活支援という形で要望すれば大いに認められる可能性はある。しかし学校を併設するとなれば話は違う。教育者をこの場所まで招かなければならないし、その分費用は更に大きくなってゆく。

「先生」

和歌子の声で私は我に返った。

「先生のご許可をいただけたら、私、日本に帰り、スポンサーを探してきます」

なるほど、と私は思った。

日本はその頃、未曽有の好景気に沸いていた。日本経済は急成長を続け、その勢いはとどまるところを知らず、アメリカ合衆国経済まで呑み込んでしまうほどに沸騰しつつある時期だった。

それで私も決心をした。その翌月に私は一度アメリカへ帰る予定があったので、そこで調整をし、その足で日本を経由してここへ戻ってくればよい。

どこかで誰かが動かなければ、何も始まらない。

私は遂に決心をし、和歌子に告げた。

「いや、君はここにいて、今まで通り患者と、それから余裕もないだろうが子ども達のために働いていてくれ給え。孤児院のことも学校のことも心配しなくていい」

和歌子がきょとんとした顔で私を見た。可愛らしい童のような透きとおるまなざしだった。

「仮に君が日本へ帰っても、お金を出してくれる人の当てなどないのだろう？」

私が尋ねると、和歌子は辛そうに小さく頷いた。

「私くらいの歳になると人脈というものができるんだ。それに日本でこういう交渉するなら、交渉相手が外国人の方が上手くいくことが多いと思うよ」

和歌子の頬に赤みが差すのが分かった。私は自分にも言い聞かせるように言った。

「来月、アメリカへ行った帰りに、私が日本へ行こう」


結論から言えば、交渉は大成功だった。

まず私は私のヴェトナム時代（といってもほぼ、アメリカにとっては目を覆うような終末期だったが）の戦友のつてで、日本からニューヨークに進出している家電製品会社の重役と交渉したが、いかに好景気に沸いているとはいえ、慈善事業となると残念ながら日本人はアメリカ人のように積極的ではない。

それに日本の商社や企業は個人に大きな決定権を与えないので、何事にせよ決定までにはとても時間がかかる。支社での意見をまとめた上で一度本社に稟議書《りんぎしょ》を上げ、一ヶ月後の会議でようやく話題になる、という速度なのだ。それでも取り上げて貰えるだけでもありがたいことだから是非とも、とお願いをしたが、仮に決定しても一社の出せる金額はそれほど多くはない、という返事だったので、業を煮やした私は、違う方法も考えることにした。銀行経営で成功している私の親友に相談し、日本国内で直接会うべき数人の人物のアポイントメントを取り、そのまま日本へ向かった。

これがよかった。日本での交渉は極めてスムーズだった。

どの社会でもコネクションは最も大きな力を持つ。私が航一郎や和歌子から学んだ片言の日本語は交渉の席で日本人の警戒心を一瞬にして解き、友情を示すのに役立ったと思う。

私たちが幸運だったのは、後にバブル経済といわれるほど日本国内は不動産景気に沸いており、大きなお金が動くことが少しも珍しくないほど潤沢に（ロックフェラー・センターもユニバーサル・スタジオも日本企業の持ち物になるような）資金が回っていた時期であったこと、日本における西洋文化の解釈が進んだこと、それによって彼ら自身の社会奉仕概念が成熟し、慈善事業に対する理解が拡がりつつあったこと、また、偶然に出会うことができた大病院の理事長がとても志の高い人物で、慈善活動に格別に積極的だったこと、である。

お陰で私達ロピディン病院への人的支援や資金援助は勿論のこと、まだ私達の――和歌子の頭の中にすら――イメージできていないような、漠然とした〝教育施設を伴う孤児保護院〟設立というアイデアに関しても大変に積極的で、すぐに応援してくれることになった。

それればかりか日本の学閥（カレッジ・コネクション）はとても力が強くて大きい。彼の後輩に当たる人々が一緒になり、直ちにシンジケートを立ち上げてくれ、あっという間に（その後半年足らずの内に、という意味だが）一気に一千万円以上の寄付が集まることになった。

これは今振り返っても奇跡的なことで、神様が私達の掌を選んで、そっと置いてくださった幸運であったと思う。この額はケニアでの価値はその十倍以上に当たるような巨額で、子供達のためのささやかな施設を建設するには十分すぎる額だった。まさに奇跡だった。


（その後日本のバブル経済は弾け、あの善意に満ちた大病院の理事長も、巨額の土地購入と設備投資が裏目に出て、事業を縮小することとなり私達への援助はやがて断たれることになる）


私達はまず、ロピディン戦傷外科病院の隣の敷地（といっても庭続きなのだが）に子ども達の住む家を建てることにした。

そのとき、私達が保護していた子ども達は全部で十八人。小学生に当たる年齢の子どもがンドゥングを含めて十一人。その半数は腕をなくしたり、足をなくしたりという障害を負っている。残る七人の内、中学生に当たる子供が二人、あとの四人はまだ幼児だった。

私達はいつまで続くか分からない南スーダンの内戦に対応できるよう、最初の資金でまず最大五十人まで受け入れ可能な宿泊施設と食堂を鉄筋二階建てでつくった。将来のことを考え、資金を大切に使うため、食事は病院で賄うものをシェアし、できるだけ同じものを食べて食費を浮かせることにした。

小学校と中学校を個別につくることは費用の上でも不可能なので、あくまで子ども達のために、新たにつくった小さな集会場の建物を間仕切りして二つのクラスを作った。

学校の教師は小学校、中学校にそれぞれナイロビから一人ずつ招聘《しょうへい》するが、それをケニア政府に頼ることは難しかった。それで最初は教師の給与を資金の中から支払うことにしていたが、病院の人件費として計上できた時期もある。

教員の宿舎は小さな集会場の二階に設けた。

実際、この段階で私達の当座の資金は尽きたのだが、お陰で向こう数十年の風雨に耐えうる建物だけは確保された。

そしてここから本当の、和歌子の奮闘と涙ぐましい努力が始まるのだが、ともあれかくして「ロキチョキオ戦傷孤児保護院小・中学校」は実現した。

*

さて時間が前後するけれども、この孤児保護院が出来上がったのは一九九〇年の九月であるが、実はその半年前、一九九〇年の四月に航一郎は約束の任期を終えて日本に帰る予定だった。

彼の立場は長崎大学の医局に在籍する医師で、長崎大学熱帯医学研究所ナクール病院への出向期間は三年。ロピディン戦傷外科病院へは私たちからの要請に応じてナクールから〝出向〟している形なので、当然ロキチョキオをも去ることになる。

それで九〇年に入ると、航一郎はロキチョキオとナクールを行ったり来たりするようになった。私達は航一郎が日本へ帰るための準備を始めたのだろうと解釈していた。

私のただ一つの気掛かりは和歌子のことだった。

和歌子はおそらく航一郎に惹《ひ》かれている。私はそう見ていた。航一郎はそういうことには茫洋《ぼうよう》として無関心にも見え、第三者にはその気持ちは分からなかった。

気になったのは、彼の同僚、青木克彦の口からちらりと聞いたことがある、日本にいる航一郎の恋人のことだ。

その人は大学で同窓だった医師で、現在は僻地医療に従事しているらしいということ、もしかしたらアフリカへ来る前の段階で既に二人は別れてしまったのかもしれないが、女性の方は三年以上もの間、彼を待っている可能性がある、ということだった。

私は個人的な事情に立ち入る気は毛頭ないのだが、共に現場で苦労し、二人のありさまを一番間近で見守ってきた私には、二人がこのまま何事もなかったかのように離れてゆくのがとても寂しい気がした。

そのことを思うとき、私の胸は、キリキリと切なく痛むのだった。

和歌子はといえば、それが世界中が褒め称《たた》える日本女性の特性なのだろうか、こういう周りの心の働き、あるいは想像や思惑とは全く異次元の世界にいるかのように、黙々と、淡々と自分の仕事をこなしていた。

その姿が私にはいじらしく、切なく見えたのだ。

しかしこのことは意外な展開を迎える。

一九九〇年に入った一月末のことだ。ナクールから戻ってきた航一郎がいつにない真剣な顔で私の部屋に来てこう言った。

「先生。……その……頼みがある」

「なんだい?」

「その……」

暫く言葉を探していた航一郎が言いにくそうに言った。

「ここでその……僕を雇って貰えないかな?」

「アイ、ベグ、ユア、パードゥン?」

私は耳を疑った。

航一郎は私の反応が余程面白かったのか、少し噴き出したが、すぐに真面目な顔で言った。

「僕は日本に帰らない」

私は少しの間言葉を失った。

「ここにいる気なのか？」

私が尋ねると今度は彼が私の口調を真似て言った。

「アイ、ベグ、ユア、パードゥン？」

思わず噴き出してしまった。私は自分の身体から一気に噴き出してくる喜びを隠せなかった。それで精一杯の笑顔で答えた。

「オッケー、ダイジョブ！」

しかしこのことが彼の運命を大きく変えてしまったのだと思う。

〈6〉東北循環器病院長 村上雅彦の述懐④

一九九〇年の秋に、僕はロピディン病院へ行ったんだよ。九月に完成した「ロキチョキオ戦傷孤児保護院小・中学校」に、ロバートソン院長からお招きを受けていたしね。それに航一郎が予定通り四月に日本へは帰らなかったんだもの。

「帰らないって？　それ……大学辞めるってことですか？」って、そのことを聞いたとき青木克彦なんか目を丸くして――いや、青木はちゃんと四月に帰ったよ、真面目にさ――それこそ青い顔してた。

だから、僕としてはね、航一郎が仕事辞めます、はいそうですか、じゃあいけないなと思ってね。まあ、僕のやりようでは半年や一年くらいの任期なんざ、どうにでもできるからね、でまあ、何か方法を考えなくちゃ、と思ってロバートソン院長と談合するつもりでロキチョキオまで行ったのさ。

ちょうど航一郎宛に手紙やら、色々届いてたからね、それを渡すついでに行くことにしたんだ。

とても気になる封書が一通あった。ま、そのことは今はいいや。

ロピディン病院には僕も手伝いに何度か行ったことがあるけどね、ただ、当時あの病院はね、もの凄い勢いで大きくなっていたから、たった半年でも行かないと別の病院になっちゃってるんだ。そんな勢いだったよ。ナクール辺りでは考えられない最新設備も入っていたね。さすが、世界中が応援してるって感じ。アメリカなんだけどさ。

院長のロバートソンさんがまた、いい人でね。航一郎を奪い取って申し訳ない、なんてアメリカ人が謝るんだぜ？　僕はアメリカ人とか中国人は絶対謝らない人達だと思ってた。

でも、あ、そうですか、って引き下がってさ、航一郎を奪《と》られたなあって思うと悔しいじゃない？

だから結果はね、僕が大学にかけ合って熱研への出張期間を三年延ばすことにしてさ、僕の権限でロピディンに出向させるってことにしたのね。いや単なる彼の地位保全なんてんじゃないんだよ。まあ、この辺が日本人の意地だな。

そりゃ、今振り返れば、無理にでもあのときに日本に帰しちまえばよかったかも、って思うがね。

ただ……あのときはそれが誰にとっても最善の選択だったんだと思う。

ロピディン戦傷外科病院のスタッフはいいスタッフだったよ。

そりゃ院長がいいからだよ。それは世界中のどの病院でもそう。院長が良ければ病院も良くなるし、学長が良ければ大学は良くなる。当たり前のことだろ？

ロバートソン院長は、なんていうか、その……詩人でね。ほんとにあんたアメリカ人？って聞きたくなるようなウェットな優しさがあるんだな。あれならば人はついていくわ。

西部のガンマンじゃなくてスコットランドの羊飼いみたいなオーラがあった。うん、どっかアイリッシュ系の湿度ね。

うん、草野和歌子っていう日本人看護婦は、当時、既にあの病院の雰囲気を作るような存在だったね。確かまだ三十前だったはずだ。

僕ともよく話したけど、いやあいい娘《こ》だったねえ。仕事はできるし、気はつくし、人に恥をかかせるところまで出しゃばらないし、その割に毅然として言うことは言うし、美人だしね。ありゃあ、僕の病院に是非とも欲しい人材だった。いや、どこだって欲しがると思うね。

ロバートソン院長に航一郎とトレードしませんか、って言いたいぐらいだったよ。

ところがやっぱり光る石はどこに置いても光るね。彼女は孤児保護院の責任者になった、って言うんだよ、ロバートソン院長がね。向こうでもとびきりの位置にいたんだな。

諦めましたよ。日本に連れて帰りたいくらいできる娘だったけどねえ。

彼女、あれからずっと……現在でもずっとロピディン戦傷外科病院の隣の孤児保護院にいるんでしょ？　子ども達と。まさにケニアのマザー・テレサだな。凄い人だねえ。航一郎も惚《ほ》れてたはずだよ。


ああ、さっき言った、気になる手紙のこと？

不思議だねえ、その手紙の宛名書きを見ただけで〝なんだか訳あり〟感があるんだよな。

青木から聞いていた、航一郎が長崎時代に交際していた女性のことを思い出したんだ。その人も大した美人だったって言うじゃない？　なんだよモテるんだな航一郎のヤロー、ちくしょーめって思ったけど。

その手紙、何気なく渡すとき、あいつちょっと顔が引き攣《つ》ってた。やっぱり分かるんだろな、文字のオーラで。文字ってオーラあるよね。

ロピディン病院へ行った晩は僕のための歓迎会があって、ロバートソン院長はじめフランス人、イギリス人、イタリア人、それにインド人の医師がいてね、それぞれお国柄が違って、実に楽しい時間を過ごしたよ。

夜はちゃんとしたゲストルームに泊めてくれたんだが……聞こえましたよ航一郎の「ガンバレ」がさ。遠くで……夜空に向かって叫んでやがんだよ。

「ガンバレー」「ガンバレー」って。

そうしたら遠くから子ども達の合唱が湧き起こってさ、はじめは思わず噴き出したんだけど、航一郎の声が涙声だった。

子ども達もそのことに気づいたんだろう。すぐに子ども達はしーんとしちゃってね。

やがて航一郎の涙声の「ガンバレー」だけ、遠くで聞こえてた。

あの手紙のせいだな、と直感的に僕は思った。

航一郎の「ガンバレー」は自分のためのエールだ、ってわかってはいたけど、なんていうのかなあ。この晩の「ガンバレー」はね……もしかしたらその手紙の主へのエールではなかったのかな？　と思った。

だってあいつ、自分のためになんか、泣くヤツじゃないだろう？

保護院に関しては、航一郎も一所懸命に関わっていたことだから、僕にもできることを、と思って、大学――はお金ないけど――関係の先輩や後輩や仲間達に声をかけて、一所懸命資金集めをしたもんだよ。貧者の一灯ってやつだな。

ロバートソン院長は「ロキチョキオ戦傷孤児保護院小・中学校」の校長に航一郎を指名したんだ。

子ども達の一番人気だったからな。子どもは正直だ。

そしたらね、驚いたことに「起立」「気を付け」「礼」「着席」ってかけ声が日本語で飛んでね、子ども達がホントに「起立」「気を付け」「礼」をするんだ。これには腰が抜けそうだったね。

日本でも見かけないような礼儀の正しさなんだからね。

ケニアに「礼」って慣習はないだろうって言ったら、航一郎が日本の学校の話をしたときに「起立、気を付け、礼、着席」ってやったら、ひどく子ども達に受けたらしい。

「起立、は先生に対する礼儀、気を付け、は自分が学ぶための姿勢、礼、は日本式の先生に対する尊敬と学ぶことへの感謝だ」って説明はしたらしいんだが、意味が分かってか分からないでか、子ども達はすっかり面白がって、真似てそれが日常になったというんだな。

いや、奇妙なもんだったね。ケニアの子どもが大きな声で「起立」「気を付け」「礼」「着席」ってやるんだから。ケニア人の先生まで一緒になってね。いや、嬉しかったけどね、僕らの世代にはね。

他の国の人に反発を受けないのか少し気掛かりだったが、そこは航一郎の人徳だな。参観に来たロピディン戦傷外科病院の医師や看護婦まで「起立」「気を付け」「礼」ってジョーク交じりにやり始めたっていうから。万事上手くいってるな、てなもんだよ。


航一郎がふらりとナクールに顔を出したのはその年、九〇年のクリスマスを過ぎた頃だったかな？

「先生。メシ食いませんか」ってね。驚いたけど大歓迎だよ。

久しぶりに航一郎と食べて飲んだ。

そのとき、かなり酔っ払った航一郎が、真面目な顔で僕に聞くんだ。「草野和歌子、どう思います？」って。

あいつ酔っ払わないと本音を言わねえからな。

「どうって？ どういう意味でのどう？ だよ」と言うと、「どうもこうもない、どう？ ですよ」ってやがる。

「惚れたのか？」って聞いたら、「〝惚れた〟って、いい響きっすねえ」ときた。

「あの娘なら、人柄は良さそうだし、優しそうだし、仕事はできるし、美人だし、お前にゃ勿体ないくらいだよ」と僕は言った。

そうしたら、「あー」っと息を吐き出したきり、顔だけ天井向けてね。

「そうなんだ！」と大声で頷くんだ。「やっぱ……俺にゃあ……勿体ないすかぁ」と。

勿論、勿体ないというのは暗に彼女の素晴らしさを褒める気持ちでそう言ったんだけど、「勿体ない」に妙に反応したね。

それは言葉の綾《あや》だよ、と言ったらあいつ笑ってた。

「ああ見えて……勝ち気なこと言ったり……不器用なとこ、あるんですよ……あ、でも……やっぱ……勿体ないすね」

航一郎が高校生みたいに見えた。

「惚れてるんなら、アタックせい！」

僕がそう言うと航一郎は、「先生流に言えば、アタック砕けろっすか」って笑った。

思えばこのときの航一郎のオーラはなんだかいつもと違ったな。

ゆらゆらと不安定で、あいつらしくなかった。

そしたら、あの訳あり風の手紙のことを思い出したので聞いてみたんだ。

「なあ、航一郎。この前、僕がロキチョキオへ行ったときのことだが……もしかして立ち入ったことかもしれないから無理に答えなくってもいいんだが……あのときお前に渡した手紙、日本にいるときに交際していた女性からだろ?」

航一郎、真顔になって言ったよ。「なんで分かったんですか?」って。

「すまんすまん、前に青木に聞いたんだよ」

「青木……あいつ意外にお喋りなんすね」

航一郎は笑って右手を顔の前で左右に振った。

「あれね、もう、何でもないんす。……ダイジョブ、ダイジョブ」

僕はそのことにはそれ以上立ち入らなかったよ。

翌日、向こうへ戻る前にまた僕の部屋に来て、「先生、今度いつロキチョキオに見えますか?」って聞くから、「そうだな、年が明けて一月の半ば過ぎにはまた様子見に行こうか」そう答えると航一郎は頭の中で何かを考えていたんだが、「お。間に合いますね」と言った。

「何がだ?」

「いやいや、今度向こうに来たとき、ちっとその……手紙預かって欲しいんですよ」

「今でもいいぞ」

「いや……まだ書いてない手紙なんで……」

「自分で出せないのか?」

「ああ……ロキチョキオで郵便なんて……ぜんぜん無理っす。ジョン・アフンディも圧倒的に無理だって……届かないって」

「ジョンのふんどしって何だ？」

「あ、向こうの友だちっす。……だから先生が今度来たとき預けますから、二月いっぱいくらいまでに日本に届くようにナイロビから送って欲しいんすよね」

「ふうん……俺がお前のところまで行ってお手紙をお預かり申し上げて、ナイロビまで出掛けてお前の代わりに出させて頂けばいいのか？」

思わず噴き出してからかうようにそう言うと、「ああ……そういうことになっちゃうよなあ……」と頭を掻いてた。

「でもその、まだ書けてなくて……その上その……多分一月中にはここへ自分で持ってこられないと思うんで」

しどろもどろだ。わかったよ、と僕は言った。

「必ずロキチョキオへ行って、二月いっぱいに届くように日本へ出してやるよ」

「あ、ありがとうございます。助かります」

そう言うと航一郎はきびすを返して出て行こうとしたが、ふと振り返って、急に思い出したみたいに「いや……ホント……ありがとうございます」ってもう一度言った。

それから僕に向かってお辞儀をしたんだ。

綺麗なお辞儀だったなあ。

〈7〉ジョン・アフンディの述懐

ダクタリ・ジャポネ。その呼び方は彼には似合わねえ。おいらは彼をコイチロって呼んでいた。それでいいかね？

おいらはトゥルカナ人だ。元々いわゆる遊牧民って奴はね、ずっと旅の中で生きてただろ？　今はエチオピアだ、スーダンだ、ケニアだって国の名前を言うが、元々アフリカはアフリカ。

なあおい、一体どうやって驢馬や駱駝や馬や羊に国境ってものを分からせるんだね？

一九八六、七年頃にロキチョキオにロピディン病院ができて、飛行場までつくる前はよ、こんなところには誰もいなかったんだよ。だーれも、ね。いたのはハイエナとか……ハイエナとか……ハイエナくらいだ。

病院ができる前なんてみんなどうやって怪我や病気と一緒に暮らしてたんだろう？

なかった頃にはあったらいいかもしれない、と思う程度のものがさ、できちまったら今度は、なきゃ困るって考えるようになるって、奇妙な生き物だな、人間ってのはさ。それは全てのものに言えるのさ。なければそれで済んじまったものが、あるからそれにとらわれる。

お金も食べ物もみんなそうだろ？　元々遊牧民にはお金なんて存在しなかった。一体〝お金〟なんてインチキなものを誰が考えたんだい？

ケニアで一シリングなのに同じものがエチオピアへ行くと五倍の価値になる。その気になってタンザニアへ行けば今度は半分近くに減って、アメリカ人に持っていってみな、百分の一に減る。同じ一シリングがだぜ？

羊は羊、馬は馬。どこの国に行ったって牛は牛だろ？　なのにエチオピアで馬を売るのとケニアで馬を売るのと違う値段だ。不思議じゃないのかえ、お前さんがたは？

そういう怪しげなものがよ、ここいらの貧しい連中の心を変えちまったとおいらは思ってる。際限などねえからな、人間の欲にはよ。

ま、いいや、そんなこと。コイチロのことだったな。

おいらはね、トゥルカナ人が狡《こす》っ辛《から》くて人に物ばかりねだる連中だって思われるのが癪《しゃく》だから、善いことをすると決めたのさ。人が嫌がるような面倒なことや、大変なことをよ。

たとえばおいら達、土地の人間はよ、コイチロのことをみんな知ってるから、日本人って真面目でよく働いて、面白くって涙もろくって気前もいい、いい奴だって思うだろ？　だからおいら一人だけでも善いことをすれば、トゥルカナ人はいい奴だって思ってくれる奴が一人増える気がするんだよ。

違うかい？

……ああ、ンドゥングのことは忘れられねえな。

だってあの子の親父はおいらの先生だったんだからよ。いい人だった。何でも知ってて、優しくってな。奥さんもさ。

先生や奥さんを殺した連中の一人はおいらの同級生だ。金で魂を売った最低の男だよ。死んだ兵士の持ち物かっぱらって金に換えるだけでは飽き足らず、人殺しまでして金を欲しがったんだからな。そいつはとっくに死んじまったさ。金の取り合いでどっかの誰かに撃ち殺されてよ。撃ち殺した誰かも必ず他の誰かに撃ち殺される。

そういうものなんだ世の中はな。因果応報ってやつだよ。

ワカコはいい人だ。あの人を悪く言う奴はアフリカ中探したっているわけがねえ。

コイチロの恋人だった。おいらは夫婦だと思ってた。

仲が良かったよ、あそこの孤児院はね、みんな。本当の親子でもああはいかねえ、ってくらいワカコが尽くした。

それ、分かってるから、あそこから出て出世した子ども達はみーんな働いた収入の半分近くを送ってくる。なあに、ワカコが要求なんてするわけがないだろう。みんな勝手にそうするんだ。そうしたいんだよ。

実の親子以上だよ。自分たちがして貰った嬉しいことは人にしてあげるってのがワカコの〝教育〟だよ。そのかわり自分がされて嫌なことは人にしないって。〝自由〟ってのはそういう約束がないと〝利己主義〟になるらしい。不自由に慣れてるおいらにゃその意味は分からないがね。

それにしても世界中で日本人だけじゃねえのかい？「人に迷惑をかけるな」なんて教えるのは。いや、バカにしてるんじゃないよ。尊敬して言っている。

ともかくコイチロとワカコのお陰で孤児院はできたんだが、あれだけの子ども達を食わせるのは大変だよ。いくら日本ってお金持ちの国が後ろに付いていても、日本人全部が援助してくれるわけじゃねえ。子どもはほとんどワカコが世話してたんだぜ。

昼間は授業があるから、学校に行く子どもは先生が見てくれるが、もっと幼い子どもの面倒や、授業が終わった後の子どもの面倒もぜーんぶワカコとコイチロと、それから何人かの病院のスタッフと、地元のおばさんたちが力を合わせて見ていたのさ。

コイチロは医者を、ワカコは看護婦をやりながらな。まあ、病院自体は戦傷外科病院だからよ、繊細な心の仕事より切った貼ったが多いから医療というより作業といったほうが近え《ちけ》とは思うけどよ、それでもおいらから見たらみんな偉《えれ》えもんだなと思ったもんだよ。

病院でも随分下働きを雇ってくれるから、この町の人間にも仕事がある。

おいらの仕事はね、まあ、町の何でも屋だよ。家もつくるし、井戸も掘る。頼まれりゃ力仕事も手伝うし、産婆の代わりもするんだ。こんな小さな町で暮らしていりゃあ、みんな生きることに必死だよ。だってそうだろう？　学校の優しい先生の一家が強盗に殺されちまうような物騒な場所なんだからな。

いや、他にも何でも屋の仕事は多いよ。葬儀はおいらの仕事じゃないがね。たとえば病院関係でもよ、怪我した兵士を病院まで運んだり、病院で死んじまった兵士を飛行機に乗せて故郷に帰したり、医療器具やら薬やらを飛行場から運んだりね。

それで、仕事の手が空いたときにはトラックで国境の辺りの逃げ隠れしやすい場所をパトロールするんだ。うん、早く見つければ助かるのもいるからな。

コツがあってよ。おいらの神様やご先祖の霊に聞くんだ。するとな、導いてくれることがある。だからそういうときは困ってる人を見つけられるんだよ。けど悪魔の臭いがする日はダメだ。若え頃《わけ》はよ、それなのに出掛けて危ない目に遭ったり、怪我したりしたもんだよ。だけど歳取ったら、もう分かる。悪魔の臭いがする日はじっとしてなくちゃいけねえ。

コイチロが、あるとき国境まで連れて行け、と言った。おいらのパトロールにつきあうと言うんだ。その日は悪魔の臭いがしなかったし、むしろご先祖様の導きのある日だったから、おいらはコイチロをトラックに乗せて国境まで行った。国道を外れた山道から南スーダンに入れば兵隊の検閲もない。

コイチロは目を輝かせて、も少し、も少し、とおいらを煽《あお》った。だからそうだな、国境から一〇キロ以上南スーダンに入った。そこから先は地雷原になるから、とてもおいら達に行けるところじゃねえ。そう言ったら、さすがに諦めて引き返したんだが、帰りに、ケニアに入ったすぐの小さな集落で呼び止められた。その辺りじゃみんなおいらのトラックだって知ってるからな。

行ってみたら、ハイエナの群れに噛まれた一人の若い男が血まみれで待っていた。コイチロは破傷風にならねえようにすぐにオキシドールで傷口を洗い、酷い箇所は小さく縫って留め、何種類かの薬を渡した。

その男は数日で元気になった。

これがいけねえ。コイチロはすっかりその気になっちまったんだ。

その後も時々「パトロールに行こう」と水を向けられて、お陰で助かった奴が何人もいるが、悪魔の臭いのする日は必ず断った。

そんな嫌な日が二日三日続いた後のことだ。

とうとうその日がやってきた。

忘れもしねえ、日にちまで覚えてる。一九九一年の一月十九日だったよ。

ナインティワン、ワン、ナインティーン。911 9さ。

その日は南スーダンからの傷病兵は送られてこなかった。珍しいことではないが、そんな日は少ないよ。おいらは飛行場から病院へ医薬品を運ぶ手伝いをして、午後には仕事が上がりだった。

帰ろうとしたらコイチロが手招きして、今日も行くのか、って聞くんだ。

「何のことだ」とおいらはわざとぞんざいなトゥルカナ語で聞いた。そんくらいのトゥルカナ語はコイチロも理解できたからな。そしたらコイチロが「パトロールさ」と言う。「今日は嫌な予感がするから行かないよ」と言うと、コイチロが、「また今日も悪魔がいるのか？」と言う。

「嫌な予感は嫌な予感だ。俺の近くに悪魔の臭いがするから、こんな日はじっとしているのがいいんだ」

そう言うと、さすがにそこまでのトゥルカナ語は聞き取れなかったのか、首をかしげてた。だから今度はおいらは下手な英語で言ったんだ。

「今日は、悪魔、凄く近くにいるよ。だから動かない」

そうしたらコイチロが笑い飛ばした。

「お前さんの近くにはいつも悪魔がいるんだな」

それからこんなことを言った。

「アフンディ、悪魔はね、外にはいない。自分の心の中にいる。だから心配するな、自分の心から出さなきゃ、どこにもいない」

ってね。コイチロはおいらが臆病風に吹かれてそういう出まかせを言っていると思っていたんだろう。

「悪魔は必ず近くにいるわけではないが、本当にいる。おいらの身体の中にはいない。悪魔はいつも外にいるんだ」

いくら言ってもコイチロは笑うばかりだ。

コイチロはアメリカ人やイギリス人に洗脳されたに違いない。悪魔が近くにいるとおいらが言うと笑う。それは文明人の思い上がりだよ。それこそコイチロは自分で悪魔は心の中にいるって知っているのにね。銃で悪魔でも強盗でも追い払うことができるなんて思っているアメリカ人には到底分からないことだ。むしろそのことで悪魔を呼び寄せていることにも気づかないんだ。

我々はこの、とにかく広い土地で凶暴な動物や、酷い天気と闘って生き抜いてきた。だから分かる。悪魔には気配があるんだ。そして確かにいる。

「一緒に行くよ」とコイチロが言った。

「今日は行かない。悪魔の臭いがするからだ」

「追い払ってやるよ」とコイチロが言った。

「今日の悪魔は最高の霊能者でも追い払えない」

「俺は悪魔なんか怖くない」

「おいらは怖いんだ」

そんな押し問答が五分も十分も続いて、とうとうおいらが折れた。

「じゃ、国境までな」

「うん。国境まで行こう」

「ちょっと見たらすぐに帰る」

「分かった。それでいい」

それでおいらは渋々コイチロをトラックに乗せた。

孤児院を出て行くときにちょうどワカコが門から入ってきて、助手席に乗ったコイチロを見て怪訝な顔をした。

「どこへ行くの？」

コイチロが嘘を言った。

「病人を診てくる」

ワカコは勘が良い。

「アフンディにここまでその人を連れてきて貰えないの？」

「うん」

少しの間があった。おいらは本当はワカコが止めてくれたらコイチロも今日は諦めるんじゃないかと思った。

ちょっと考えていたワカコが折れた。

「じゃあ、気をつけて。くれぐれも」

おいらは、きっとあのとき、ワカコも悪魔の臭いを微かに感じたんじゃないかと思う。ワカコは霊媒師になっても超一流だったはずだ。そういう女性なのだ。

おいらのトラックの運転席のバックミラーの中で、ワカコが手を振りながらこちらを見送っていた。見えなくなるまでずっと。

それでおいらは急に不安になった。

「やっぱり今日はやめないか？」

もう一度念を押したのだが、

「国境のあの集落に気になる患者がいるんだ。ちょっと様子を見たらすぐに引き返していいから」

コイチロは頑としてそう言った。

おいらはできるだけ悪魔の臭いのしない方へ車を向けた。

いつもなら国道を外れて山道を行くが、この日はまともに国道沿いにある国境の検問所まで行った。

これが悪魔の思うつぼだったろうか。初めて見る兵士が、ニヤニヤしながらおいらに手を挙げた。

「日本人の医者か？」興味深そうにそいつは言った。

「そうだ。いつも怪我人を治してくれてる」

「そうかい。世話になるな」

兵士が親しげにコイチロと握手をした。その兵士はコイチロの時計を見て欲しがる様子を見せた。

「SEIKOか？」

「うん。そうだよ」

「いい時計だ」

褒めたらくれると思ったのかもしれない。

「ありがとう」

コイチロは屈託なくそう答えたが、おいらにはそのとき悪魔が近づいてくる気配が分かった。

「今日はここまでだ」

おいらがUターンしながらコイチロに言うと、「やっぱり気になる。あの集落を見てから帰ろう」そうコイチロが言い張る。

「今日はここまでだ」

でもコイチロはきっぱりと言う。

「折角だ、頼む。この間の集落に、帰りに寄ろう」

ここでもおいらが折れた。強烈な悪魔に呼び寄せられたのだ。

国道を折れて暫く行くと国境だ。この辺りだけ柵《さく》がある。その国境に沿って北へ行くとコイチロの言う集落があるのだ。

だがこのとき、おいら達のトラックをつけてくる車が二台ほどあったのに、おいらは気がついていなかった。

初めてコイチロを連れて行った場所だが、少し小高い崖の上に行くと、国境線から向こう、南スーダンの地雷原が見下ろせる。小競り合いが起きるのはこの手前で、極めて危険な場所なんだが、コイチロのワクワクしたような顔を見ていると、どうにかサービスしたくなっちまうんだ。

トラックを降りておいらが説明した。ンドゥングがどの辺りに倒れていたのか、とか、子ども達がまとまって倒れていた辺りはあの辺だ、とか。

そしたら背中の方から急に「ぱんっ」って乾いた音がした。AK特有の軽い音だった。当たらなかったが、おいら達を狙って撃ったのだ。

相手が誰だか分からない。でもふと、さっきの見知らぬ兵士の顔を思い浮かべたよ。たかが時計欲しさに人を殺して、腕ごと切り取っていくなんてことだって平気な奴等がここいらにはごろごろしてるんだ。

おいらの車には自動小銃が必ず二挺《ちょう》積んである。コイチロにもすぐに身を伏せさせて、トラックにじって戻り、銃を取り出し、一挺をコイチロに放った。

トラックを盾にするようにして相手と向かい合うと、また「ぱんっ」て音がし、トラックの荷台に当たって「きいん」って鳴った。

仕方がないから闇雲《やみくも》においらも撃ち返したさ。撃ちながら、「コイチロ、右の……二時の方角へ適当に撃て」って叫んだが、コイチロはじっと俺を見てる。

「何してる、撃たないとやられちまう」

おいらがそう言うと、コイチロはびっくりするようなことを言った。

「アフンディ。僕は撃たない」

「何を言ってるんだ。撃たないと殺される」

「ダイジョブだよ。話せば分かる」

その間にも数挺の銃の乾いた音が近づきながら響いてる。

「ダイジョブなわけないだろう、いいから撃て！」

押し殺した声でそう言ったら、コイチロはこう応えたんだ。

「日本人は……銃で人を撃たないんだ」

「バカな。殺されるぞ」

「アフンディ、よく聞いてくれ」

そして念を押すように言ったんだよ。

「僕は医者だ」

次の瞬間、奴らが投げた手榴弾がくるくると回りながら青白い空を横切ってくるのが見えた。

おいらの記憶はそこで終わりだ。


トラックが横倒しになって燃えてた。

額に受けた傷口からひどく血が出ていた。気づいたときには固まっていたがね。おそらくその傷でおいらは死んじまったと思われたんだろう。それに目的がおいらを殺すことじゃなかったから、奴等はおいらにとどめを刺さずに去った。もっともわざわざ殺さなくても邪魔にならなきゃそれでよかったんだろうが。

気がついた後、コイチロがその辺りに転がされているのを覚悟したよ。腕時計で済むなら、くれてやったのに、ってね。

だが、その辺りを懸命に探してみたが、コイチロの姿はなかった。

必死で探したんだ。夜になっても。でもね、どこにも見当たらなかった。考えられる限りのその辺りを探したんだが……。
それがダクタリ・ジャポネと別れたときの記憶の全てだよ。

一生後悔するよ。
次にまた生まれてもね。
その次にまた生まれても、だ。

〈8〉長崎県新上五島町胡蝶島診療所長
秋島貴子の回顧④

胡蝶島診療所には、毎日、沢山の人が来ます。おそらく今は田舎のどこの診療所でも同じような光景が見られると思います。過疎の島に残っているのは老人ばかりなのです。あるいはほんの少しの子どもと。
そして老人達はいずれも、なにがしかの健康不安を抱えています。

それで、まるで集会場に集まるように小さな診療所の待合室にやってくるのです。緊急に診察が必要な人はほとんどおらず、薬を貰いに来る人以外は、他に行くところもない人達のサロンのようです。ですから看護師の母は、いつもお茶菓子を切らすことなく、折を見て皆さんにお茶を振る舞うのです。誰もそれが当たり前だと思っていますし、こちらも特別に気遣っているわけではありません。田舎の暮らしとはそういうものなのです。

働き盛りの人はみな島の外に出て働いています。佐世保市内や、長崎、あるいは福岡、中には勿論、東京や大阪に出ている人もいます。そして多くの人はお盆とお正月には、この島に帰ってきます。本当に律儀に戻ってくるのです。この島に残った人々は他に方法を知らないからここにいるというだけではありません。みなこの島が好きなのです。

「他の場所では暮らせない」

老人達はみな口をそろえてそう言います。

綺麗な海があって、空が広くて、空気が美味しくて、のんびりしていて、魚は豊富で、贅沢さえ望まなければ大してお金もかからないし、何よりみんな顔見知りだし。

いつまでが昨日でいつからが今日なのか、私は何歳で、どのくらい永くここにいるのか分からなくなるほどです。それが幸せなのか不幸せなのかということすら、どうでもいいことのような気持ちになるのです。つまり究極の小さな幸福といっていいと思います。

もしも私がはっきりした目的を持たない十代の少女だったら、この島にはおそらく「何もない」と思うかもしれません。この島の宝物に気づくには時間がかかるのです。故郷に「何もない」と感じるのは自分の心の中に何もないからなのだ、ということに気づかないのは、いつの時代も若さの一面かもしれません。

ここの老人達と日々向かい合っていると、少しずつですが自分の持つ沢山の角が丸くなってゆくことに気がつきます。

島の一番北の端になりますが、泊集落の海を見下ろす山の中に胡蝶島泊教会と呼ばれる、小くて白い教会があります。

江戸時代に徹底して弾圧され、日本からは消滅したはずのキリスト教が以後二百数十年の間、あたかも埋《うず》み火のように人々の胸の中で守られ続け、息を潜めるように伝えられて生き残っていた。その信徒が明治に入ってから発見されて、何よりバチカンを、そして世界中を驚嘆させせました。

もっとも地下に潜った耶蘇《ヤソ》教は、時の流れの底に潜みながら口伝《くでん》される内に、日本に古くからある仏教や神道の思想が混入し、元々のキリスト教の教えとはかなり違う宗教に変化していました。そのために近代に入り、改めてキリスト教に合流を勧められてもあまりにも元とは異なる宗教に変貌していたため、今さら馴染《なじ》むことができず、胡蝶島泊集落や西彼杵《にしそのき》郡外海《そとめ》町（現・長崎市）にある集落のように、合流を拒絶して再び閉じこもった人々がいるのです。キリスト教と切支丹は別の宗教なのです。

胡蝶島は、ひっそりと歴史の外側で暮らすにはちょうどよい、そんな場所にあるのかもしれません。

私は大学病院を辞め、胡蝶島の診療所に帰りました。母と一緒に島の診療所を再開したのは八七年の初夏のことです。春になってすぐに戻れなかった理由は合宿に入って自動車の運転免許証を取得するためでした。

人口が約千人といっても、周囲四〇キロ以上もある島です。僻地医療に運転免許は必要不可欠です。父が往診に使っていた古い軽自動車がまだ動きました。自動車が必要ないときのことを考えて、私は新しい原動機付き自転車を買いました。

いわゆる原チャリですが、実は患者さん達に笑われました。いざというときに私が立ち向かわなければならないのは山の中の集落が多く、未舗装部分も沢山残っているから、雨でも降れば軽自動車でも無理な場所があるのです。

「ゴン太」こと田上太郎は、モトクロス用のバイクを持っているのが自慢で、いつでも貸してやる、と言いますが、私の免許証で二五〇ccのバイクに乗ることはできないのですから意味がありません。

父はかなり回復しましたが、左半身に残った不随は本人の望むようには回復していません。リハビリのつもりで、と、時々漁が休みの日に田上太郎が釣りに連れ出すのですが、必ず最後は喧嘩をして帰ります。父が思い通りに動かない自分の身体に癇癪《かんしゃく》を起こしてしまうようで、ゴン太はゴン太で先生が自分の言う通りにやらないからだ、と言い張って気まずくなってしまうようです。

父は少し気が短くなりました。

沢山の人が診療を受けに来られます。父はこれほどの人達と常日頃向き合ってきたのかと、改めて驚きました。

診療所が再開されることになった、と聞いたあの泊集落の八十二歳のおばあちゃんは、麻袋に一杯の野菜を担いで来てくれました。町長はじめこの町の警察署長、消防団長、それから小中学校の校長先生までもが、わざわざ診療所へ花を抱えてお祝いに来てくれました。

その日、診療所の玄関は驚くほどの花束で埋め尽くされたのです。

「この島にこんなに沢山、花のあったとねえ……」

母は涙ぐんで喜びました。

「島じゅうの花の集まったごとある。綺麗かねぇ」

泊集落のおばあちゃんが妖精の笑顔でそう言いました。

「なーんが。お祝いは鯛が一番やろうが」

ゴン太が大きな鯛を抱えて現れました。

お祝い一色に賑わう診療所にも早速患者が現れます。勿論、中には父の病気のことを知らない人もいます。

「あれ？　先生は？」

「あら？　お父さんの先生は」

そういう人には、私は二代目で娘です、と自己紹介します。

「大学病院のお嬢さん先生」

私はすぐに、島の人々にそう呼ばれるようになったのです。


千人規模の町のたった一つの診療所。そう聞くだけで、安かろう悪かろうを連想される方は多いものです。正直なところ確かにそういう批判に反論できるような力はありません。せいぜい心電図をとったり、エコーで内臓を見たりという程度のことしかできないのは事実です。たとえば内視鏡検査設備やＣＴスキャナー、できればＭＲＩだって欲しいと思ってもそれは絶対に無理です。というのは、技師もおりませんし、使用頻度を考えれば原価償却など不可能なのです。しかしその代わり、人間力と医師の力量とが試される場所なのです。

徒手空拳で数々の病と向かい合います。そしてここで一番大切なことは自分の力量と領分をきちんと理解する、ということなのです。

できもしない治療に挑んだり、分からないのに分かったふりをすることが最も危険なのです。分からないことは「分からない」と言える勇気が要ります。

医師は私だけなのです。私が間違えることは、人の命を間違えることだからです。

もしかしたら、ケニアの病院と、私のいる場所とはそう違わず、本当はよく似た環境なのかもしれない。

こうして折に触れケニアのことを思わずにはいられない自分の気持ちを、初めは持て余しました。

しかし私の個人的な感傷とは無関係に、毎日毎日患者さんがやってきます。

「千人くらいしかいない島なんだから、一日ぐらい全員元気な日、なんてないのかしら?」

私が思わずそう言うと母が噴き出しました。

「そしたら千人いっぺんに来なさったら、どんげんすると?」

「それもそうやねぇ」

「あははははは」

母が笑うのを久しぶりに見た気がしました。

患者さんを二人だけ佐世保の病院に送りましたが、お二人とも無事にお帰りになり、お陰様で他にさしたる大ごともなしに、一年目は暮れてゆきました。

冬に入ると胡蝶島は急に寒くなり、雪もよく降ります。勿論、積雪で交通機関が麻痺する、というようなことは数年に一度ほどですけれど。

長崎の正月は鰤なしでは明けません。

鰤漁が好調なのは分かるのだけれど、毎日毎日ゴン太が父に食べさせてくれと、鰤を持って診療所に現れます。

「毎日毎日鰤ばっかかし喰えるか！」

父は憎まれ口を叩きます。

「先生、そんなら明日は何がよかね？　リクエストせんね。魚やったら持ってきてやるけん」

「おお、そんなら鯨や」

「先生、鯨は魚やなか。ありゃ哺乳類ばい。知らんと？」

「やかましか。そんなら大間《おおま》のクロマグロでも持ってこい」

「先生、大間は青森ばい。無茶言うたらいけん。分かった分かった。ローテーションば考えるったい」

田上太郎の決定したローテーションは、ヒラメ↓青魚↓鰤↓鯛↓マグロ↓月に一度はクエ、でした。

ゴン太の好意はありがたくても、私も母もそんなに食べきれないので、クエには困りました。びっくりするほど大きかったので、さすがに無理だと言ったら、「おっしゃ」とか言って目の前でこれが生食、これは鍋用にと捌《さば》いて分けて、大分持って帰ってくれたのでホッとしたことがありました。周りのお宅にお裾分《すそわ》け、といっても周りも漁師さんが多いのです。それで往診のときにそっと山の中の集落に持ってゆくことにしたら、はじめは喜ばれましたが、やはり周りが海という島の中では、残念ながらいつもいつもそれほど喜ばれるわけでもありませんでした。勿体ないことです。

翌年になり、だんだん「大学病院のお嬢さん先生」の「大学病院の」を外して呼んでいただけるようになりましたが、相変わらず私のことを子どもの頃からご存じの方は「嬢ちゃん先生」と呼びます。

私は一緒にアフリカへ行けない、と航一郎さんに告げたことで、さっぱりとそのことを忘れられたわけではないのです。勿論それは無理なことでした。私には今でも航一郎さんは大切な人なのです。

ただ、そのことに心を向ければ胸が張り裂けそうになりますから、私は一心不乱に診療所に心を傾けていったのです。診療に逃げ込んでいた、と言ってもよいでしょう。

忙しいときの方が幸せでした。勿論、患者さんにとっては幸せなはずがないのですけれど。ただ、夢中になって一日が過ぎてゆくことで頭の中を空っぽにできたからです。

でもその分、仕事を終えてから父の軽自動車を駆って西崎の北浜へ行って東シナ海に沈む夕日を見ていると、どうしてもアフリカのことを思ってしまいます。航一郎さんは悪意のない人ですから、なぜ私が一緒に行けなかったのかはちゃんと理解してくれていると思います。

アフリカから消息は届きませんでしたが、それでも仲間を通じて航一郎さんの動向はおぼろげに伝わってきました。

戦地に近い病院に出向していること、そこはとても危険な場所であること、初めて診る病気やその患者さんに手を焼いていることなどです。

きっと彼らしい情熱と正義感に満ちた診療を行っているに違いない、とそのことは疑りませんでした。

しかし、危険な場所にいる、ということが私にはとても気掛かりでした。航一郎さんの一途で、まっすぐで、混じり気のない子どものような善意が、そんなに危険な場所で通じるものなのでしょうか?

私はだんだん北浜へは行かなくなったのでした。

*

八九年の夏のことです。

この年はいつもの年と比べて日本に上陸する台風の数が多い方でしたが、長崎は二度の台風に見舞われました。

胡蝶島が酷かったのは七月の終わり頃の台風でした。予報でもこの夜はかなり激しい雨になるので災害に注意するように呼びかけていました。診療所の辺りは港の近くですから土砂災害の危険性はあまりありません。夕方診療所を閉め、テレビのニュースで何気なく台風の情報を見ていました。するとその夜七時過ぎ頃のこと、診療所の入り口の戸を叩く人がありました。

私はすぐには気づかなかったのですが、母が気づきました。

「なんか……誰か来とるごとあるよ」

私が立っていくと、確かに誰かが戸を叩いていました。

開けてみると私が「妖精のおばあちゃん」と呼んでいる泊集落の松尾《まつお》あかりさんでした。妖精のおばあちゃんは夫を早く亡くし、子ども三人を育てあげ、上の二人は都会に出て行ったので一番下の子どもの一家の近くで暮らしています。近く、というよりも、元々の実家のすぐそばに子どもさんが家を建てたのです。そういう意味では独り暮らし、というほど孤立してはいなかったのでそれほど心配はしていませんでした。おばあちゃんは「胃弱」の体質でしたから、忘れないように定期的に漢方の胃薬を処方して届けるようにしていたのですが、そういえば最近、顔を見ていなかったのです。

「あらあ、おばあちゃん！　どうしたと？」

私が尋ねると、「あんね、胃薬ののうなったけんね。少ぅし貰えたらありがたかとですばってん」と言うのです。

おばあちゃんの家には電話がないのは知っていましたが、息子さんの家には電話が引いてあるはずです。

「いやぁん。おばあちゃん。わざわざ来てくれんでも、電話ばくれたら私がすぐ届けたとに」

私がそう言うのを押しとどめるように、雨にぬれた麻袋の中から野菜を取り出して並べ始めました。カボチャ、キュウリ、トマト、インゲン、ピーマンなどをごろごろっと。それから、「これはおおしぇんしぇえ（大先生）に」とヤマトイモを取り出しました。

「おばあちゃん。雨の中、わざわざ歩いてきたと？」

「うん。まあそげん遠くないけん。ばってん、今日は雨の酷いけん時間のかかったとばい」

母と顔を見合わせました。だって、山を三つ越えてくるのです。

元気な人でも四時間はかかると思います。もっとも、歩いたことはないのですけれど。それを彼女はこんなに沢山の野菜を担いでいつも歩いてくるのです。

母が慌てて薬を処方すると、おばあちゃんは小さながま口を出してお金を支払います。こういうとき私はいつも胸が苦しくなります。

老人や子供の医療費について。

夫を早く亡くし、がんばって生きて、子どもを三人も育て、今でも農作業を厭《いと》わず、懸命に生きている八十四歳の女性がここにいます。その人の唯一の必要薬「胃薬」に対し、たとえわずかであろうとお代をいただかなければならないことへの悔しさに胸が焦げそうになるのです。

日本の医療は一体、誰をどう救うためにあるのでしょうか。

老人医療の現実を抱える、心ある僻地医療従事者のほとんどがこの自己矛盾と闘っているのです。自分の生業《なりわい》ではあるのですが、それでも老人からお代を得ることの申し訳なさに、です。

「夜、遅う来てすんましぇんでした」

おばあさんはそのまま帰り支度を始めます。私と母は思わずまた顔を見つめ合いました。

「え？　おばあちゃん、今から帰ると？」

「はぁい」

「え？　これから台風が来るとよ」

母が、「おばちゃん、今日はうちに泊まっていかんね」と声をかけると、嬉しそうに笑いながらゆっくりとかぶりを振りました。

「うんにゃ。大丈夫やけん。今から帰りますけん」

もう一度母と顔を合わせてから私が言いました。

「おばあちゃん。そしたら、お願いやけん、送らせてくれんね？」

おばあちゃんは首をかしげて私の顔を見ました。一瞬、どういう意味か分からなかったのでしょう。母が「娘がね、自動車で送るけんね」と言うと、「よかよかよかよかよか」おばあちゃんは顔の前でひらひらと手を横に振り、「こんぐらいの雨やったら、なんでもないけん」と答えます。

私は父の軽乗用車を引っ張り出し、エンジンをかけました。しきりに遠慮をするおばあちゃんを半ば強引に助手席に座らせ、シートベルトを締めてふと前を見ると大変な雨です。窓を少し開けるだけでも雨が横から吹き込むようでした。

「送ってくるけん」

母にそう言って車を出すと、ワイパーがうなりをあげても前が見えないような豪雨の中を私は山へと向かいました。

今までに見たこともないような、息苦しくなるほどの豪雨でした。ライトをハイビームにしなければ先が見えないようで怖ろしいのですが、ハイビームにすると雨粒が滝のように光ってそれはそれで却って視界を遮るのです。

山道を登り始めると道路の上を川のように雨水が流れてきます。ああ、送ってきてよかった、と心の中で呟きました。

おばあちゃんがあのままこの道を歩いて戻ったとしたら、水の勢いに流されてとてもとても歩くどころではなかったはずでした。

「ね？　酷か雨でしょう？」

私が声をかけると彼女は既にうつらうつらしていました。

なかなか速度も上げられず、私の運転が下手なこともあって一つ目の山を越えるまでに三十分かかりました。二つ目を越えたらもう一時間が過ぎています。

最後の山が一番厳しいのですが、途中一時的に小やみになったこともあって、一時間半ほどでおばあちゃんの家に送り届けることができました。息子さんと奥さんが心配そうに家の外に出て待っていてくれました。おそらく母が電話をしたのでしょう。

「しぇんしぇ。ありがとうございました」

「ありがとうございました」

息子さんと奥さんは酷い雨の中、涙ぐむようにして幾度も幾度もお辞儀をしてくれました。

「おばあちゃん、わざわざお礼にって、またお野菜持ってきたらだめよ。キリがないけん」

私が念を押すと、おばあちゃんは妖精のような笑顔で手を振ってくれます。

そこまではよかったのですが、問題は帰り道です。

二つ目の山を越えたところで道路の水は抜き差しならぬ勢いになっていました。下り坂になると濁流の中を押されるように下りてゆきます。下りた窪地《くぼち》にはかなりの水が溜まっていて、危険を感じました。

そして恐るべきことが起こってしまいました。

最後の山の途中で恥ずかしいことにガソリンが切れたのです。今のように携帯電話など普及していません。勿論、存在はしていましたが、高価でしたし、通じるのは大きな町だけで、胡蝶島のような僻地では無力でしたから、欲しいとも考えませんでした。

つまりこうです。私は夜十時過ぎに山の中で立ち往生してしまったのです。運転が下手というばかりでなく、私は父の乗っていた軽自動車のガソリン残量すら気にもしなかったのでした。

胡山《こざん》という山に差し掛かったまでは分かっていましたが、自分がどの辺りで止まったのか、地図もなく、明かりすらなく途方に暮れました。夏ですから寒さに凍《こご》えるようなことはありませんが、真っ暗闇というのは本当に怖いものです。幸いダッシュボードの中に懐中電灯がありましたので、その明かりだけが頼りでした。

立ち往生して三十分ほど経った頃でしょうか、私が止まった胡山の山肌の一部が地滑りを起こしたのです。

何が起こったのか、そのときには分かりませんでしたが、音で推測する限り、ただならぬ自然災害の跫音《あしおと》に聞こえて、肌が粟立《あわだ》ちました。

すると一気に水が襲ってきました。背後から水の壁に押されるように車が浮き上がり横を向きました。車はもう制御など利きません。流されるままでした。滑るように坂道を横になって落ちてゆく先に、崖が口を開けていたのです。

飛び出そうにも水圧でドアが開きません。

不思議なものですね。根拠もないのに私は案外落ち着いていました。懐中電灯で照らしながら外を見ると、崖の手前に何本も並んだ大きな杉の木が見えたのです。あそこに引っかかれば助かるかもしれない。そのときにそんなことを考えていたのですから自分でも不思議です。

杉の木と木の間は思ったよりも広く、軽自動車の幅ぎりぎりだったのです。自動車は水に押されて崖に落ち込みかかりましたが運よく、というべきか、杉の木と木の間に斜めに引っかかるようにして止まりました。止まったといっても、もの凄い量の水が押し寄せてきます。杉の木の根っこごと押し流されて落ちたらそれで一巻の終わりだな、と私はぼんやりとそんなことを思っていました。そのまま身動きは取れませんでした。

相変わらずドアは開かず、崖っぷちに引っかかった車の脇をごうごうと怖ろしい音を立てて流れてゆく水の音だけを聞いていました。それでも不思議ですが、ここで死ぬことなど想像もせず、怖いとも思いませんでした。

少しばかり小やみになった、と感じた頃だったでしょうか、水も退《ひ》き始めた気がしました。思い切って外へ出て、とも考えましたが、懐中電灯の明かりだけで暗闇の中に出て行くよりも、このまま斜めに引っかかったようにしている車の中にいた方がよいという気がしていました。

そのとき遠くにちらちらと明かりが見えたのです。

もしかしたら自動車の灯りかもしれない。そう思って目をこらすと確かに人工の明かりが近づいてくるのが見えました。

本音を言えばやはり心細かったのでしょう。

ああ、誰か来た。そう思った一瞬、私はホッとして気を失ったようです。

「嬢ちゃん先生！」

「嬢ちゃん先生！」

その声にやっと我に返りました。

「あ、ゴン太」

田上太郎ことゴン太のバイクだったのです。

彼はもの凄い力で車のドアを引き開け、流れ込んでくる水をものともせず、私の身体を引っ張り出して川のようになった水の流れの外に運んでくれました。

自動車から引っ張り出された次の瞬間、杉の木の根っこごと、父の軽自動車はゆっくりと崖下へ滑り落ちていったのです。私は息を呑んで静かに消えてゆく自動車を見送っていました。

「ありがとう。どうして……」

そう言いかかる私を抱えるようにゴン太は泣き始めたのです。

「嬢ちゃん先生。ああ……よかった……よかった……」

私が出掛けて二時間ほど後のこと、ゴン太は水害を心配してパトロール中に、診療所の前を通りかかって父の車がないことに気づいたのです。

それで診療所を覗いてみると私がいない。母に聞いたら、泊集落まで松尾さんのおばあちゃんを送っていき、松尾さんからは送り届けていただきました、というお礼の電話があったのだけれど、帰りがいやに遅い、というので、ゴン太が自慢のオフロードバイクで私を探しに来てくれたのでした。

まさに危機一髪でした。それからゴン太は自分が「嬢ちゃん先生」の命の恩人だ、とあちこちに吹聴《ふいちょう》して歩いたものです。これには少し閉口しましたが、事実なので仕方のないところでした。

その後、ゴン太は我が家に上がり込んで一緒に食事をしたりするようになりました。元々幼なじみですので、親類の……たとえば従兄《いとこ》のような気持ちで気心が知れていたこともあり、格別ゴン太を男性と意識することもなく、気は楽でした。

診療所は相変わらず朝から老人達のサロンとなり、時折、急病人が駆け込んでくるという、僻地によく見かける、小さな診療所としてささやかに機能していました。

時折、蝮《まむし》に嚙まれた、とか、誤って鉈《なた》で怪我をした、あるいはガラスで切ったというような人もやってきましたが、町医者は内科も外科もありませんから、全て私が処置しました。幸い佐世保の病院へ送るような大ごとがあまりなかったのは、この島が平穏であったという証《あかし》でしょう。

＊

翌年の夏、不意に父がゴン太と一緒にならないか、と言いました。

想像もしていないことでしたが、不思議なもので、この島で暮らしていると自分の領分が見えてくるようなところがあります。

勿論、航一郎さんのことはずっと忘れたことがありませんから、一人の女として、自分の心と自分の置かれた現実とのはざまで、かなり苦しんだのは確かです。

かつては父や母も、私が他の誰かと一緒になってこの島を離れてしまってもそれはそれで構わないと思っていたようですが、こうして私が島へ戻り、人々の暮らしを支える診療所の医師としてすっかり収まってしまったのを見れば、この島で結婚をし、できたらこの島で子供を産み育てて欲しいと考えるのは無理からぬことです。

母だけはたった一度しか会っていない航一郎さんのことを、私がずっと思っていることにおそらく気づいていました。それは女性の勘といってよいと思います。ですから、母はこう言いました。

「ようっと考えてよかとよ。なんでもお父さんの言いなりにならんでよかとよ。あんたの本当にいいようにしなさいね」

私は久しぶりに西崎へ行き、誰もいない北浜に座って夕日を見ました。

そして恥ずかしいほどほろほろと泣きました。

泣いても泣いても泣けました。

それは好きな人を諦める、などという涙ではなかったと思います。達観した言い方をするならば、この小さな小さな島に私の人生を埋める決心、と言いましょうか。

大きくて赤い夕日がほどけるように東シナ海に落ちてゆくのを眺めていると、不意にその夕日を横切って漁船が通り過ぎてゆきます。

その船の上で誰かが手を振っているのが見えました。

ゴン太でした。

ゴン太はゴン太なりに、私の悩みや苦しみを知っていたのだと思います。

そういうことか。

このとき私は、私に与えられたものがはっきりと理解できた気がしました。

父にゴン太と一緒になる、とその晩告げました。

航一郎さんにそのことを告げる長い手紙を書きました。

決して航一郎さんに対する未練を見せぬよう、微かにでも恨み辛みがのぞかぬよう、できるだけ淡々と、事実だけを書いたつもりですが、私の心の一番底にある愛だけはおそらく隠しようはなかったと思います。

九月はじめにナクールの病院宛に出しましたが、なかなか返事が戻ってきませんでした。先方の郵便事情も分かりませんので、無理からぬことと思っておりましたが、ようやく翌年の二月の終わりに返事をいただきました。


「お願いだから、しあわせになってください」


余計なことは何ひとつ書いてありません。たった一行の手紙でした。

私の苦しみも私の領分も、彼自身の苦しみも、彼自身の領分も何もかも呑み込んでそう書いてくれたのでしょう。

そういう人でした。

「お願いだから」

この一言に為《な》すすべのない私達の思いが重なっていたのだと思います。

この手紙を受け取ったとき、既に航一郎さんはこの世のどこにもいなくなってしまっていたのでした。

私は両親やゴン太の前でも、涙を隠しませんでした。

第3部　木場

〈1〉ミケランジェロ・コイチロ・ンドゥングのメール①

死者・行方不明者合わせて四千人近く。全壊家屋およそ二万棟。半壊、一部損壊、浸水家屋が三万棟以上。

和歌子。

震災後、二週間以上過ぎた今、僕のところに伝えられる情報では、石巻はこの震災と大津波で他の町と比べて、一番沢山の人を失ったようです。

町の中心地の一部は復旧していますが、半分以上の場所のインフラは断たれたままで、場所によっては、夜の町はまだ真の闇で、出歩く人はほとんどなく、みな怖いと言います。しかも余震は続いています。

僕ですら少し怖いです。得体の知れない、今までに味わったことのない怖さです。あの南スーダン国境の、明かりどころか道路さえないような、真っ暗闇の夜のサバンナを自由自在に走り回っていた経験のある僕にさえ、和歌子、この闇の深さを測ることはできない。人の心の傷の深さと同じようです。

和歌子。僕は怪我をした人や、病気の人を治すだけでは医師としてダメだと思うのです。メンタルヘルスにもっと自分の心を傾けたいと思い始めています。あの頃、僕と向き合った航一郎も、きっと同じことを考えていたのではないでしょうか?

石巻の海辺の土地は七〇〜八〇センチも地盤沈下しているので、満潮になると浸水します。残酷な話だけれども、通りを一つ隔ててなんでもない町並みがあり、通り一つ挟んだだけで壊滅した地区があります。

神様の選択は今の僕にはまだ理解できません。

今日も町の小さな通りの、木造の家と家のほんの一メートル半ほどの隙間に、クラッシュした軽自動車の上に漁船が斜めに乗っているのを見ましたが、そんなのは少しも珍しくない。屋根にトラックや船が引っかかったままの家も沢山ありますし、頑丈で広大な日本製紙の工場も飴《あめ》細工みたいにくしゃくしゃに歪んでしまい、その近くの大きなガソリンスタンドの敷地の中には、津波に運ばれた家が今もまだ三軒もねじり込まれています。

和歌子、自然の力の恐ろしさを僕はまざまざと感じ、怖れます。映像や写真などでは決して伝わらない悲しみの実態です。

命の危険を感じるほどの臭いや、空気の汚れ、それでも次第にそのことに慣れていく僕がいます。

「被災地病」と呼ばれる症状があります。頭痛や吐き気、それらは風邪や酷い花粉症の発作によく似た症状です。しかし血液データでは異常もなく健康な人と何も違わないのです。

専門家によれば津波によって陸に運ばれたヘドロが乾くことで、その成分の何か（たとえば水銀のようなもの）が空気中に混ざり、人に影響を及ぼす可能性があるだろう、とのこと。何がどのように影響を及ぼしているかということまでは現場では研究も特定もできず、薬もなく、結論から言えば慣れるしかない。ねえ、アフリカの「貧者の病」のようでしょう？だけど奇妙なことにこの症状は暫く経てば消えてゆくのです。

病院では震災や津波のせいで怪我を負った人の治療は少しずつ落ち着き始めたのですが、ライフラインの復旧もままならないこの町では感染症はなかなか止められない。それに電源喪失によって大きなダメージを負った「持病のある人々」は、まだまだ抜き差しならない危険と隣り合わせで闘っているのです。

まさにそれは「被災地病」といえます。こういうことは他にも沢山あるのです。

それでも町はほんの少しずつだけど片付き始めました。

この町に日本中から集まってくるボランティアは、誰もみな、初めは鋭く怖い目をしています。おそらく生まれて初めて見る惨状に胸がふさいで緊張しているのです。僕がこの町に来たときも、きっとそうだったでしょう。

でも日本人ボランティアは、見知らぬ誰かの家の手伝いをするのにも、まるで本当の家族のように一所懸命に行うのです。その姿はとても美しい。

そりゃあ勿論、なかには妙な癖のある人や、暗い目的の人、また見物が目的の人など、様々な人がいると思うけれども、少なくとも僕の知り合った人達は、病院の人も、役場の人も、知らないおじさんもおばさんも、本当にみな素晴らしい。

また、遠くから来た慣れないボランティアが思いがけない怪我で病院にやってくることも多くあります。

家の中には実は危険がいっぱい潜んでいます。剝き出しの釘や割れた食器やガラス。おまけに塩水が染みていますから、脆《もろ》くなった木造家屋での作業は危険と隣り合わせです。

休みを半日貰ったとき、僕は倒壊家屋の整理の手伝いをするのですが、「あの部屋の奥にこういう思い出のものがあるから、それを取り出したい」という相談を多く受けます。

和歌子。

僕たちが一番救い出したいのは〝思い出〟なのです。にもかかわらず、そのことが一番難しく、危険な作業です。残念ながらスーパーマンはここにはいません。

和歌子は僕の少年時代を知っているので、家族を失い、家を失った人間の本当の気持ちは僕にしか分からない、と言いましたね。でもここへ来て向き合っていると、大切な家族を失い、家を失い、財産のほとんどを失った人達に対して、本当に僕にできることがあるのだろうかと不安になります。

僕は航一郎と和歌子によって人生と幸福を取り戻すことができた人間です。ならば僕の一番大切な仕事は誰かの手に人生と幸福を取り戻してあげる手伝いをすることです。

まさに今、重要なことは被災した人々の心の問題です。ドクターが避難所を訪ね、少しでも健康が気になる人々の話を聞いてあげたら、たったそれだけで元気になる人もいると思うのです。

「どうだ？　元気か？」

僕は航一郎にそう声をかけられるだけで元気になった子どもの一人です。そうですね？和歌子。

赤十字病院には毎日、気が遠くなるほど沢山の人がやってきます。

薬などはいち早く東京から運ばれてきますから、ショートすることはありませんが、てんて舞いです。できるだけスタッフと声をかけ合って明るく過ごすように努めていますが、患者の多さに比して医師や看護師の数には限界があり、なかなか思うにまかせない診療状態が続いています。

そんな中でも僕たちは時間を作って交替で避難所を回るようにしています。

僕は心がくたびれると時々日和山に来ます。そして海へ向かって「ガンバレー」と叫びます。人が沢山いて、驚かせたり、迷惑かもしれないと思うときには心の中で叫びます。

今日も日和山に行くと、雪雑じりの雨が降っていました。それでも旧北上川の河口がはっきりと見えます。


和歌子。

さて、ここからは嬉しい知らせですよ。

僕がその悲しくて美しい景色を眺めていると、背後から「イクスキューズ・ミー」と声をかけてきた男性がいました。振り返ると彼はなんだか妙に懐かしい笑顔で、「アー・ユー・ドクター・ケニア？」と聞きました。

「ドクター・ケニア」

和歌子。彼の発した「ドクター・ケニア」という響きをどう表現したらいいのか僕には言葉がありません。

「ダクタリ・ジャポネ」

他にも優しい日本人のお医者はいたのに、僕たちにとってそれは航一郎のことでした。つまりそれは最高の賛辞だった。

和歌子。この日本人は僕のことを「ドクター・ケニア」と呼んでくれたのです。

僕の胸は強く震えました。

「はい」と僕は大きな声で日本語で答えました。「そうです。お役に立てますか？」と。

「なーんだよぉ」

その人は急にヒマワリのような笑顔になって僕の肩をどん、と叩くと、大きく息を吐きながら笑いました。

「日本語、んめえじゃん」

「そお？」と僕は彼につられて、古い友だちと話すような砕けた口調で応えました。日本に来てそんな風にくだけた話し方をするのは初めてでしたが、彼の持つアウラ、というか、雰囲気が自然に僕にそんな言葉遣いをさせたのです。

「僕、ケニア育ちの日本人だよ」

彼は噴き出して、「ケニア育ち？　そっかそっかぁ。嬉しいこと言ってくれるじゃん」と言うと、もう一度僕の肩をどん、と叩きました。

「おめえよ……すっげえ……いいなあ」

……おめえよ……。

懐かしい、懐かしい響きでした。

航一郎に久しぶりに会えた気がして、思わず涙がこぼれそうになりました。

人懐っこい彼の笑顔が、航一郎にとてもよく似ていたのです。最初に彼の顔を見たときに懐かしい気がしたのはきっとそのせいなのでしょう。

僕の心の時計は、二十数年前のロピディン病院に飛んだのかもしれない！

それまで悲しみにくたびれかけていた僕の心の中は一気に明るくなりました。

「俺、木場《きば》恵介《けいすけ》っていうの」

「僕はコイチロだよ」

「コイチロ⁇　え？　マジ？　おめえ……ホントに日本人？……マジ？」

「姓はンドゥング。名はコイチロ。ケニア一の日本人だよ」

あっはっは、と木場さんは大きな声で笑った。

「おめえ、最高だな！　友だちになれるか？」

「アタボーよ‼」

和歌子、ごめんなさい。和歌子には内証で航一郎に教わった、汚い日本語を使いました。

なんだか彼にはその方が喜んで貰えそうだったからです。

「アタボー、かよ。いや、たまんないわ」

たまんないわ、という言葉の意味はよく分からなかったけれど、ともかく彼が喜んでくれていることは伝わってきました。

「実はさ、俺、ここに時々ケニア人のお医者さんが来るって聞いてやってきたんだよ。ドクター・ケニア。頼みがあるんだ。一緒に来て欲しい」

木場さんはそう言うと、僕にバイクに乗れ、と合図しました。

ホンダのオフロードタイプのバイクでした。

和歌子。コイチロがここにいました。

〈2〉石巻市勤労者余暇活用センター明友館　車両部長
大石宏明《おおいしひろあき》の述懐

あの数日前、確か三日ほど前に地鳴りを伴ったかなり大きな地震があったんだけど、思えばそれがあの大震災の予兆だったのだろうね。

震度6強って人は簡単に数字で言うけど、それまでに経験も想像もしたことがない、強くて、長い揺れだったよ。

タクシーの運転手をしている僕は、十一日はいわゆる〝明け〟でね、昼過ぎに起きて、朝食と昼食を兼ねた遅い食事を摂ってのんびりしていたところだった。まず身の毛のよだつ地鳴りがして、すぐにあの揺れが来たんだ。勿論、その瞬間に電源は落ちた。いや、歩くどころか立ってもいられず、倒れてくる家具から身を避けることだって無理だったよ。幸い僕の部屋にはガラスを使った家具がなくてね、本棚が多かったから、先に本が落ちて散らばった後に倒れてきた本棚からは大したダメージを受けなかった。

一階にいた母親は足が悪いから、よくぞ無事だったなって思うけど、実はね、揺れてる最中には申し訳ないが母のことさえ考えるゆとりなんかなかった。昔からこっちじゃ津波のときは〝人よりまずそれぞれが自分のこと〟って意味で、「津波てんでんこ」って言うんだけどね。揺れが落ち着いてから階下へ下りて、散乱した家具や食器の欠片《かけら》を避けながら奥の部屋のこたつの中で丸くなっていた母親をやーっと見つけたんだよ。

や、いやいや、まさに、津波てんでんこ、だなあ。

旧北上川は幅三〇〇メートル。頭の隅で津波が来る、とは思ったけど、まさかあんなに凄いとは思わなかったよ。僕の家は河口から三キロくらい上流の不動町《ふどうちよう》の川辺に建っている二階家だけど、咄嗟に「この酷い揺れにこの家が耐えられるはずがない」って思った。揺れで家がメリメリっと横倒しになるイメージしかなかった。結局、倒壊こそしなかったけど、家の基礎など、相当酷くやられていたと思う。その証拠に四、五十分後に来た津波でさ、まあ、家はほぼ住めなくなったからね。

最初の長い揺れが収まってすぐ母親を抱えるようにして外の道路に出てみると、かなり沢山の人が道路に出ていた。みんな家にいるのが不安だったんだろうと思うよ。何しろ情報も何もないんだからねえ。

この辺の指定避難場所は石巻市民会館ってことになっていたんだけど、なにせ市民会館は築四十何年でしょ？　みななんとなく古い建物は怖いって思いがあったんだろうな。それでその隣にある鉄筋二階建ての明友館に集まっちゃった感じだった。というよりこの辺りには他にちゃんとした鉄筋の建物がなかったもんね。

明友館は、正確には「石巻市勤労者余暇活用センター」という、第三セクターの形で運営されているカルチャーセンターでさ、正確な名前や、実際そこで何をしているのかはこの近所の者はよく知らない。市民会館の隣の白い建物は、なんか暇な人が集まる集会場という程度の、漠然とした認識でしかなかったはずだよ。僕もそうだった。元々ここはいわゆる趣味講座か何かが開かれる場所で、個人教授を受ければかなりお金がかかるお茶やお花や、趣味として将棋や囲碁を安く楽しむ人達の場所として提供されていたんだね。

ともあれ吸い寄せられるようにここに集まってきたこの辺りの人々が百五十人ぐらいいた

が、まさかこの建物でこの日からあんなドラマが始まるとは誰も考えなかったと思う。

防災無線は「大津波警報が発令されました」とフツーのね、暢気《のんき》な調子で繰り返していたけど、我々は七八年の宮城県沖地震を経験しているからね。あのときも同じように、やっぱ大津波警報が出た。

あのときはさ、北上川の水があっという間に退いてしまって僕等かなりパニックになったにもかかわらず、この町での津波の高さは二〇センチ、仙台港でも三〇センチだったからなぁ。その記憶が〝油断〟って形で邪魔をしたのかもしれないな。この地震直後には、それほど誰にも切迫した感じはなかったと思う。防災無線の担当者にしてもそうだったはずで、あれほど酷い津波が来るって知ってたら、もっと大騒ぎしてたはずだよ。あんな凄い津波なんてこのときはまだ誰ひとり想像もしていなかったはずだ。

後になって都会の人達はテレビに流れる大津波映像をライブで見ていた、って聞いたけれど、現地は電源喪失していたでしょ？　全く情報がない。ないない。情報なんかないって。海の方で何が起きているかなんて、それこそ誰も知らない。そこにいた人達はみな、外へ出れば何か情報があるかと思って集まったくらいだしね。

実際のところはまさに伝言ゲームでね、高い丘の上にいた人が突然遠くの、下流の方を指さして「大きな津波が来てるぞ」と叫ぶのを聞いた他の誰かが、「大津波が本当に来てる」と声の限りに叫ぶ。するとそれを聞いた人が、「大津波だぁ！」と伝えてくるって案配だった。

僕が母を抱えて慌てて明友館に入っていくと、明友館の職員の糸井《いとい》くんが血相変えて、「津波が来ます！　皆さん急いで二階に上がってください！」と大声で叫んでいた。それを聞いて、まだ外にいた人々も慌てて明友館に駆け込んだわけだ。

慌ててはいたけど、男達が一階にいたお年寄りを二階に担ぎ上げ……僕の母は最後になったけど、最後はホント、水に追われるようにみんな必死に担ぎ上げてくれた。水が建物の中に押し寄せてね、あっという間に一階から二階へ上る階段の踊り場の二段下まで来た。

みんな二階に上がったのはいいけど、窓から外を見ながら誰ひとり言葉も出ない。「あーっあーっ」と口空いたまま呻《うめ》いている間に、外にあった物がみんな川を逆流してきた波に呑まれる。車もバイクも、店の看板も、何もかもさ。明友館も、もの凄い音がして揺れてた。水があんなに怖ろしいとは正直思ってもいなかったな。

河口から三キロも上流にあるこの不動町の辺りですらそうなのだから、下流の町はもう、どうなってるのか、想像するのも怖いくらいだった。

あのね、じわじわ増えてくるんじゃないんだよ。あっという間に川の堤防を越えて噴き出すようにこちらに逆流してくる。

石巻大橋が呑まれるような高さなら、おそらく明友館ごと我々も呑まれてしまっただろうな。石巻大橋の橋脚ぎりぎりの高さまで水が来たけど、橋自体は流されずに済んだ。だけど逆流してきた津波は、堤防なんかもう、まるで噴き出すみたいに越えてきてね、家や車や船や、とにかくその辺のありったけの物を上流へ逆流しながら押し流していった。

一呼吸置いたら、やがて退いてゆくでしょ？

今度は押すときに持ってきた物の倍以上の物を掻き集めるようにして退いてゆくんだ。だから押し波で助かった人も物も、引き波でみんな流されてく。酷いものだった。

流されていく家の屋根に上がった人が、流されながら「助けてー！」って叫んでいるのが聞こえる。誰もが、どうにかして助けられないか、と歯がみをしている。

距離にしたら僕らのいるところから二〇メートルもないのに、だよ。だが如何《いかん》ともしがたい。助けに出たところで、あの激しく流れる水の中で人間は立ってなんかいられない。おそらく五〇センチ程度の深さでも足を取られてたちまち流されてしまう。それが家を流すほどの勢いで来るんだもの。こちらだって、いくら鉄筋の二階にいるったって、一寸先はどうなるか分からない。

手を差し出すとか、何かを投げて助けるとか、そういう次元の話なんかじゃないんだよ。勇気とか、善意とか、そういう哲学の話でもないんだよ。こちらから動けばむしろ自殺行為なんだ。

だから水の中に放り出されて流されていく人に向かってさ、みんな「がんばって」とか「こっちに泳げないの？」とか何かしら叫ぶのだけれども、ほとんど気を失ってるかして反応はない。

そうして無為無策に、自分だけ高いところでみんなが流されていくのを見ている。や、いやいや……あんなに辛いことはねえな。今思い出しても涙をこらえられない。自分の人間性の問題じゃないだろって言い聞かせてもね、僕の心のどこかで自分だけ助かればいいのか、って自分を責めてる自分がいるんだ。

分かるでしょ？

助かった人のほとんどみんながそうなんだよ。泣いても泣いても泣ききれないほど。

いやぁ……生き地獄ってのはああいうんだな。

その日は、三十分おきくらいに強い余震が来るし、夜になってもずっとギシギシっと、波が押し寄せる音がした。その度にみな緊張して、起きるでしょ。まあ寝られやしないんだけど。水は退かないし、どうにもならないんだ。

明友館の二階は冷たいリノリウム張りの床で、みんなで肩寄せ合っちゃいるけれど、津波の後、すぐに雪が降り始めたくらいだから、そりゃぁ寒くて寒くてたまらなかったね。夜具やなんかはお年寄りや子供から使うようにしたけど、よくみんなの身体が持ったなあ、と後で思ったくらいだよ。

翌日、雪はやんだ。ところがいい天気だから余計に寒いんだな。

とにかく食べ物どころか飲み水も、何もなかったんだ。

水が退いてからも、みんな虚脱状態だった。また揺れとか、水が来るんじゃないかという恐怖心と、もう大丈夫だろうって思いもあった。

怖かったね。

我が家は水でやられて、ふとローンの残りが頭をよぎったけどさ、もうあの家では暮らせないかもな、って思った。

「取り敢えず暫くは、みんなここにいたほうがいいね。こういうときは人手が多い方がいいよ。一人じゃ何かと心細いでしょ」って、少し落ち着いた後、外に出て行こうとする人に向かって木場くんが最初にそう言ったんだ。

なるほどここにはお年寄りが多く、僕は正しい意見だと思った。


木場恵介くんは若い頃はここらでは有名なやんちゃ者でね。といってもいわゆるヤクザまがいの悪辣《あくらつ》なものじゃないんだよ。犯罪なんか絶対しない。喧嘩も正義感も強い不良、って言った方が近いだろうな。有名なやんちゃだったが、暫く建築会社で働いた後、ここへ戻って、自宅を事務所にして仕事をするようになってからはすっかり変わったと思う。

木場くんの家は明友館の向かいにあって、仙台港や石巻港に入港した外国船から頼まれた食料や燃料や部品なんかを届けるような差配の仕事をしている。今は頼りになる町内の元気兄さんってところ。確かに彼の言うとおり、皆、家に帰っても電気も水も、火も、何もないのだからね。それで一度様子を見に行った人もやがて大分戻ってきて、肩寄せ合って、いつの間にか自主的な避難所になってしまったわけだよ。

指定避難所はよそに幾つかあったけど、年寄りの足ではここからは遠くて、わざわざ知らない町の人に面倒かけるよりは、自分の家の近くがいい、って思うよね。みんな遠くへは行きたがらない。年寄りはみんなそうだ。また、この丘の上やその向こうには、半壊の家に住んで離れない人も何人も残っていた。

集まればどうにかなるというものじゃないってことは分かっていても、一人では心細いものだ。ましてや老人の身になればなおさらね。

だから、ここに集まった百三十人ほどの人達も、最初はみんなでがんばろうなんていう、しっかりしたまとまりなんかない、老人ばかりの集団にしか見えなかったよ。僕は五十五歳だが、まだ若い者の部類だったからね。


明友館の職員の中では独身の糸井数浩《かずひろ》くんががんばってくれてた。糸井くんは本当に、もの凄く責任感が強い。被災しているはずの実家にも全然帰らずに我々の面倒を見てくれたんだからね。

糸井くんが役場でどのくらいの立場の人なのかは知らなかったけど、男性では彼の他にこの明友館の責任者はいなかったので、代表者の会議で明友館避難所の「班長」ということになり、その糸井くんが指名して「副班長」は木場くんってことになったんだ。

このコンビが良かったね。

歳は木場くんの方が少し上だったが、以後は、一緒に暮らす上で、なかなか人に言いにくいことでも「班長」って立場から糸井くんがみんなに言う。で、すぐそのあとで木場くんがのこのこ出てきて糸井くんの解説っていうか、分かりやすく説明をして、ついでにみんなを笑わせて場を和ませる。見事なコンビだったね。あの二人がいなかったら、我々の心はどうなっていただろう、と今でも思うよ。立場上の責任者「班長」は糸井くんだけども、現実的に明友館を引っ張ってるのは木場くんっていう住み分けになっていった。

携帯電話が通じるようになってからは、木場くんの人脈からの援助が凄かった。日本中の彼の友だちから援助物資が送られてくるようになり、お陰で我々は火も水も食べ物も困らなくなった。彼の人柄かなあ。凄い友だちが沢山いるんだ。

我々だけでは多すぎるほどの物資が集まると、木場くんは全く惜しまずに配って歩いた。たとえばライフラインを断たれたまま半壊の家で暮らしてる近くの人や、家が無事だと避難所には入れないから、あっちの山の上に四軒、向こうの山に三軒って風に仕方なく孤立している、〝在宅被災者〟のところへ物資や食料をどんどん配ったもんだよ。勿論、他の避難所にも配りに行った。

明友館には〝他のどこよりも一番早く物が届く〟ってイメージが生まれると、ここにいる人間の心を豊かにするんだ。ここ以上の場所はないって思えば、ここに愛着が湧くでしょ？この避難所はもっとまとまってゆく。

何よりここには不思議なことに様々な人材が豊富に集まっていたんだなあ。僕は運転手だから車両部長を買って出た。食料や資材の運搬全部をね。

大野《おおの》政夫《まさお》という、優しい力持ちは、資材管理部で館内の食料や資材をまとめて管理する担当に手を挙げたし、「かき飴」の今田《いまだ》社長は食料調達部長としてここに足りない何かがあれば人脈を使って必死に探し出す。他に「さくら」という人材派遣の会社の女社長が調理部を仕切って食事のまかないをしてくれたから、「明友館避難所」の百三十六人全員はね、鍋中心だったけどもさ、いつも温かくて旨いものを食べていた感じ、いや本当に。

こういう人達が、木場くんと糸井くんの二人を支えながら大家族のようにまとまっていったんだ。

とにかく木場くんの人脈や力は途方もなく大きかったよ。

彼、見てくれは一見頼りなさそうな、ミュージシャン崩れの怪しさがあってね、ふとギターなど爪弾《つまび》いている。ところが実際は明るくて、話し出すとアイデアマンで、どんどん知恵を出す。それもね、決して人にやらせたり頼ったりしないんだよ。

何でも自分が率先してやるから、みんな次第に引っ張られるように自分のやるべきことを探すようになるよね。

僕は一人の人間の力で集団全体の考え方が自然に変わってゆくのを目の当たりにした。そのうち誰が決めたわけでもないのに、彼のことをみんなが「リーダー」って呼ぶようになったのは不思議なことではないんだ。

あとで知ったことなんだが、実は木場くんもこの津波で妹さんを亡くしていた。だがここにいた誰もがそんなことを想像できなかった。彼も、そのことを知っていた「班長」もおくびにも出さなかったし。

明るくて、冗談ばかり言って、嫌な仕事は自分が率先してやった。

まず凄かったのは便所のことだね。

水がないと水洗トイレって、何の役にも立たないでしょ？　紙は予備があったから、みんな普通にトイレに行くでしょ？　ところが水がない。用を足せても、水がないとなれば、汚い話になるけど、もう、いわゆるやりっぱなしということになるわけだよ。

実際、酷いことになっていたんだ。実は僕もそのことは弱ったな、と思っていたんだけど。三日目だったかな？　二人が便所を眺めながら肩をすくめてゲラゲラ笑っていた。「おい。こりゃあ、人間の暮らしじゃあないよね」ってね。

この避難所で暮らす上でリーダーの木場くんが常に心を砕いていたのは、誰もがいわゆるフツーに〝人間らしい生活をすること〟だった。

「こりゃどうにかしないとさすがにヤバいっすね」

　木場くんと糸井くんの二人は、そう呟いていた。でも、誰を責めるわけでもないんだな。それで、二人は外に溜まってる水を、どこからか持ってきたバケツに汲《く》んでは何遍も何遍も外と中を往復してね、「水洗便所って、電気なくても流れるんだな」とか、「おう、水あればいけるじゃん」なんて笑いながら一切恩に着せない。子どもが水遊びをするみたいにワイワイ言いながらバシャバシャ一気に水で洗い流して、あっという間にトイレをさっぱり綺麗にしてしまった。

「ね、ホラ、この方が気持ちがいいじゃない。さあどうぞ」

　明るくそう言う彼らを見ていると、全員がこのままじゃいけないなって思うよ。

　で、こういうことが明友館全体の心を一つにする。

　翌日、便所に糸井くんの文字で貼り紙が出た。

「ウンコしたら流すこと」

　これが明友館でたった一つだけ決められたルールだった。

　トイレに行くときは自分で水を汲んできて、自分の分はきちんと流すってことが、それ以後は自然にできた。これって凄いことでしょう？

　それでも木場くんが、年寄りはそういうことはしなくていい、って言うんだよ。

「気にしないで用足してね。ただ、使ったよってだけ知らせてくれよな、あとは俺等がやるからさ」って。

こんな彼らを見てると、このままじゃ自分が恥ずかしい、と思うようになるもんですよ。トイレが綺麗になるってことは、そのトイレを使う人の心に、全ての秩序を引き戻す効果があるんだね。僕は初めてそんなことを学んだ。

それからはね、誰も強制しないのに自然に幾つかの暗黙のルールが生まれた。で、一つのルールが機能し始めると、それならこれもこうしようって、自然にみんなから提案が出てくるんだ。

それを糸井くん、木場くん、それから何人かの会議で上手に捌きながらちょっとずつ明友館ルール、決して〝決まり事〟ではない〝礼儀のような暗黙の約束〟が出来上がったわけだよ。簡単に言ってるけど、これは凄いことなんだよ。

分かるでしょ？　ここにあるのはルールではなくマナーなんだ。

そのうち子ども達が一切ゲーム機に触らなくなったね。誰も強制しないのに、だよ。そして自然に大人の手伝いを始めたんだよ。子どもだってこのままじゃいけないって思うんだね。子ども達が自主的に見よう見まねで面白がって、一緒に働くようになったんだ。これほどの素晴らしい教育がこの避難所で当たり前のように行われるようになろうとは、思いもよらなかったよ。

僕は昔、学生運動やっててね、相当にその、理論武装もしたんだけど、心の中で〝矛盾する二つのことが同居できる環境は存在しない〟と思ってた。ところがさ、あったんだな、ここに。考えてみれば分かるよ。これ、見事な直接民主制でしょ？　それで行っていることは原始共産制なんだね。

そこで僕は木場くんの哲学に気づく。

「僕の物はみんなの物。でも君の物は君の物」

どんなに悲惨な現場でも、正しい指導者がいて、その人が正しいと思うことを実践すれば、頭の中で考えたら難しそうなことでも実現できるってことだよ。

そしてそこに自然発生的に生まれた幾つかの〝マナー〟が人の心を律することになる。それに〝マナー〟は遠慮や援助を教える。

元来、人が快適に共存するには全員が〝自由勝手気まま〟なんてあり得ないんだよ。フリーダムに〝自由〟ではなく〝自助〟と訳すべきだったな。自分が人にされて嫌なことは絶対人にしない、ってことが〝自由〟の条件さ。同じ現場にいる誰もが、ほんの少しずつ我慢することで秩序ってものが生まれるんだ。

そんなことがここでは成立したんだ。あの酷い目に遭っているときにね。

いやあ、凄い空間だったな。明友館はね。何しろなぜかいつもみーんな笑っていた。どこかで必ず笑い声がしていたんだよ。笑い声の絶えない避難所なんて他にあるはずもない。

こうして明友館は他の指定避難所とは全く異質の「笑う避難所」になった。

〈3〉草野和歌子のメール②

ンドゥング。

もしも桜が咲く頃、時間があったら（忙しすぎてとてもそんな時間はないと思うけれど）東京の千鳥ヶ淵へ行ってくださいね。

そこにフェアモントホテルという小さくて穏やかなホテルがあり、その一階に洒落たバーがありました。私の父はフルート吹きの音楽家でしたが、桜の季節になると有名な指揮者の髭先生（いつかあなたにもゆっくりと話しますね）との観桜会に私も連れられて行き、子どものくせにそのバーで一緒に夜桜を観たものでした。

私の小さい頃にも大勢の人々が桜を楽しんでいましたが、千鳥ヶ淵の美しい桜並木の下で歌を歌ったりお酒を飲んで騒いだりする人はおらず、とても閑《しず》かで、皇居のお堀の向こうとこちら側、お堀をぐるりとめぐる桜の夜景は、本当に煙るように幻想的に浮かび上がって、子ども心にも夢を見ているようだったことを覚えています。

遠い遠い昔のことです。


ロピディン病院で、航一郎とあなたがやっと仲良しになり、航一郎が付けたミケランジェロという渾名をあなたも気に入って、みんなから「ミケ」と呼ばれるようになった後、ようやくあなたは自分から航一郎に話しかけるようになりましたね。

お父さんが小学校の先生だったことや、お母さんがどれほど優しい人だったかということ。あなたの二人のお姉さんが生まれる前に三人の子どもが生まれ、すぐに病気で死んでしまったこと、上のお姉さんがとても綺麗な人だったこと。あなたの家族を襲った人達の中にお父さんの教え子が交じっていた、なんてことを悲しげに話してくれる度、航一郎があなた以上に悲しんでいたのを覚えています。

でも、ある日、あなたが半分ジョークだったと思うけど「自分は銃で人を撃つのが上手だ」と自慢したときに、航一郎から酷く叱られたのを覚えていますね?

「戦争だから、銃を撃たされたことは理解できるし、人を撃たざるを得なかったということも理解する。戦争というものはそういうものだ。だが、ジョークでも人殺しを自慢する奴とは永遠に友だちになれない」

航一郎はあなたをそう叱って三日ほど口も利きませんでした。

あなたが泣きながら謝罪したときの航一郎の切なそうな、それでもホッとしたような顔をあなたも忘れないはずです。

いつでも戦争というものは大人達の事情で始まるのです。そのことで最も悲しい影響を受けるのは常に弱い人達なのです。そのことが弱い人の心を一層傷つけます。そうして社会が一旦〝秩序〟を失うと、人間同士の関係は力だけの関係になっていくのです。原始的な社会の再現になります。

ンドゥング、被災地はある意味では悲しい戦場と一緒です。

最も弱い人から守りなさい。

それは病人であり、老人であり、子ども達です。

マザー・テレサはそれを「愛すること」と表現しました。

「大きなことなど要らない。あなたのできる小さなことをしなさい」と、いつも私達看護婦に言いました。そして誰でもできて、誰のためにも最も善いことは、「その人を愛することです」と。

航一郎があなたにどう接し、どう話し、どんな風に周りに影響を与えたかを思い出せばいいのです。

あなたはミケランジェロというファーストネームと、コイチロというミドルネームを自分で選びましたね。それはなぜだったかをいつも強く思い出してください。

石巻であなたが出会ったという「明友館」のリーダー、木場さんのこと。私にも嬉しいことでした。航一郎に似ている、なんて、きっととても素晴らしい人と出会えたのね。もっと詳しく彼のことを教えて頂戴。

航一郎とまた出会えたなんて羨ましいわ。

ようやくこちらもお天気のいい日が増えてきました。でもまだ雨期は続きます。こういうときに突然豪雨が来るから気をつけないとね。

そうそう。あなたの仲間の消息です。

カナダのフランク・ロイドからまた小切手が送られてきました。彼は今シリコンバレーに出向していて、日本のゲーム会社と共同で映画を作っている製作責任者の一人だそうです。我が家の出世頭かもしれませんね。

アインシュタインは相変わらずナイロビで不動産会社のセールスマンをしています。彼に二人目の子どもが生まれました。電話であなたのことばかり聞いてきます。今度帰ったら是非会ってあげてくださいね。

それから……お待たせしました、ずっと我がホームを手伝ってくれているZENがやっと結婚しましたよ。相手はやはり我がホームにいてずっと手伝ってくれていたベティです。やっぽりそうでしょ？　っていうあなたの声が聞こえそうよ。そうそう、ベティっていう渾名も航一郎が付けたのでしたね。アメリカの漫画で有名なベティさんに似た可愛い子でしたから、ここにいる頃、本当はあなたも彼女に興味を持っていると私は睨んでいたんだけど……。

今年、私の子ども達の数は全部で四十五人になりました。あなたが出掛けてからまた五人増えましたよ。小学生が十四人、中学生が二十四人。小学校に上がる前の小さな子どもが七人。

南スーダンの戦争はもう、ほとんど落ち着いています。でも別の酷いことが起き始めました。カクマにエチオピアや南スーダンからの難民が押し寄せて難民キャンプができ、世界中から援助の手がさしのべられたのはいいけれど、このところカクマの治安がますます悪くなっています。キャンプ内でも暴力、盗難、放火、強姦などが起こるのです。人々の心は殺伐とし始めています。

私はロキチョキオに残ってよかったと思っています。

世界中の慈善団体がカクマに押し寄せて支援してくれていたのですが、最近、少しこの現場に疲れ、飽き始める団体も出てきました。それはきっと自分たちが与えても与えても足りないものの正体に気づいていないからなのです。

そして難民キャンプ内での犯罪が多くなったのは、あなたが懸念していたとおり、教育の不備です。

人々の秩序は乱れ、公共心は失われ、弱肉強食の様相を呈し始めました。私達の持つ本能は本来そのような獰猛《どうもう》なものなのでしょうか。それが混乱や混沌《こんとん》の正体なのでしょうか。どうしたらここに〝愛〟を根付かせることができるのでしょうか。

日本はどうなのでしょう？

人々は混乱すると秩序を失います。本当はとても優しい人でも、自分だけを優先するようになります。強い者だけが勝ち残り、弱い者は追いやられます。

被災地でもそうですか？

航一郎と私の故郷でもそのようなことが起きているのでしょうか？

幸い日本には武器を持った山賊はいませんが、こちらでは武器そのものも進化しています。軽機関銃は更に軽くなり、自動小銃は更に小型化しました。ソ連崩壊以後、武器はとめどもなくアフリカに流入します。それに、社会のシステムが大きく変わりました。お金持ちはどんどんお金持ちに、貧しい人は更に貧しくなっているのです。

平等や公平とは何かを、がんばっている人に報いるとはどういうことなのかを、あなたらしく学んでください。

日本にあなたの美しい心がきちんと伝わりますように。

でも、もしもあなたの心が報われなくとも決して絶望しないこと。〝愛〟は、決して諦めることなく投げ続けること。自分の都合で人に求めないこと。

ンドゥング。

航一郎が好きだった言葉を贈ります。

『飽くことなく与え続けてください。しかし残り物を与えないでください。自分が傷つくほどに与えつくしてください』

マザー・テレサの言葉です。

トウモロコシの種子は木場さんに預けるのですか？

あなたが元気で過ごせますように。

和歌子

〈4〉石巻市勤労者余暇活用センター明友館　自主避難所班長

糸井数浩の述懐①

僕は石巻市文化振興スポーツセンターという財団法人から一年の期限付きで明友館に出向していて、その最中に、あの震災に遭いました。

実家は東松島のそれも割合海に近い方なので、あの津波を見たら「ああ、うちの家族、多分ダメだな」って思いました。

十日ほど経って家の方の電気が復旧したとかで、お袋から電話があって、家族がみんな無事なのを知りました。そりゃあ、勿論ホッとしましたが、その頃は明友館のことで精一杯だったので実家には帰りませんでした。

津波に襲われて明友館に逃げ込んだ人は、十一日は百五十人くらいいました。二階の第一講習室って部屋にみんなで肩寄せ合っていたんですが、とにかく外へ、というか、一階に下りることもできない。身動きが取れないまま初日はあっという間に暗くなって、夜になったら雪が降ってきて、もの凄く寒かったですよ。

皆さん、家族同士身体を寄せ合うようにしていたけれども、眠れるような状況ではなかったです。ずっと余震が繰り返しありましたのでね。あっという間に朝になった感じです。

翌日、とにかく外に出ようにも、どこかの家財道具や、流木、タイヤ、そういうものが重油とヘドロと汚水で、真っ黒に汚れた泥の塊みたいになって通路を塞いでましてね。

それで「すいませーん、動ける人」って皆さんに呼びかけて、元気に働けそうな男性が十五人ぐらいいたかな？　で、みんなで少しずつ少しずつ歩ける場所を確保しながら進んでいくんです。何しろガラスだとか危険物が散乱してる可能性があるので、泥の上に板を渡してね、それでどうにか事務室へ入ったんですけど、どうやら流れずに残ったとはいえ、冷蔵庫の中には備蓄なんかないですからね。それでもペットボトルのお茶が三本。これが全てでした。

これくらいのお茶じゃどうにもならないのは分かってましたけど、どうすることもできないでしょ？　とにかく全く情報がない。

ここへ逃げ込んだ人の中にも、前日から家族と離ればなれで消息が分からないって人は何人もいましたし、時々外を通る人があったので尋ねてみても、みな家族を探しに町を彷徨っている人で、あっちの方はこうだとか、どこそこが全滅したらしい、とか、曖昧《あいまい》な情報しかありませんでした。

十一日の当日には職員が八人いたのですが、みんな出向でここへ来ている人だったし、それぞれ自宅近くの指定避難所に移り、妊娠中の女性職員と、津波で壊滅状態になった町に実家があった女性と、僕の三人が残ったわけです。

そうなると、ワカゾーですけど一人残った男性職員ていう責任があるじゃないですか？ただ、この辺、不動町の事情は全く分からないので不安でしたけどね。

二日目に外へ出て、そのままここへ戻ってこない人もいて、明友館に残ったのは最終的には百三十六人になります。

人間って面白いですよ、僕なんかここの責任者でも何でもないのに職員だっていうだけでどうにかしなくちゃって責任感じちゃってね。出向職員なのにね。笑っちゃうでしょ？ま、実際は僕の力じゃどうにもならなかったんですがね。

おばあさん、子ども、それからおじいさん、女性っていう順番にペットボトルのお茶、一口ずつ。初日はそれが全てでした。お腹がすいたとは、正直思わなかったですね。ああいうの、ナチュラルハイっていうんですかね、ある種の興奮状態なんですよ。でも、どうかしようったって結局何もできないんですから、考えれば腑甲斐《ふがい》ない。

そのまま無為無策に二日目も過ぎていきました。ここまでは、この近所の人が身を寄せただけの場所に過ぎなかったんです。このとき、ここは避難所の体《てい》を為してなかったわけです。

二日目の夕方に消防署で貰ったっていう二リットル入りのペットボトルの水を持って、まっちゃんって人が現れた。

まっちゃんは大野政夫という、この町内の人で、業務用の冷蔵庫なんか扱う仕事をしていて、十一日は出張に出ていて、三つほど離れた町で被災し、動きが取れなくなったそうです。

あとで彼に聞いた話では、二日目になってようやくこの近くの避難場所の一つ「港小学校」で娘の愛ちゃんの無事を確認して、明友館に連れてきたんです。普通なら二十分もかからない道を、ヘドロに苦戦しながら一時間も歩いてね。奥さんの佳子《よしこ》さんはここへ逃げ込んでいたので彼はホッとしたはずなのに、それで話が終わらないのがまっちゃんの凄さです、彼は愛ちゃんを奥さんに託すと、何もなくて困っている明友館と港小学校のために再び消防署へ向かったんです。そこで二リットル入りの水六本が入った箱を担いで再び明友館に戻ってその中の二本を置き、残り四本を人数の多い港小学校まで担いでいって、三時間後にここへ戻ってきました。その後もここに残って、このバイタリティの塊のような熱い男、大野政夫は明友館の牽引《けんいん》者の一人になってゆくのです。

二リットルのペットボトルに入った二本の水。

これが記念すべき明友館最初の支援物資でした。

またこの、二日目の夜、十時過ぎた頃だったですかね。玄関の方で「すいませーん」って誰かが呼ぶ声がした。

みんな直感的に「あ！　支援来たな！」って思った。

案の定、消防の人で「ここに何人いるか正確な数、教えてください。人数分のおにぎり出しますから」って。真っ暗闇の中、懐中電灯で一人一人数えてね。ちゃんと百三十六人分、正確におにぎり出してくれた。消防の人って、ホント、神様ですよ。ありがたいですよ。確実にご自分も被災してらっしゃるのにね。

美味しかったなあ。腹が減ってたからってだけじゃないんですね、忘れられてなかったって、それだけで元気が出る。いや、ただの塩むすびですよ。でもみんな美味しいね、美味しいねって涙こぼれそうになった。二日目はこうして終わっていった。

でも、この日も僕は結局何もできませんでした。

三日目に入っても、情報はね、通りを歩いて家族を探しに来る人からしか得られないんです。あっちがこうなってるとか、向こうはもっと酷いぞとか。

そこへ女川《おながわ》で被災してこの日の午前中にここへ歩いて帰ってきた佐藤敏博《さとうとしひろ》さん（この人もやがて明友館を牽引する主力になる）から情報が入って、これを聞きつけたのが木場さんでした。

「牧山《まぎやま》トンネルの先の『南国フルーツ』のオーナーさんがね、店が被災して、商品がみんな流されたんだけど、食べられるものが泥の中にいっぱい埋まってるから、困ってる人達に取りに来て食べてくれるようにって言ってくれてるそうですから、動ける人、一緒に来てください、貰いに行きましょう」って言った。勇気百倍です。「おお」ってなものですよ。

それで、元気な男の人ばかり十五人ほどで出掛けてみたんですが、行ってみたら、牧山トンネルから向こう側に拡がった光景の酷さにみな言葉を失いました。

何もないんですよ。ホントに何もない。津波火災が起きてたんです。うちの方なんて、まだずっとずっとましじゃないか、って思いました。北上川の、もう一つの東に向いた河口の方がこちらの旧北上川沿いなんかより酷くやられていたんですね。

そうです大川小学校の辺りです。可哀想だったね。

ただこの時点ではそういう情報なんかまるでなかった。

僕らはただただ、ため息つきながら目先の食料探しですよ。

「南国フルーツ」っていうのは牧山トンネルの先にあるスーパーマーケットの名前なんですけどね、お店のそばには、本当に泥の中に食べ物が沢山埋まってた。レトルト食品とか缶詰とか。それにペットボトルはあるし、林檎なんか、ちゃんと洗えば食べられる。寒いから腐ってないんです。みんなで泥に埋もれている食物を必死に集めました。いや、ありがたかったですよ、「南国フルーツ」のオーナーさんの思いがね。そういうありがたい人はいっぱいいた。残念ながら悪い人もいっぱいいましたけどね。

もう一人この街に住む被災者で、三日目から明友館に来て僕らとここを支えることになる今田幸正《ゆきまさ》さんって人がいる。

この人は牡蠣《かき》エキスを使った「かき飴」の製造販売をしていた社長で、「石巻焼きそば」っていうのを発案して流行《はや》らせていたアイデアマンなんです。彼は二日目まで自宅にいました。

僕が外で情報を集めていると、その今田社長が来て、「お前んとこ、何人いる?」って聞く。

「百三十人以上いますよ」って言ったら、「うちの会社に流されなかった食料残ってるから取りに来い」って言ってくれて、それからガスコンロやプロパンガスのボンベ、とにかく残っているものを全部くれた。

仮に食料があってもコンロや燃料がなければ温かいものは作れないですから、これはもの凄くありがたかったですね。

それから木場さんと二人、二階に避難している人たちに声をかけて、「家に食料のある人、ここに回せるものがあったら教えてくださーい」って言うと、みんな全く嫌がりもせず、むしろ進んで、うちのここに何があるとか、冷蔵庫にこういうものがある、と知らせてくれ、男十五人で手分けして集めたら一気にこれで、百三十六人が二日分くらい余裕で暮らせるほどの量になりました。

やっと胸に空気が入ってきました。

それで冷静になれたのでしょうか、この日の晩、ここで暮らす覚悟を決めた人達の中の、一緒にスーパーまで食料を拾いに行った男性軍に声をかけて、最初の「作戦会議」を招集したんです。

ここで僕は副班長に木場恵介さんを指名しました。

実はそれまで面識がなかったのですが、まず木場さんがこの町に詳しいってこと、それからもう一つは、なんていうのかな、他の人と全然違う空気を持っているんですよ。

二日目の夜中のことですが、みんな不安で、僕も途方に暮れて、しゅんとしてしゃがみ込んでいたんですが、木場さん一人が玄関の外でどっかから椅子持ってきて座ってるんです。

「どうかしましたか?」って聞いたらこう答えました。

「いやあ、星が綺麗なんですよ。ほら、電気がないと、星ってこんなに沢山見えるんだなあと思ってたんですよ」って。

こんなときに星が綺麗だって言えるこの人、なんか凄《すげ》えなあ、って思った。

でもね、実は彼はこの津波で妹さんを亡くしてたんですよ。

「南国フルーツ」に食料拾いに行った帰りのことです。木場さんが、「俺、ちょっと妹の家の様子、見てきていいですか」って言った。

「あ、じゃあつきあいますよ」って僕も一緒に行ったんですがね。

そしたら玄関に妹さんの旦那さんの文字で貼り紙がしてあった。

「子どもは皆無事。実家の方の両親も無事。敦子が行方不明」って。敦子《あつこ》というのは妹さんの名前なんです。

「あーっ」って木場さん一瞬目をつぶって顔だけ上に向けていたけど、すぐに大きな息を吐いて、「そーかぁー」って呟いた。

「そーかぁー」って、何度か大きく息を吐いてた。

切ないため息だったなぁ。

あとで木場さんが僕に言った。

「あんとき、敦子、死んじゃったなって思った」って。

すぐに分かったって。

「親父、敦子のこと可愛がってたから、迎えに来たなって」

木場さんのお父さんは何年か前に亡くなっていたんだけど。

敦子さんはひと月後の、四月十一日の一斉捜索のときに東松島で見つかりました。実際そんな後になって見つかった人の多くは可哀想ですが、DNA鑑定でなきゃ誰だか分からない人が多かったのに、敦子さんはそのまんま、綺麗な顔で眠ってるみたいだったそうです。奇跡的じゃなくてまさに奇跡だよって、木場さんがあとでぼそっと僕にそう言った。


木場さんを相棒に指名した僕の勘は当たっていました。

震災から十日過ぎた三月二十一日に木場さんの電話が繋がったんです。

それからはね、夜中に星を見ていた彼とは全然違う、鬼のような形相になって一日中電話にかじりついていた。そしてこの電話からこの自主避難所「明友館」が大きく変わるんです。

まず電話が繋がった三日後の二十四日。プロレスラーみたいな大きな身体つきの人が運転するトラックが一台やってきました。一見して怖い人かな？　って思った。

「成田《なりた》さんの指示で来ました。遅くなりました」とか言ってた。

「成田さんって？」

僕が聞くと木場さんが、「俺の不良時代の仲間。今ね、東京でハーレー売ってんの」って澄ました顔で言うんです。

震災直後、電話が繋がらないときにも、もの凄い量のメールがその人から入っていたらしい。「いつでも物資を送る準備はできている、生きてたら連絡しろ」って。

僕らにはそれまで何の情報もなかったんですが、どうやら福島で原発事故が起き、そのこともあってか、この時点で東京からは直接のルートがなかったのです。

それで木場さんと電話が繋がった途端、成田さんは一旦新潟へ物資を送り、新潟の「弟分」の中山さんって人が新潟—磐梯《ばんだい》ルートでそれを運んできたのです。最初に運んできた人がその中山さん。

弟分がこんなプロレスラーみたいなんだから、成田さんって人は相当凄いんだろうな。で、その人と不良時代の仲間って、一体木場さんってどういう人なんだろうって、僕はただただ驚くばかりでした。

中山さんはなんとドラム缶に二本のガソリンを積んできたんです。このとき被災地は全て燃料不足に苦しんでいたんですよ。そこへ二〇〇リットル入りのドラム缶が二本。今度はペットボトルじゃないんです。大量の電池も一緒でした。

中山さんは木場さんと何か話していたと思ったら、そのままとんぼ返りして、また翌日には四畳半ほどの大きさのアメ車とトラックの二台で食料、電灯、トイレットペーパーなどの生活必需品を山と積んで戻ってきたのです。昨日の今日でしたから、中山さんって人は全く寝ていないはずですよ。

いかつい人ばかり何人かでやってきて、明友館の奥の部屋をあっという間に片付けてそこを備蓄倉庫にしました。

この人達の勢いは止まりませんでした。毎日のように新潟と石巻とを往復し、今度は野菜や飲み物、次は衣料品って具合に、次々と大量の援助物資を運んできます。

木場さんの携帯が繋がって十日も経つと、明友館には他の避難所では手に入らない物資が大量に備蓄されることになりました。

そうしてこの避難所は他の避難所と違って、ただ援助を待つのではなく、逆に〝他を支援する避難所〟に姿を変えてゆくのです。

ちょうどその頃のことでした。

山奥の集落の在宅避難者の一人、大須賀《おおすが》さんのところへ、食べ物や飲み物をバイクで届けに行った木場さんが小学校三、四年生くらいの男の子を抱えて帰ってきた。

何日か前の夕暮れどきに、山の中の道を一人で不安そうに歩いているのを大須賀さんが見つけ、なだめすかすように家に連れて帰ったものの、さてこの子が何しろ一言も口を利かないから、どこの誰かも分からないらしい。食べ物を差し出すと申し訳なさそうに食べはするんだけれども、言葉を発しないので、何をどうしていいか分からない。それに大須賀さんは三年ほど前に奥さんを亡くしているし、子どもの面倒は自分には見られない。困り果てた大須賀さんが、どうか明友館で少しばかり預かって、親とか親類とか誰か探してくれ、と。

「頼まれちゃってさ」って木場さんが笑うんです。

そしてその後でこっそり僕の耳元で、「この子、口が利けないようなんだ」と囁いたんです。

木場さんの座右の銘は「安請け合い」。

そういう人ですから、何でも頼まれると、「いいよ。どうにかする」って応えちゃうんですよ。

「でもさ、頼まれてやってみると、案外これがまたできるモンなんだよね。だから、断らないでまあ、できるところまでやってみようと思ってさ」

木場さんは誰にでもそう言って安請け合いし、見ていると見事にそれをやっちゃう人なんですよ。

無理な注文もあるんですよ。ある在宅避難者のおばちゃんに、「木場さん、サランラップ欲しいんだけど」とか言われて本当は頭抱えていたんですよ。それであっちこっち電話して、三日目にようやく岐阜の友だちからサランラップが一本届いたらおばちゃんのところへ持っていって、「おばちゃん、今日はこんなもんで勘弁しといてよ。次は百本持ってきたげるからさ」「百本も要らないわよ」って笑い合って。

お陰でみんな元気になる。そんな人ですから。

でもさすがにこの男の子のことは彼も僕も困り果てました。

木場さんと二人で色々話しかけてみたんですが、無反応というわけじゃないのです。時折こちらの質問に首をかしげたり、首を横に振ったり頷いたりはするけれども、一言も喋らない。

「口が利けないっていうか、この子、ショックで言葉が出てこないだけじゃないすかね」と僕は木場さんに言いました。

震災で孤児になった子どもは沢山いて、その子達を専門に預かるNPOもあるし地元の有志もいますから、本当はそこへ頼むのが妥当なんですが。

僕が弱って「どうします、この子」って聞いたら木場さんは、「うーん」って大きくため息つくと、「この子さ、敦子の代わりに帰ってきたって思ってるんよ、俺」と言った。

胸にグンときた。

津波でいなくなった木場さんの妹さんと入れ代わりに、この子が帰ってきたって感じなんだな。

木場さんには男も女も関係ないんだな。年寄りも子どももないんだな。同じ生命なんだって。

それで暫く預かる決心をした。食糧事情なんか、むしろここの方が他よりいいかもしれないって思いましたしね。

木場さんがこの子のこと「あつお」って呼ぶんです。

するとちゃんと聞こえていて、振り返ったりするんですが、無表情でね。明友館のアイドル、愛ちゃんもずっと声かけたり、遊んだりしてくれていたんですが、さすがに「なんか可哀想」ってこっそり相談に来たくらいです。

そんな頃に僕が倒れた。

多分、過労で貧血かなんか起こしたのだと思います。身体が動かなくて実際不安だったけど、そのとき木場さんが、「面白い噂聞いたから、ちょいと行ってくるわ」ってバイクでふらっと出掛けていった。

それでほんの小一時間ほど後に連れてきたのがドクター・ケニアだった。

ドクターは背の高いアフリカ系の、温かな優しそうな目をしたいい男でね。

木場さん「おい、医者連れてきたぞ」って、一緒に入ってくると、僕に聞こえるように、彼にわざと変なことを言う。

「ドクター。ヒーハヴ、ヘヴィシック。メイビー、アイティンク梅毒。ユノウ？」とか片言の英語で言うから笑う前に緊張した。あとで考えたら梅毒は酷いよね。

それ聞いてドクターはなんか大声で一緒になって大笑いした後、「バイドク？　それは分からない。でも彼、変な病気じゃないよ。過労かな、多分」っていきなり綺麗な日本語で答えたから、思わず膝がかくんと折れました。

体温と血圧を計って、それから触診してくれて、喉の奥なんかも診てくれた。

「風邪じゃないみたい。『被災地病』っていわれるようなものの一つじゃないか、って。休めば治るんだけどね」

ドクター・ケニアは笑ってそう言った。

「念のために病院来る？」

「いや、それほど厳しい感じはしないんだけど」と答えると、

「うん。慣れると治る人が多いんだけど、栄養剤なら持ってるよ」

それを聞いた木場さんが、「栄養剤が欲しいのはこの避難所の連中みんなだよ」って笑って言ったら、彼は寂しそうな顔で、「そうね……日本中ね」と答えた。

本当に優しい男なんだな、と思いました。

お医者に「大したことないよ」って言われるだけで安心するもんですね。お陰で僕はすぐに元気になりましたよ。

それから、毎日、昼休みの頃にドクター・ケニアは明友館にやってきた。
おじいちゃんやおばあちゃんや子どもには大人気だったな。
それで、彼は早くも二日目に「あつお」の存在に気づいた。
「この子、心、壊しているね」って僕に囁くんですよ。
「分かるかい?」と聞くと、「目を見たら分かるよ」と答えた。
「話してもいいかな?」って聞くから、「よろしく頼む」って言った。
それがあの二人の思いがけない出会いでした。

〈5〉ミケランジェロ・コイチロ・ンドゥングのメール②

少し良い知らせが二つと、少し悲しい知らせが一つあります。
まず良い知らせからです。
四月十五日、日和山の桜が咲きました。

日和山は日当たりがいいので、桜は綺麗に咲いてあっという間に散りました。いつもより綺麗、とみんなが言っています。寒い冬ほど桜は綺麗な色になるそうです。

本当？

桜が散った後、今度は青空に真っ白な雲が花が咲くように湧いています。

〝満開は八分咲き〟。和歌子が教えてくれたことを言ったら、日本人の多くが「満開って十割じゃないの？」とびっくりすることに、僕の方が却って驚きます。

外国人が生意気を言わぬように、余分なことは言わずに黙っていますが、和歌子が言ったとおり、九分咲きになると花が散り始めるのですね。だから〝満開は八分咲き〟。

僕、八分咲きっていう日本語が好きです。これ、正確な八〇パーセントではないでしょう？　もしかしたら八五パーセントかもしれず、七六パーセントかもしれない。数学じゃなくって、哲学なんですね。

和歌子。このことを教えてくれたのも木場さんでした。機会があったらそのときのことを話しますね。

ジャカランダは長い期間咲くでしょう。

しかも美しい薄紫の花が、散っても散っても、次から次から、枝の中から花が湧いてくるようにどんどん咲くでしょう？

僕は美しい花とはそういう花だと思っていました。

でも桜は散り始めるとすぐに跡形もなく、なくなってしまう。咲いたかと思ったらあっという間に姿を消す。けれどちゃんと美しい緑を残すのですね。

僕は花が散ってゆくのを見て、こんなに切ないと思ったことはありませんでした。

一年にたった一度咲いて散る。この花を命の儚《はかな》さに喩《たと》える日本人の気持ち、少し分かる。

和歌子が前に、あと何回、桜に会えるかしら、と言いました。

本当の意味は、僕はあのとき少しも分からなかった。

でも、ここへ来て、この悲惨な風景の中で美しく咲いてあっという間に散る、この美しい花に出会って、僕はやっと航一郎と和歌子が僕に伝えたかったことの一つと巡り合った気がしています。

これまでに百以上、千以上教わった中の、たった一つ、だけど。

こんなに綺麗で切なく散る花なのに、それを見上げる日本人の笑顔の幸せそうで美しいこと。

桜の樹の下には屍体《したい》が埋まっているっていう〝詩〟のような日本の小説がある、と和歌子が教えてくれた。まだその〝詩〟は読んでいないけれど、日本にいる間にきっと読みます。

桜は、まさにそのように妖《あや》しさと悲しさを身にまとって一夜の妖精のように咲く、ミステリアスでセンチメンタルな花だから美しいのですね。日本人の命そのもののようです。

和歌子。

僕は少し日本人を贔屓しすぎですか？

もう一つの良い知らせは、この少し前、四月に入ってすぐの頃、半日だけ東京へ出て、千鳥ヶ淵へ行ってきました。僕に満開の桜を見せるために木場さんの親友がわざわざ石巻から車で連れて行ってくれたのです。日の出前に石巻を出ました。

なんといったらいいのでしょう。僕はあんなに美しい場所に出会ったのは初めてです。つまらない表現だけど、ホントに夢を見ているようでした。

和歌子、僕はサムライの生まれ変わりかもしれない。

あの風景を見ていると、懐かしくて懐かしくてたまらない、不思議な気持ちになりました。

なのに、千鳥ヶ淵には誰もいませんでした。僕は昼前に辿り着き、木場さんの親友が迎えに来てくれる日暮れ前までそこにいたけど、本当にあんまり人が来ませんでした。日本中が心を痛めている。それが伝わってきます。日本人独特の〝遠慮〟でしょうか？　でも僕は何か寂しかった。桜は一年に一度しか咲かないでしょう？

僕が老人だったら、と想像したとき、和歌子が、あと何回桜が見られるかしら、と呟いた気持ちがやっと分かった気がして、だから余計切ない切ない気持ちになりました。

一所懸命咲いている桜に、何も罪はないのです。

そして和歌子。悲しい知らせです。

和歌子とお父さんの思い出のフェアモントホテルはもうなくなっていました。随分前に取り壊され、今は立派なマンションになっていました。

「それが時の流れ」

そんな穏やかな和歌子の声が聞こえる気がします。

僕はその日の夜中に、石巻に戻りました。

僕にはまだまだ日本でしなければならないことがある。

あれから毎日の昼休みに僕は明友館に出掛けます。子ども達と老人ばかりですが、みんないつも笑っています。

班長の糸井さんがとても責任感が強く、元々役所勤めの人らしく、オフィシャルな交渉事を一人で切り盛りしています。そしてムードメーカーでリーダーの木場さんが日本中にいる素晴らしい友だちから送られてくるふんだんな燃料や食料などを、他の困っている避難所の人や孤立した在宅避難者に届けに行くのです。他を援助する避難所なんて、他に聞いたことがありません。

第一、明友館には段ボールで拵えた〝仕切り〟がないのです。他の避難所から頼まれて診察に行くと、みなそれぞれの家族毎に段ボールのついたてで仕切られています。だがここにはそういうものがないのです。

「どうして？」と一度木場さんに聞いたら、「ああいうのがあるとね、心にも仕切りができるの。ほら、ここ、家族っしょ？　家族にはね、ついたてなんか要らねえの」って。

いつの間にか僕はこの避難所では「コイチロさん」と呼ばれ、木場さんは「リーダー」と呼ばれています。

普段はあちらこちら近在の町にも医師として巡回していますが、それぞれの現場はかなり酷いことになっています。少しずつ人々は疲弊し、心は削られ、失ったものへの悲しみや未来への不安、そして現場への不満ばかりが増幅しつつあります。

明友館のような避難所は他のどこにもありません。これほど人々が活き活きとして、自分の場所を探し、場所を見つけると誰もが自分以外の誰かのために働こうとして笑顔が絶えない。奇跡の場所といってもいいくらいです。いつかここは伝説になる。

僕も含め、明友館に関わる人は、被災した人の中では格別に幸福な人だと思うようになりました。

和歌子、ここに「あつお」と呼ばれる不思議な少年がいます。

何歳か分からず、どこの誰かも分からない。何も話さないからです。

でも決して耳が聞こえないのでもなく、声が出ないのでもない。何かのショックで言葉を失ったに違いありません。

リーダーの木場さんも班長の糸井さんも、この少年のことだけは途方に暮れていました。この町にも、それ以外の町にも、この災害で家族の全てを失った子どもを保護したり、他の安全な施設に送るようなボランティアもいるし組織もあるのですが、木場さんの〝勘〟で、他には預けない、と決めたのです。

僕には正しい選択だと思われます。この少年は虚《うつ》ろな目をしていて、心は壊れているようだけれども、きっとこの避難所が気に入っています。

それは和歌子、僕だけ分かる。

ロキチョキオの病院で僕が航一郎に噛みついたときのことを、後になって和歌子が話してくれたでしょう?

実はね和歌子。そのときのことを、僕は全く覚えていません。心が壊れるとそういう一面があるのです。

閉ざすことで自分の心を守っているのです。ロックして保護する。閉ざして一切触れさせないだけで、本当の中身は壊れていない場合だってあるのですよ。心のロックはその心の傷ついた最も反対側にあるものでしか解除できない。和歌子がいつも言っているでしょう。

〝愛〟だけなのです。

多分あのときの僕と「あつお」は同じような目をしていると思う。ただ、人の干渉を拒むようなまなざしは同じでも、目の奥の色は違うはずです。目の底にあるものはきっと異質なはずです。

ロキチョキオの病院で気がついたときの僕の目の奥には、憎しみの〝火〟しかなかったはずです。そして今の「あつお」の目の底はおそらく、恐怖と不安による冷たい〝水〟に満ちているのです。

和歌子。

僕は「あつお」に出会ってやっと、航一郎のあのときの気持ちが分かる気がします。僕には分かる気がします。彼が求めているものも。

だからね、和歌子、僕は糸井さんと木場さんに彼を任せてくれ、と言いました。上手くできるかどうか分からないけれども、僕はまず彼をハグして、くっついて、とにかくずっと話しかけることにしたのです。「おめえよ」って。

ここの子ども達はみんな可愛いです。他の避難所に沢山いる、ゲーム機で遊んでばかりの子どもは一人もいません。自然に大人の手伝いをしているのです。大人も子どもだからと特別扱いしませんから、子どものやる気も出てきます。つまり家族です。

なかでも愛ちゃんは可愛くて、明るくて、ませていて、世話好きで、みんなのアイドルです。愛ちゃんはいつも僕と一緒になって「あつお」に話しかけてくれますが、「あつお」はとってもシャイで、愛ちゃんを見ると、すぐにどこかに逃げ出してしまいます。僕は追いかけていってハグして「おめえよ」って呼びかけます。ただただ、話しかけるのです。

聞こえています。彼にはきっと聞こえているのです。

ただ、どう答えたらいいのか忘れているだけなのです。

仕事は忙しいけど、昼休みは明友館で「あつお」に一方的に声をかけます。ずっと話しかけているとほんの微かに変化が見える気がします。

僕の尋ねたことに頷いたり、首を横に振ったりしている気がするのです。糸井さんや木場さんは、残念だけどそうは見えない、コイチロの気のせいだって言うけど。

でも僕は焦らないことにしています。必ず「あつお」と話せる日が来るからです。

ところで木場さんはいつもタオルの鉢巻きでバイクに乗ります。最初に僕を乗せて日和山から明友館に来たときにもそうでした。日本のルールではヘルメットを着用しなければいけないはずです。そう言ったら、木場さんが笑いました。

「おめえよ、有事にさ、ルールに縛られてちゃ何もできねえよ、第一、今、メットなんかこにないしさ、だから、一応ケーサツの顔立てて、タオルで頭包んでさ、〝なんちゃってヘルメット〟でやってるじゃん。みんな分かってるってそんなこと」

なるほど、そのとおりです。あとで知ったのですが、ここの警察はノーヘルメットや、車検証のない車に乗ることを六月十一日までは暗黙に認めてくれていたのです。勿論、言葉には決して出しません。言葉に出すと〝法律違反を認める〟という矛盾が生まれるからです。真面目な日本人のこの裁量は素晴らしい。

これが〝有事〟だと理解していたのは、日本では警察と消防と自衛隊だけだったかもしれない。

航一郎なら、今の日本をなんと言ったでしょうか？

木場さんにはそれでもできるだけヘルメットを着用するように言います。なぜなら彼が食料や燃料を積んで、車の入れない道を行くとき、その道には沢山の障害物がごろごろしていて本当に危険だからです。

僕は万一の事故で彼を失うはめになることだけは嫌だった。

和歌子ならそれは分かるでしょう？

木場さんはいつもの調子で「オッケー、オッケー」って言いながら、この約束だけはすぐには守ってくれません。

調子のいいところも、本当に嫌になるほど航一郎に似ています。

いかに和歌子がハラハラしていたのかやっと分かりました。

そうそう、木場さんはこの避難所の一室に麻雀《マージャン》部屋をつくったのです。これにはびっくりしました。他の避難所では考えられないことです。

「不謹慎、って言われないの」と聞いたらまた馬鹿にされました。

「おめえよ、人間の生活にはよ、普通、娯楽っていうものがあるもんだろ？　こんなときに一体何が不謹慎で何が不謹慎じゃないのか言ってみろ。麻雀やりてえって人がいて、やれるならやらせてやりたいって思うじゃねえか。可哀想な被災者が暮らしてるって目で見るなよな。フツーの人間が生活してるんだぜ」って。

和歌子、これは正しいと思う。

被災者が暮らしているのではなく、人間が生活している。

この言葉は重いです。

他の町の人々は常に〝可哀想な被災者〟という視点でものを言います。

被災者が被災者らしくないことを言ったりしたりすると、なぜかがっかりする傾向があります。それは施す者が施される者を見下す視線のような気がします。

そして施す者は施される者に常に感謝の言葉だけを求めるのです。それが行われず、逆に批判を浴びたりしたら、凄いことになります。それはユングの言う「アニマ崩壊」や「アニムス崩壊」で混乱する人間の心の働きに似ています。優越者は、自分の思ったとおりに相手が行動してくれない場合、思ったとおりに発言したり行動したりするように〝誘導〟さえするのです。〝罠《わな》〟さえ仕掛けます。さもなければ〝無視〟です。

そこに真実の愛はありません。

殊に日本のマスコミの一部には顕著にそういう傾向が見られます。

そういう人達には「ありがとう」「助かります」「感謝しています」「このご恩は忘れません」という言葉だけが必要なのです。

真実の叫びは封印され、感謝の言葉だけが優越者に流布されます。

そしてまたあるときには、純粋な善意の言葉の中に〝悪意のない刃〟が潜んでいることにも気づきます。

年老いた母を失い、妻を失い、子どもと孫を失い、家も財産の全ても失って、たった一人になってしまい、ようやく死なずに生きて狭い仮設住宅に入った初老の男性を襲う、全く悪意など介在しない、純粋に善意で発せられる「がんばってください」がそうです。

一体彼はこれ以上、何をがんばればよいのでしょうか。

何気なく頭上から投げ落とされる善意の一言にこそ、悲しい刃が潜むことに僕は気づかされました。

言葉は……とても難しい。

現場は、実に凄惨《せいさん》を極めています。人間の営みは拒絶され、〝収容所〟に押し込められた捕虜のように人々は息を殺して途方に暮れています。

木場さんは言葉には出さないけれど、このことに怒っているのです。その表れが「フッーの人間が生活してるんだぜ」という言葉なのです。

それを聞いてはっとしました。

僕には、「あつお」を救ってやろうなどという傲慢さはないのか？　彼を見下してはいないのか？　本当に友達になりたいのか？　と。

和歌子。僕は毎日、とても凄い学習をしています。ここへ来させてくれて本当にありがとう。

僕は自分が医師であるということを驕《おご》る瞬間があります。しかし木場さんの言葉にいつも目を覚まさせられます。僕は誰かを助けるためではなく、僕自身が学ぶためにここへ来たのです。

宿舎の部屋に置いてあるトウモロコシの種子の入った小さな麻袋を見る度に、そう自分に言い聞かせます。


ついふた月も経たない前のことでしたね。

ロキチョキオ近郊は大干ばつに苦しんでいる、そんな最中でした。日本の大地震の直後、南スーダン国境の近くの寒村に住むトゥルカナ人の農家のおばあさんが、わざわざ病院を訪ねてきて和歌子を呼び出したとき、偶然、僕はそこにいましたね。

「私はダクタリ・ジャポネに命を助けられたことがある」

おばあさんはそう言いました。

「今テレビでニュースを見た。ジャポネは大津波で酷い目に遭っている。大地震で土地が沈んでいる。沢山沢山のジャポネが死んでいる。ジャポネはきっと食べ物にも困っている。だから、このトウモロコシの種をどうかジャポネに届けて欲しい」

和歌子が声をあげて泣きましたね。僕も一緒に泣いた。

あれほど自分勝手だの、人に物をねだってばかりいるだの、計算高いだのと悪口ばかり言われているトゥルカナ人の一人として、僕はあの老婦人の気高い心を忘れない。自分の食べる物もないはずなのに、命のような種子をジャポネに届けようとするその心根と、そして、彼女をそういう気持ちにさせた「ダクタリ・ジャポネ」の偉大さも。

和歌子、あの老婦人は元気ですか？

ほんの一握りの、このささやかなトウモロコシの種子はトゥルカナ人の良心の証であり、ダクタリ・ジャポネに対する友情の証です。僕の誇りでもあります。僕には、あの老婆の真心に応えるために、もっともっと日本で為すべきことがあります。

あの翌日、トウモロコシの種子の入った小さな麻袋を僕の目の前に置いて、和歌子は僕に言いましたね。

「今すぐに日本に行きなさい。そして一番被害の大きい場所に行ってあなたのできることをしなさい。それがあなたの一番の勉強になる」と。

そしてすぐに、見ず知らずの日本のどこの病院に行っても分かるような、病院長からの推薦状と航空券を僕に渡しました。

医師になったときに、和歌子から何があるか分からないのだから取っておきなさい、と言われてパスポートを取っておいて本当によかった。


僕は三月十五日には日本に向かって出発しました。

この日に福島の原子力発電所の事故が大きく報道され、日本中の外国人が日本から逃げ出そうとしていました。

ドゥバイでトランジットのとき、日本へ行く、と言ったらみな不思議そうな顔をしていました。

和歌子、僕は少しも怖くない。地震も津波も、放射能も。それは本当。つまり、僕は僕のために日本へ行くのではなく、日本のために僕を捧げるつもりだからです。航一郎がそうだったように、です。もしも僕がここで亡くなっても、本望だ、と思いましたよ。それが航一郎と和歌子との約束だからです。

なぜなら僕は医師です。

「医師」とは「人間」が自らの命を懸けて、病と闘うときの呼び名なのですから。闘わない医師は医師ではありません。

航一郎がナクールからロキチョキオまでプレゼントをいっぱい積んで、トラックで帰ってきたことがあったでしょう？　あのとき、誰にも言わなかったけど、僕は知っていました。あのトラックには無数の弾痕《だんこん》がありました。

航一郎はおそらく山賊に襲われたはずです。それなのに無事にロキチョキオに辿り着いた。運もいいけれど、勇気があります。おそらくとても怖ろしい目に遭ったにもかかわらず彼は平然と「ダイジョブ」って笑っていた。

彼は勇者です。

だからこそ、彼はあの危険な国境の寒村の集落へ出掛けていき、そこで姿を消した。

その集落に住む老婦人が持ってきたトウモロコシの種子は、僕にとっては航一郎の大切な大切な遺産なのです。

和歌子にとってはもっともっと大切な宝物ですね？

それほど大切なものを、僕に託してくれてありがとう。

ではまたね。

愛を込めて

コイチロ

〈6〉石巻市勤労者余暇活用センター明友館　食料調達部長

今田幸正の述懐

俺、若い頃はホテルマンでね。岩手の方のリゾートにいたの。バブルの頃ね。そう見えないいって、よく言われる。元はその筋の人じゃないかってね。あははは。

三十過ぎてこっちに帰ってきてから海産物の加工やってた家業を継いでね、ちょっとでも拡げようと思って、お菓子に手を出したのね。

ホラ、昔、グリコーゲンっていう栄養分を子どもに与えようと「グリコ」を作ったって話を聞いてさ、じゃあ俺は牡蠣の栄養をお菓子に注入しようと思って「かき飴」っての作ったんだよ。グリコみたいに当たらなかったけどさ。わはははは。

それにね、今、B級グルメってのが流行ってるからさ、何か石巻名物を作ろうと思って出汁《だ し》に浸けた焼きそばの麺を蒸して目玉焼き載っけて「石巻焼きそば」っての考えたんだけど、こっちはまあまあかな？　食べ物に関わる仕事をしていると、他の人の食のことがもの凄く気になる。それであの酷い津波の後、木場くんにウチにある備蓄食料とか燃料、全部回したんだよ。そのあと木場くんの勧めもあって僕も明友館で一緒に暮らした。いい仲間だったね。

リーダーとして木場くんは抜群の男だった。明るくて人懐っこくて、人にはもの凄く気を遣ってね。彼のお陰で明友館は心が一つになった。それは間違いない。だから俺らはさ、穏やかに暮らせたんだ。あんなに酷い中でね。

一度、木場くんが珍しく怒ったことがあったなぁ。近くのある避難所でのことだよ。明友館にある食料を配りに行ったときのこと。栃木の僕の知人から送って貰ったパンの缶詰を百個持っていったら、ウチは百五十人いるから配れないって言うんだよ。

「要らないの？」

木場くんの物言いもまあ、率直に過ぎたかもしんねえが、そこの避難所の責任者っつう年寄りがまた頭が固いんだよなぁ。

「足んねぇものを、どうやって配るんだい」って。

紋切り型にそう言われた瞬間、木場くんが大声で、いい啖呵《たんか》切ったっけね。

「おっさんよ、おめえのその顔の真ん中に二つ空いてる大きな穴は何だ？　目じゃねえのか？　その顔の脇に付いてるひらひらしたもんは何だ？　耳じゃねえのかよ！　おめえよ、ここの責任者のくせに、この中にいる人で、誰が最初に必要なのか、誰が最後でいいのか、そんなこともちゃんと見てねえからそういうバカなこと言うんだ。よくそれで責任者って威張ってられるな！」

そしたらその爺さまも負けてなかった。

「うるせえワカゾー！　ここは俺が仕切ってるんだ。てめえの世話なんぞにならなくったってちゃんとやってるんだ。ワカゾー。おい、おめえ頭悪いのか？　百五十人のところに百個持ってきてどう平等に配るんだよ。算数できねえのか、バカ」

木場くん、これにブチ切れたね。

「おい、バカ爺い。耄碌《もうろく》したてめえの頭じゃ分からねえだろうがよ、じゃあここに二百個のケーキ持ってきたらどう平等に分けるんだ！　おら、言ってみろ。まず取り敢えずみんなに一個ずつ配るのかよ、このバカタレがぁ。なかには糖尿の人だっているだろうが。そんで五十個余ったケーキは捨てるのか⁉　日本中の皆さんが一所懸命届けてくださる物をありがたいと思わず、数だけであれこれ言うならてめえでなくてもここを仕切れるだろうが！　おめえみたいなのが生き残ったのがこの避難所の悲劇だ。隠居しろバカタレ！　この災害で俺たちが平等を学ばなかったら死んじゃった人に申し訳が立たねえだろう」て一気に叫んだ。

みんな息を呑んでこのやりとりを聞いてた。何人かからわあっと拍手が起きた。嫌がられてたんだろう、その爺さま。あはは。

なあにあの爺さまがそんなことで変わるもんかね。あとでそんとき拍手した奴を探し出して翌日から水一本渡さないよ。責任者の俺に逆らう奴には何も配ってやらねえってね。そういう最低のリーダーが仕切る避難所もあったよ。悪代官だよ全く。そういうのは、自分が間違ってると思ってないから始末に悪いんだよ。また取材には上手に演じるんだよな。あとで舌出してるのにテレビクルーは気づかねえんだ。

　そこにいる人達はね、だから悪代官には逆らわず、そっと貰える物を順番に待ってるだけ。悲しい保身だよ。だってそれ以外に生きる手立てはないんだもの。随分息苦しい思いで我慢してた人は多いと思うよ。残念だよ。

　その晩俺に、木場くんがこんなこと言った。

「百五十人に百しかないのを平等に配れないってのは単なる算数なんですよ。でもね、そこにいる人間をちゃんと見て、心を配ってたら、今これが一番必要なのは誰か、要らないのは誰かって判断できるはずなんですよ。それでちゃんとそのことを説明して、理解させて納得させるのがリーダーの仕事っしょ？　これはつまり〝哲学〟なんだよなあ。算数で片付くならリーダー要らないっしょ？　だってさ、今井さんなら分かるっしょ？　心を配るって書くじゃない？　〝心配〟って」

　そう言ってため息ついた。いや、全くその通りだよ。

平等ってのは同じ物を全員に配ることじゃないんだ。必要な人に必要な物をできるだけ渡すってことなんだ。そうだろう？

薬に喩えたら分かるね。十五人腹痛で寝ているところに風邪薬が十五箱来たからって、みんなに配ったって意味ないモンね。

みんな平等ですからって、心臓の悪い人にビルの五階まで食べ物取りに来なさい、なんて言える方が不思議だろ？　そういう人には誰かが持っていってやるでしょ？　これは〝平等〟から逸脱するのかい？　さあ、みんなで荷物運びましょうって、年寄りから若い者まで、男も女も同じ重さのものを持たせるのが平等なのかね？

つまりさ、木場くんの言ってるのはそういうことだよ。

まあ、木場くんや明友館にいる若いモンは今どきの不良みたいな格好してるからさ、年寄りからしたらなんだか怪しげに見えるんだよな。物言いもフレンドリーすぎるからさ、正しいこと言ってても、なんだか軽く見られちゃうんだな。

そこへ、厚木の俺の知り合いが、「ミスプリで使えないから誰か着られる人がいたら着せてよ、ジャンパーとしては使えるから」って送ってくれたのが真っ黄色のジャンパーでさ、なんと背中に「災害指導員」ってプリントしてあるんだよ。それでふと、なあ、オフィシャルなとこへ出て行くときはこれを着てみたらって提案したのさ。

よく見てもどこがミスプリなんだか分からなかったよ。多分色ムラとか、その程度じゃねえのかな？

それでリーダーも班長も、俺もさ、みんなで物資を運んだりするときにこのジャンパー着てみたのよ。ところが人間ってのは全く肩書きに弱《よえ》え生き物だよな、「災害指導員」ってジャンパー着ただけで一発で信用するんだな。

今までは俺らの姿見ると不良に絡まれたくねえ、みたいにサッサとどこかへ行ってたくせに、今度はすーっと寄ってくるんだよな。

とにかくね、マスコミやみんな、綺麗事ばかり報道してたがね、実際、外国人なんかが大勢集まっててね、遺体が身につけてる貴金属なんか平気で引っぺがして持ってく鬼のような連中がいたんだよ。いや、鬼に悪いな、鬼が怒るぜ。そいつらはもう人の心なんて持ってないのさ。悪魔だよ。いいか、沢山の遺体がこう、重なり合っているところでそういう連中は平然と焚き火して、笑いながらメシ食ってる。仕事は引っぺがしだからな、遺体がなきゃ仕事にならねえのよ。

公の仕事やってる奴でもさ、金庫見つけたら夜になってこっそりかっぱらいに来るのもいたし。箪笥《たんす》預金ぜーんぶ流されてんだからな。そういうのを浅ましく漁《あさ》りに来る。でもね、そういう連中が、黄色い「災害指導員」ってジャンパー見るとコソコソっと逃げるようになった。

不良が十手《じって》持ったみてえなもんだよな。わははははは。

たかがジャンパーであんなに世間が変わるたあ、言い出した俺も思わなかったぜ。

そのうち黄色のジャンパーの俺たちを見つけるとさ、避難所で意地悪されて暮らしてるような人がそっと出てきて相談するんだ。

「私はここの代表に嫌われてるから水だろうが生理用品だろうが、回して貰えないのよ。そんな人が他にも十人以上いるのよ」

なんて具合にね。

いろんな避難所のそういう人は、みんな木場くんを見つけると辺りの目を気にしながらそっと寄ってくるようになったよ。彼のことだもの「オッケー任せといて」だよ。

自衛隊の人がようやく石巻に入ってきたのは災害から一ヶ月半ぐらい経ってから。

それまではぞろぞろと明友館の前の道路を通ってどこかへ行くだけでね。明友館の前の道路はただの通り道だったから、木場くんなんか、「お前ら一体どこ行ってんだよ、ここやれよ、ここ」とか文句言って笑ってた。

五月の半ば過ぎ頃、東京の人がバイクとか届けてくれたら、俺、自衛隊の仕事の正体を見届けてくる、とか言って、木場くん出掛けていった。

道路はもう寸断されてるから普段通れない林道を通って志津川《しづかわ》から南三陸、気仙沼《けせんぬま》の先まで見に行ってきたんだ。

木場くん、めちゃめちゃ肩落として帰ってきた。

「おい、向こうはもうね、悲しいぐらい酷いことになってる。俺、間違ってた。ここは実は天国だよ。可哀想に、あっちは何もない。高田《たかた》なんか、あの松原が全部やられちゃった。こりゃ酷い。本当に酷いことになった」って涙ぐんでいた。

それから、昨日まで自衛隊どこ行ってんだ、とか文句言ってたくせに、「自衛隊偉いよ。本当に彼らは偉いよ。まさに不眠不休で道路復旧に行ってくれてたんだわ。人に炊き出しで温かいもの配ってよ、自分らは一切温かいもの食べず、みんなを風呂に浸けてさ、自分らは一切入らずだ。自分の家が被災してる隊員がいっぱいいるってさ。いやホント、ありがてぇなあ」ってもの凄く感動してた。

その自衛隊が、やがて向こうの幹線道路の片付けの目処《めど》がついたというので今度は石巻の手伝いにも来てくれたわけだ。物資運んだり、片付け手伝ってくれたり。

お年寄りの中にはよ、「気安く自衛隊って呼ぶな、自衛隊様って言え」って人もいたほどだもんな。そのうち、その自衛隊員の間でも木場くんは有名になってでね。

そりゃあそうだよ、客観的に誰がどういうことをしているのか、誰がきちんとやってるかなんて、見ている人にはちゃんと分かるって。だからね、木場くんを見つけると寄ってきて耳打ちするようになったんだ。

どこそこの避難所で、こういう主婦のグループが責任者に嫌われて水一本貰えないっていう噂を聞いたんだけどね、とかって。

彼らは情報提供しかできないから。そりゃそうだよ。避難所で水貰えないからって言われても、自衛隊員が勝手に個人裁量で回してあげるわけにいかないよ。そういうことをやったら彼らの根っこを疑られるから。第一、規律があるもの。

彼らはあくまで公の立場だから避難所単位でしか配れない。内政干渉なんかできないわけでね。正義感の強い自衛官なんかがちゃんと悪代官のこと分かってて、自分は何もできない立場だから、木場くんに耳打ちするんだよ。それでもね、立場上、「水持ってってあげて」とは言えないんだな、自衛官って立場は。

だから情報だけ耳打ちする。「これこれこういう話を耳にしたんだけど」ってね。

木場くんはそれを聞くと、「おう、どんどん言ってくれよ。オッケー心配ない。おれが片付けとくよ」って感じさ。彼はホント、身も言葉も軽いよねぇ。やってることは凄くちゃんとしてるんだけど。

木場くん、わざわざ目立たない夜中に出掛けていって、その主婦をこっそり呼び出して必要な物を手渡してこう言う。

「ここの代表者にそんな物どうしたって聞かれたら、俺が無理矢理置いていったからって言いなよ。悪いのはみんな俺だよ。いいね」って念を押すんだよ。

とにかく木場くんはあっちこっちで、まあ、とにかく安請け合いをする。

「オッケー心配すんな。どうにかすっからよ」って約束してまたどうにかしちゃうんだよな、これがね。

勿論、安請け合いして、自分で頭抱えてたことも結構多いけどさ。

木場くんの座右の銘は「安請け合い」だっていうから笑っちゃうよな。

なんで、って聞いたことがあるんだよ。そしたらこう答えた。

「『うーん無理かも』って言った瞬間に相手の心が腐るでしょ?」って。

「『分かったどうにかするよ』って言ってやるだけで、なんだか頼んだ人の胸に元気が湧くでしょ？　それに、こっちも引き受けた責任があるから精一杯動くでしょ」

なるほどなあ、って思った。これ、リゾートホテルの従業員の基本なんだよ。

いや俺、昔、岩手のリゾートホテルで、尊敬する高塚《たかつか》って社長に嫌になるほど念を押された。

「リゾートってのはね、お客様がわがままを言いに来てらっしゃるんだよ。何か頼まれてその場でできませんなんて言ったら、リゾートの負けなんだよ。あ、難しいなって思っても……いいかい、君は必ず『やってみます』って言うんだよ。それで、やれるところまでやっても駄目だったら、その経緯も含めて、正直にお客様にご報告すればいいんだ。そうしたらお客様も、ああ、ここまでがんばってくれたんだなって心のどこかで思ってくださるだろ？　それでも許してくださらないお客様がいらしたら俺に言え。社長が頭下げたら、こちらの心根も少しは分かってくださるだろ？　ね、俺達は人を気持ちよくさせる仕事をしているんだよ」

その社長はいつも言ってた。

「やる気があればどうにかなるんだよ。どうにかしなくちゃって思うことが俺達を活かして
くれるんだよ」ってな。

木場くんは、誰にも教わらずにその通りのことやってる。大した男だよ。俺なんか彼より
ずっと年上なのに彼のこと、心から尊敬しちゃってるからね。

妹さんが亡くなった件も、彼に聞いたことがあるけどね、こう言ってたよ。

「悲しいに決まってる、けど俺だけ妹亡くしたんじゃないっすからね」って。

この辺りの人はみんな大切な誰かを失ってるでしょって。

泣いてる暇があったら取り敢えず誰かのために働いて生きること。

「敦子がいなくなって、あいつの代わりを俺が生きてる〝意味〟ってのを、きっとあいつ、
教えてくれてるんすよ」って明るく言ってたな。

木場くんは元々外国船から依頼されて油やら部品やら食料やらを調達差配する仕事をして
いたから、人脈は限りなく広い。お陰で震災発生から十日と少し後には木場くんの友だちが
新潟からトラックで燃料を運んできたんだ。
あの時期に、明友館にだけおよそ一トンの燃料が備蓄されていた。発電機が動かせて、石

油ストーブが焚けて、五月にはスーパーカブぐらいのバイクが五台、オフロード用が二台、東京から送られてきた。

燃料は生命線でしょ？　近くで孤立している六、七ヶ所に発電機とストーブと燃料とを小分けにしてトラックで運んで配った。避難所に行けない場所にいるお年寄りなんか、寒さは命に関わるんだよ。

大きなドラム缶を運んできた、〝昔不良でした〟みたいな連中が気さくにお茶室なんかさっさと片付けて、こっそりそこへ置いてね。

「おいこれ、消防法違反だぞ。それも第4類の危険物だ」木場くんとそう言いながら、「いや今は有事有事。背に腹は代えられぬ」って一緒に笑ってた。

燃料があるってことは部屋が暖かい。つまり病気も少ない。おまけに震災から三週間も経たない内にケニア人の優秀な医者を連れてきてさ。こいつがまた、日本語が上手くてメチャメチャいいヤツでね。毎日遊びがてら来てくれた。お陰で全避難所中、明友館だけ、一度も救急車を呼ばなかったんだ。

子どもも十人以上いたが、怪我も病気もさせなかった。

木場くんがあるとき言った言葉を忘れないよ。こう言ったんだ。

「俺、ここの誰ひとり死なせない」

ボランティアも沢山来てくれた。ホントに手がないからありがたかった。全部で延べ三百人ほど来てくれたよ。若くて働き者ばかりだった。感謝しかないよ。

勿論、自衛隊やら消防やらから、弁当の配給もあった。でも明友館じゃ常時三十人分ぐらいは在宅被災者に仕出しっていうか、弁当配って歩いてたんだよ。それは当然なんだ。俺たちのところには食い物が沢山あるんだもの。とにかく十ヶ所以上の避難所を支援し続けたよ。子どもの下着、大人と子どものおむつ、生理用品、トイレットペーパー、みんな困る物は一緒だ。それが満たされてくると子どもの筆記用具、クレヨンだ画用紙だってのが欠品だった。でもうちにはたっぷりあった。木場くんが「子どもの文房具の心配だけはさせないよ」って。

子ども達もみんな仲が良かったな。愛ちゃんって可愛いリーダーみたいなのがいたからな。そういえば、ケニア人の医者はみんなに「コイチロさん」って呼ばれてたんだけど、彼が来てから子ども達が一気に元気出したな。

コイチロさんには不思議な力があったな。こう、ヒマワリみたいなね。日本語も達者でさ、最近のバカなワカゾーなんかよりよっぽど語彙も豊富だし、言葉遣いも綺麗だった。うん。ああ、確かに木場くんによく似たオーラがあったな。

木場くんの考え方で驚かされたのはね、あるとき、千葉の方の農家の人から電話があってね、白菜を支援してくれるって言うんだよ。聞いたらトラックいっぱいだって。

普通ならこれ、貰っても困るだろ？　ね、そうでしょ？　常識ではね。俺はそう思ったんだが、木場くんは違うんだよ。

「くれるってものを断るなんて傲慢なことは、絶対しちゃ駄目っすよ」って電話に出るなり、「ありがとうございますぅ。いや嬉しいっすよ。いやホント、助かりますぅ」ってなものだよ。ホントに来たよ、四トントラックに山積みだよ。

食料調達部長としてあんなに困ったこともないよ。だって多すぎるもの。またみんなで部屋一つ片付けて、そこに目いっぱいの白菜だよ。これどうするんだろうって、思った。木場くんね、全然平気、あっちこっちの避難所に声かけてね、「白菜要りますか？　要るなら欲しいだけ持っていきますよ」って。

考えてみたらどこだって野菜がなくて困ってるんだから、三日もしないうちにぱぁっとなくなってね。みんなには感謝されるしね。なるほどなあって、俺、学んだよ。ある物は配ればいいんだよな。

ウチで十分以上にあっても、全体で見れば絶対量が足りないはずなんだからね。食べる物を食べ、寒さを凌《しの》げれば案外、人は元気に生きられる。大切なのは笑い。木場くんはいつもみんなを笑わせていた
「笑わなきゃ人間じゃない。笑うのは人間の特権なんだ」

木場くん、いつもそう言ってた。いいだろ？

そのうち明友館の炊き出しはこの近所や町では名物になっちゃって、遠くからも人が集まってくるようになった。

「さくら」ってコンパニオンなんかの派遣会社のママが調理部長でね、中身は、なあに真空パックのご飯に「なんとかご飯の素」だの、そこいらにあった、ありったけの野菜、キノコ、ジャガイモなんかをごんごん放り込んで炊く、まあ、芋煮《いもに》雑炊《ぞうすい》なんだが、これがね、実に旨いんだよ。おばちゃん達がワイワイ集まる人に配ってね。

それだけ言うと楽しいだけみたいだけど。あ、いや、実際、楽しかったね、明友館はね。

「笑う避難所」って言われたくらいだからな。

これは自慢かもな。

〈7〉草野和歌子のメール③

ンドゥング。

いい勉強をしていますね。羨ましいわ。

あなたの周りにいる人達はきっとみな素敵な人ばかりなのね。

あなたのメールを読みながら、航一郎がいたときのことを思い出しています。彼がいたとき、ロピディン戦傷外科病院もそんな感じでした。

一人の人がグループ全体の世界観を変えることは、よくあることなのです。

それが悪人なら悪いグループになっていき、善人であればそれは善いグループになってゆく。

人間が一人暮らす世界はそんなに広いものではありません。狭い集団の中にいじめっ子が一人いるだけで、小さな人生をひどく苦しめてしまうように、逆に仲の良すぎる友だちが沢山いたら、自分の時間なんて一切なくなるように。

かといって一人きりで生きられる人なんてとても少ない。人間は常にグループで生活して生き抜いてきました。

一人一人はとても弱いものです。しかし共通の目的や一つの意志を持った集団はとても強い力を発揮します。しかしそれには確かな、正しいリーダーが必要です。

あなたの木場さんのような、ね。

さて今日も思い出しながら懐かしい航一郎の話をしましょう。

はじめロキチョキオの戦傷外科病院で出会ったとき、私は二十七歳で航一郎は三十二歳、でした。

そうね、ンドゥング。あの頃の航一郎は今のあなたと同じくらいの歳だったのね。背は高くてハンサムなのに、シャイがこじれたようなお調子者だったから、言葉遣いが粗雑に聞こえてしまう。そんなことに気づくのは少し後で、私ははじめ、彼の少しラフでフレンドリーにすぎるものの言い方が不愉快でした。

私は日本の医療の傲慢なあり方が不満で国を出てきたくらいですから、その頃は傍から見れば笑っちゃうくらい突っ張っていたと思うわ。航一郎はね、そういう次元の低いことではなくてね、私などよりずっとずっと大きな目で世の中を、人間を見ていた気がする。

あなたがメールで言った「善意の言葉の中に潜む悪意のない刃」。

よくそのことに気づきましたね。私もンドゥングに言われるまでそのことに気づかなかった。

「口は禍《わざわい》の門《かど》、舌は禍の根」という言葉があります。

善かれと思って発しても、その言葉は自分の心にだけ心地よい言葉で、相手にとってはとても痛いだけ、ということがあります。

ロキチョキオから航一郎と一緒にビクトリア湖の辺り、キスムの診療所へ行ったことがあります。あなたと出会う直前でした。

航一郎はその頃、長崎大学熱帯医学研究所に所属する医師でしたから、ロキチョキオへは出向の形で来ていたのです。キスムの診療所で手が足りないから、というのは名目で、熱研の村上先生が、国境の戦傷外科病院で働くばかりでは気の休まることがないだろう、というお心遣いから、時々マサイマラやキスムへ航一郎を呼び出してくれていました。そのときはきっと航一郎の気が向いたのでしょう、ロバートソン院長に許可を貰い、沢山の薬を持ち、アシスタントとして私がついていったのです。

綺麗な町でした。少し湿気があるけれど、穏やかな港町で、目の前に拡がっているのが湖だなんてとても信じられない。あたかも外洋を見る思いでした。

私達が行くと、この近在の人達が詰めかけてきます。ダクタリ・ジャポネが来る、と聞いただけで、一週間も歩いてくる人があるほどでした。その中に奇病に冒された九歳の少年がいたのです。食事の途中になると痙攣《けいれん》するかのごとく、首を頷くように激しく振り続ける症状が出るのです。少なくとも私達が初めて目にする難しい症例でした。

航一郎ははじめオンコセルカ症を疑いました。

もしもこの症状がオンコセルカ症の進化形であれば、将来、確実に失明するでしょう？ それよりも私が見ていて怖かったのは、硬直して首を強く振る動作が続くことによって脳の一部が破壊されないか、ということでした。

体重を計って、ひとまず一年ほど前に開発された、当時最も新しいとされる広域抗寄生虫薬を投与したのですが、しかし、残念ながら劇的な効果は得られませんでした。

実は正直なところ、彼にも私にも、少年の身に一体何が起こっているのか全く想像すらできなかったのです。

そうです、この症状は後に「ノッディングディジーズ」と呼ばれる南スーダン、タンザニア、ウガンダの限られた地域の子どもばかりが罹る未だに解明されない奇病でした。

ここから先はンドゥング、あなたの方が専門ですね。航一郎はこの新しい病気を報告するかどうか随分迷って、最後は村上先生に報告書を上げていました。

「為すすべなし」という文字が悲しそうでした。

もう一人、航一郎のことで印象に残る患者がいます。三十三歳になる男性でした。リンパ系フィラリアの成虫が死んだあとに残る、いわゆる象皮症を呈していました。「どうにか治して欲しい」と彼は懇願します。「このままでは普通には暮らせない」と。

航一郎がその患者に、「これは現在進行中の症状ではなく、フィラリアの成虫が死んだあとに起こる、慢性期の症状なのだ」といくら説明しても分かってくれませんでした。「解説はいいから、象の足のようになったこの俺の足を綺麗にして欲しい」の一点張りなのです。

整形手術によって、だぶついて見える皮膚を切除することは可能だけれど、設備も専門も違うから今ここでは無理だ、と説明すると、やっと納得しました。そしてこう言うのです。

「次に来るときはその手術ができる医師を連れてきてくれないか」と。ンドゥング。

分かるでしょう？　それはとても無理なことです。

なのに航一郎はこう応えたのです。

「オッケー。そうしよう。それまで大事にしろ」

私はさすがにこの晩、航一郎に抗議しました。できない約束はするべきではない、と。でも航一郎は私の幼い正義感を悲しそうに笑い飛ばしました。

「なあ、おめえよ」と私にこんな風に言いました。

「医師の言葉には奇妙な力があるんだよ。絶対無理だって言われたら、あいつの心、もうそれきりだろ？　だって可能性は本当にあるんだもん。そういう医師が来て、そういう手術ができる環境があれば可能性があるんだもの。来年その医師がここへ来なくても、ひょっとしたら彼がナイロビまで治しに行っちゃうかもしれないだろ？　嘘じゃないだろ？　ゼロじゃないならさ、オッケーって言おうよ」

「今の医療はさ……殊に日本なんかだと、クローズから入らざるを得ないんだ。〝この危険性がありますよ、こんなに危ないですよ、死んじゃうかもしれませんよ、それでもいいならやってあげます〟ってね。でも俺はそれは少し違うと思ってる」

航一郎はそういうことを話すとき、いつもとても悲しそうでした。

それはおそらくそんな場所で闘わざるを得ない勤務医の親友や、大切な医師仲間の置かれた環境を慮ってのことだったと思います。

そしてそのとき、彼は私にこう言い切りました。

「医師が患者から奪ってはいけない最も大切なものはな、命じゃないいんだよ。希望なんだ」って。

「だってよ。命はその人の身体の持ち物だけど、希望は心の持ち物だろ？　人はよ、身体だけで生きてるんじゃねえだろ？　心で生きてるんだからさ」って。

私はこの言葉を聞いたときに、この人に殉じよう、と決心したのです。

フェアモントホテルがなくなっていたのは残念だけれど、それは本当に時の流れよ。仕方のないことです。

父は私が看護学生の頃、病気で亡くなり、母も私がインドに行っているときに病気で亡くなりました。

だからね、その分、私は長生きをするでしょう。

兄弟姉妹はいません。そういう環境だから、こんなにわがまま気ままにケニアにいられるのですよ。私には、子ども達が沢山いますしね。

もう何人がここを巣立っていったかしら？

ンドゥング。

なかでもあなたは私の誇りよ。

身体に気を付けてね。

和歌子

〈8〉 石巻市勤労者余暇活用センター明友館　自主避難所班長
糸井数浩の述懐②

明友館はむしろ支援する避難所として有名になっていきました。

この近所の人は何か足りない物があるとウチへ来て、「なんとかは、ここにはありませんかねえ」って感じですよ。

スーパーじゃないんだから、って言いながら、木場さんの指示で、あるものは全部差し上げました。お金なんか取らない。でもね、それじゃ悪いからってお金を置いてってくれる人

もあるんですね。木場さんにそう言ったら、

「なるほどな。相手にしてみれば、施されんのも癪なんだよなあ。それにさ、ふんだんにはなくても、そこそこのお金はあるんだよ。物がないだけだからね。うん分かった」

って高崎のだるま弁当の容器をガムテープで留めて、貯金箱にしてね、

「ここに住んでる人もよそから来た人も、寄付してくれる人もさ、みーんなここへお金入れて貰おう。そんでよ、ホラ、他へ送るのに送料とか、かかる必要経費ってあるじゃん。それに使うようにしようか」って。

なるほどそれでみんな上手くいく。僕らの負担も減る。

こちらはお金入れてくれる人には、「ありがとうございますぅ。助かりますぅ」って頭下げてね。お金ない人には「ああ、いいですよ、どうぞどうぞ」って言うわけですよ。だって、元々日本中からのプレゼントを、俺たち、回してるだけなんだからね。

いやそういうシステムが自然に出来上がれば、こちらの気持ちもあちらの気持ちも、みーんないいいですよ。お互い自由なんだから。

「あつお」のことだけでしたね、僕と木場さんの悩みは。何しろ反応はあるのに何も喋らない。聞こえているような、いないような、でね。コイチロさんが唯一の頼みの綱でした。

コイチロさんの存在は大きかったですね。「コイチロさん」「コイチロさん」って、子ども

達がみんな懐いちゃってね。彼は偉いっすよ。いや、病院行ってみたら分かる。

毎日毎日、とにかく凄い数の人が待ってて、彼なんか一日に三百人じゃきかないくらいの患者を診てるんですよ。それでも昼休みにはウチへ来て、仕事終わったらまたウチへ来てさ。日本語が上手だから、みんなすぐ仲良しになっちゃってね。あんまり酒は強くないけど、酒につきあうのは好きだったですね。

いろんな話を聞きました。

木場さん、彼の話を聞いているうちに、〝コイチロ物語〟って本を書くって言うくらい感動してました。一方のコイチロさんは〝木場ちゃん物語〟を書くって言ってた。

コイチロさんの少年時代の話は聞く度に涙が出ました。

僕達、今の日本人なんて戦争なんか知らずに生きてきたでしょう?

今度の津波で家族亡くした人が沢山いて、僕なんか、人の命についてようやく教わったような気がするんですが、ケニアでは十歳にもならない子どもが麻薬打たれて兵士にされる時代があったこと、それが今も続いている国や場所があるってこと。

一所懸命話すコイチロさんを見ているだけで何度も泣いちゃいましたよ。

両親を殺され、お姉さんたちも殺され、その犯人の中にお父さんの教え子がいて、孤児になったコイチロさんは狙撃兵にさせられた。

幼い子どもを地雷のスウィーパーとして使うなんて、この世のこととは思えないような話をいっぱい聞きました。

「おい、ここの子ども達にも聞かせてやってくれよ」

木場さんの頼みで、コイチロさんは自分の子どもの頃のこと、どんな目に遭ったか、何が哀しかったかを、温かい日本語で子ども達に話して聞かせた。

子ども達の目つきが変わるのが分かったですよ。いやいい教育だと思った。

コイチロさんの存在は子どもの情操教育上、とても重要だった。

さすがに彼は自分が狙撃兵だったことまでは子どもには話せなかったって言ってましたっけ。だって人殺しなんだから、ってそう呟いたときは寂しそうだった。

それから島田航一郎医師の話は本当に感動的だったし、悲しかった。

コイチロさんのミドルネームはその医師の名前から取ったんだ、って、子ども達に説明しているのを聞くだけで僕とか木場さんとか、今井さんも、大石さんも「さくら」のママさんもね、みーんな、こっちでこっそり泣いてましたよ。

そんな日本人の医者が、昔ケニアに存在した、ってことが誇らしかったですね。命を懸けてみんなを守って、難しい病気やゲリラと闘ってね。

「その人、死んじゃったの？」

愛ちゃんが聞いたときのこと。島田航一郎医師についてです。

「死んでいない」とコイチロさんがきっぱりと答えました。

「だって彼の遺体は見つかってない。もしかしたら記憶を失ったかして、どこかで生きているかもしれないでしょう?」

「そうかあ」と大きく頷いたのは、ほとんど壊滅した南浜町《みなみはまちょう》からお母さんと二人だけ助かってここに来た、良太《りょうた》という九歳の男の子。

「じゃ、僕のお父さんもおばあちゃんも死んでない!」と大声で言った。みんなが息を呑んでいると良太はこう続けた。

「コイチロさんが今言ったじゃない? 記憶を失ったかして、どっかで生きてるかもしれない、って!」

「そうだ!」と愛ちゃんが頷いていました。

「いなくなっちゃったけど、死んでないんだよ!」

子ども達が頭の中でそのことをどんな風に納得したのかは分からないけれど、子どもは子どもなりにこの災害というものを、自分の心にどうにか収めようとしているのだ、と思いました。

「航一郎と約束したから」って言うのがコイチロさんの口癖でね、「僕は十人の命を救わなければいけないんですよ」っていっつも言っていました。

それからあるとき僕にこう言ったんです。

「木場ちゃんって、なんだか、航一郎にとてもよく似ているんだよ」って。

少年時代から島田航一郎っていうお医者に憧れ、ずっと心の中で追いかけて育ったそんな彼にとって、偶然被災地で出会った、我々日本人の中でも際だつオーラを持つ木場さんとその人の面影が重なったということは、僕にはなんだか、とても自然なことのように感じられました。

戦時下でがんばる医師と、この未曽有の大災害の中で活躍する避難所のリーダー。

悲惨な現場でしっかり自分の足で立とうとしている男達。二人にはそういう共通点がある上に、〝安請け合いのミスター・ダイジョブ〟ってところは、なるほど、まさに同じ人、だよなって。

木場さん、もしかしたら島田医師の生まれ変わりかもね？　って一度言ったら、「バカ言うなよ、生きてたら今五十四、五だっていうじゃない？　ってことはさ、俺と一回りぐらいしか違わないんだぜ、どやって生まれ変わるんだよ」って言って大声で笑ってた。

「でもさ、コイチロさんに聞けば聞くほどその人と確かに性格的に俺、似てるんだよな。いやいやいや、そりゃ、その人の方がうーんと偉大だけどさ」って言ってた。

僕と二人きりになったときに、コイチロさんのこと、凄く褒めてたな木場さん。

「あんないいヤツはいねえよな。さすがはケニア一の日本人だ」って。

僕が思わず噴き出して、ケニア一の日本人ってどういう意味なのって聞いたら、「あいつがさ、自分でそう言ったんだ、最初に会ったときにさ。あいつ、ホントに航一郎って人のこと好きだったんだなぁ」って。

それから、「班長、あいつのトウモロコシの話聞いたか？」って。

「トウモロコシ？ってなんすか？」って聞いたら、珍しく真面目な顔になって、「いや、いいんだ。今度話すよ」と言った。


日曜日のこと、コイチロさん、珍しく朝から休みだったんだな。で、僕のところへ来て、「子ども達と一緒に日和山行きましょう」って言うんですよ。

僕も休みの日は普段ほどせわしくないから、ああ、いいねえ、って一緒に出掛けた。

僕と、背中にリュックを背負ったコイチロさんと子どもが六人。「あつお」も入れてぞろぞろ歩いてね。石ノ森萬画館《まんがかん》はまだ復旧してなかったな。その脇を抜けて、みんなで歌うたいながら歩きました。

日和山神社まで上がっていくと、驚いたことに茶店の人やなんかの人気者なんですよ、コイチロさんがね。

「あら、コイチロちゃんお帰り」とか言われて、「はぁい、ただいまね」なんて言ってるんだ。

お店の人も「また帰りにお寄り」なんて言ってる。彼の人徳だな。

コイチロさんは「あつお」にずっと話しかけてる。だから、かどうかは分からないけど、愛ちゃんや他の子ども達もすごく「あつお」に優しいんですよ。子どもは子どもなりに言葉なんてなくても通じるのかな？　って思ってました。

「今日はガンバレやんないの？」愛ちゃんがふとそう言うんです。

「ガンバレって何？」

僕だけ知らなかった儀式があったんです。

「よーし、みんな並べよ」ってコイチロさんが広場の一番端っこの、日和大橋を見下ろす辺りに整列させると、いきなり大声で、「ガンバレー」って叫ぶんだ。僕はびっくりするやら恥ずかしいやらで、自分の顔が赤くなるのが分かりました。

なんだよ、それって。普通、思うでしょう？　何の儀式だよって。

そのとき、近くでバイクの音がしたな、と思ったら木場さんが僕らを追いかけてやってきたんです。

「ガンバレー」

「ガンバレー」

子ども達がゲラゲラ笑いながら一緒に叫んでいる。

僕は周りの大人の反応が恥ずかしくておそるおそる周りを見渡しました。

すると木場さん、にこにこ笑いながらこちらへ近づいてくるや、僕の脇をすり抜け、手すりのところまで行ってコイチロさんの肩をどん、と叩いたかと思うと、誰よりも大きな声でいきなり大声で叫んだんです。

「ガンバレー!!」って。

それから振り返り、「班長、一緒にやろうよ、気ん持ちいいぞー!」って子どもみたいな顔してね。

それからそこいらにいた大人達に呼びかけてる。

「みなさん、一緒に海に向かって叫びましょう!」

リーダーの一言ってなんだか妙な説得力があるから、大人達もぞろぞろ集まってきてね。せえの、で「ガンバレー」って大合唱になった。

「自分の心に叫ぶんですよ!」コイチロさんが大声でそう言う。

「人に言う言葉なんかじゃないんです。自分に言う言葉なんです」

なるほどなあ、って僕は思いました。いつの間にか僕も自然に先頭に立って大声張り上げてましたね。

「ガンバレ糸井!」って。

そしたらいつの間にかそれぞれが自分の名前を最後に叫んでるんです。

「ガンバレー愛」

「ガンバレー良太」

「ガンバレー」

「あつお」一人、残念ながら声を出しません。

微かに「ガンバレ」と口元で言おうとしていたようですが、声にはなりませんでした。

みんなが一呼吸置いたときに木場さんが、「みんなで団子食うか」って言った。

子ども達が一斉にわーい、と答えた。

僕たちが茶店へ向かって歩き始めたそのときでした。

「危ない！」って後ろで叫ぶ声がした。

振り返ると神社へ向かって石段を上り始めた初老の男性が、ゆっくりと崩れ落ちるように倒れるところでした。きゃあっと驚いて叫ぶ声がします。

そこへ、もの凄い速さでそれに反応した子どもがいました。

その人が倒れかかり、まさに石段で頭を打ちそうになるその直前に、一人の子どもがその人と石段の間に身体を投げ出して庇ったのです。

驚いたことに、それは「あつお」でした。

すぐにコイチロさんが駆け寄って咄嗟に「あつお」に怪我がないか声をかけながら、その人を平らなところへ横たえて何か診ていた。「あ、心肺停止」コイチロさんはそう呟いたかと思うと僕に向かって「救急車呼んでください」と言い、それから木場さんに「手伝って」と言った。

僕が携帯電話で救急車の要請をしている間、子ども達はコイチロさんの指示に従って、集まってくる野次馬の整理を始めた。

「すみません離れてください」と声を嗄《か》らさんばかりに愛ちゃんが叫んでいる。

大したもんだな、ウチの子ども達。

「ジャンパーを脱がせて。セーターは着ていないね。じゃあシャツのボタンを外して」

コイチロさんはてきぱきと木場さんに指示しながら、背中のリュックから何かの箱を取り出しています。

「中に肌シャツ着てる」木場さんが言うと、「オッケー、ダイジョブ」コイチロさんはそう応えた。

意識を失っているその人の肌シャツを、リュックから取り出した箱の中にあったハサミでジョキジョキと切って肌を露出させます。「木場ちゃん、心臓マッサージできる？」と聞いた。

「オッケーやれる」

木場さん平然とそう言うと倒れている人の右側にしゃがみ込み、その人の胸に開いた自分の左手を置き、開いた右手をその甲に重ねるようにすると、男性の胸を真上から圧迫するように押し始めた。暫く押すと今度はマウストゥマウスでの人工呼吸。

胸骨圧迫と人工呼吸。僕も役場で講習を受けたことがありますが、頭の中で知ってはいてもこういうときになかなか実践できないものです。木場さん、凄いな、って思った。

「木場ちゃんウマいよ。習ったね」

「まあ、一応ね」

コイチロさんが背負っていたリュックから先ほど取り出した箱はＡＥＤでした。

コイチロさん、その人の身体を探って、「ペースメーカー、なし」って呟いた。

それからＡＥＤの電源を入れ、電極パッドをその人の右肩の下と左脇の胸の部分に心臓を挟むように貼りつけました。すると点滅していたパッドの灯りが消えます。それがちゃんと装着できた証だそうです。

「はい、みんな離れて」とコイチロさんが両手を横に開いて指示します。

暫くすると「心電図をとる」と器械が自分でそう言っているのが聞こえました。その間、人が触れてはいけないのです。全て器械が喋るようにできているのです。凄いものだな、と驚いた。これなら素人の僕にも使える。

やがて器械が「電気ショックが必要です、誰も身体に触れていないことを確認してください」と言う。

コイチロさんは立ち上がると両手を拡げて、「はーい、皆さん、少し離れてくださーい」と穏やかな声で言った。

「離れて、離れて」と大声で大人達に指示しているのは愛ちゃんです。

みんなが離れたことを指さし確認したコイチロさんが、ＡＥＤのボタンを押しました。今度は、「電気ショックが行われました、胸骨圧迫と人工呼吸を続けてください」と器械が言います。

コイチロさんが手慣れた様子で胸骨圧迫、人工呼吸をします。

器械は再び心電図をとる。厳しい状況の人には、こうして合計五回まで繰り返してできるようになっているそうです。

「はい、離れて」とコイチロさん、また両手を大きく開いて確認します。

また器械が自動的に心電図をとっています。すると今度は器械が「電気ショックの必要はありません」と言った。ほぉっとそこにいた人達が息を吐き出しました。

「呼吸、戻ったね」とコイチロさんは自分の汗を拭いもせずに、胸骨圧迫と人工呼吸を続けながらそう言った。

「やったね」木場さんがコイチロさんの肩をドスンと叩きました。「おめえよ、マジ、格好いいなあ」って。

遠くから救急車の音が近づいてきました。

その人は救急隊員が来る頃にはすっかり意識を取り戻し、しっかりした声で受け答えをしています。その人の奥さんが幾度も幾度もコイチロさんにお礼を言っています。

「僕、医者ですから」と達者な日本語で応えている。

「コイチロさん！　格好いい」

愛ちゃんが叫ぶと、子ども達が格好いい、格好いい、っと口々に叫んで興奮しています。

「僕、病院まで同行しなくてもいいみたいだ」と、コイチロさんが言いました。「だから、団子食べようよ」と。

そのあとの僕達は茶店のヒーローでした。

「よかったねえ」

「よかったねえ」

知らない人達から肩を叩かれたり、お礼を言われたり飲み物やら食べ物やら沢山の差し入れをいただいたのです。

「何？　いっつもAED持って歩いてるわけ？」木場さんが聞いている。

「普段ならこういうところにも置いてあるだろうけど、今は何しろこの町に限らず、この状況だからね」とコイチロさん、何事もなかったように言う。

「それよりさ」とコイチロさんが、子ども達に尋ねました。「さっき、あのおじさんが倒れそうになったとき、あつおが下敷きになって庇ったの覚えてるよね」

「そうそう、あつおくん、凄かった」

愛ちゃんが目にハートを灯しながら「あつお」くんの手を握っている。

「あんとき、『危ない』って誰が叫んだ？」

木場さんがそう聞いたとき、子ども達が言葉を呑みました。

「私じゃないよ」と愛ちゃんが言う。

「僕じゃない」

「僕も違う」

コイチロさんと木場さんが目を丸くして顔を見合わせます。

「あつお？」

同時にみんながそう言いました。

振り返ると「あつお」が笑っているのです。

「あつお、笑ったのか……!?」

木場さんが震えそうな声でそう言いました。

「やっぱり君だったのか！　あつお」

コイチロさんがはち切れそうな笑顔でそう言うと、「あつお」の両目からぽろぽろと涙がこぼれ始めました。

コイチロさんは「あつお、おめえ、声出たじゃん」って言って、「あつお」をハグしています。

「すげえ、確かに俺、聞いたわ。『危ない』って、あつお、はっきりそう言った」

木場さんが興奮していました。

「あつお」はひとしきり声を出して泣きました。

そしてその晩から、「あつお」は話をするようになったのです。

本当は小《お》野《の》寺《でら》典《のり》夫《お》という名前で、南三陸で暮らしていた小学四年生でした。大津波で家族は全員が行方不明になっていたのです。

本名は典夫ですが、この明友館ではずっと「あつお」と呼ばれたので、ここでも「あつお」と呼ぶことにします。

「あつお」は学校に行っていて、一人だけ助かりましたが、このとき、あまりのショックから失語症になっていたのです。両親を探しに毎日自宅近くへ行くうちに迷子になり、どういうわけか石巻の避難所に連れてこられたようです。

言葉を話さない上に、最初は物も食べなかったようで、そこでも困り果てたらしい。それで災害孤児を預かってくれるNPOの方に連絡が行き、引き取られることになっていた矢先に一人でふらりといなくなったので、最初に保護した避難所の方では、実はとても心配してくれていたようです。そして「あつお」は偶然山の中に住む大須賀さんに発見されて、木場さんにここへ連れてこられたわけです。

それで僕と木場さんとで行政や関係者に話をして、「あつお」は明友館で預かることになったのでした。

〈9〉ミケランジェロ・コイチロ・ンドゥングのメール③

和歌子。

大切なお母さん。

今、名前の分からない赤い花がとても綺麗です。日本はもう初夏です。

まだまだ復旧には至らないし、復興など、ずっとずっと先のようですが、人々には少しずつ少しずつ笑顔が戻ってきています。

僕の仕事もようやく一段落しそうです。もう少ししたら、一度ケニアに帰ります。

でも一つ決心をしました。僕はまた日本に戻ろうと思うのです。

和歌子は許してくれますね。

というのは凄いことが起きたのです。

「あつお」の話はしましたね。そう、声を失っていたあの子です。

日和山で声が出てから、僕とよく話すようになりました。やっぱり僕の言葉は彼にはずっと聞こえていたそうです。でも、どうやったら声が出るのか全く分からなくなっていたようです。

和歌子、「あつお」とのことは僕の人生にとって、最も凄いことかもしれない。

あれから一週間経った日曜日、「あつお」が日和山へ行きたいと言いました。

子ども達もみんな行きたいというのですが、大人達は皆とても忙しい日でした。暇だったのはリーダーの木場ちゃんだけです。明友館ではリーダーは暇なんです。それが平和の証。和歌子なら分かるでしょう？

それで木場ちゃんと僕と子ども達とで日和山に登りました。なんだかこの日はもの凄く沢山、人がいたんです。なのに愛ちゃんが、「コイチロさん、ガンバレやろう」と言います。

「こんなに沢山人がいたら迷惑だから、心の中で叫びましょうか」

僕がそう言うのを聞いた木場ちゃんが、「バカたれ。何言ってるんだ、おめえよ。あれはよ、大声じゃなきゃ意味がねえだろうがぁ。なんなら今から俺が世間に説明してやっから、やれ！」と言う。

実は、僕が照れていたら僕の隣で急に「ガンバレー」と叫ぶ子がいます。

「あつお」でした。

大きな声でしたよ！

僕がびっくりして「あつお」の顔を眺めていると、子ども達が一斉に「ガンバレー」と叫び始めました。

「ガンバレー」

僕が叫ぶと、木場ちゃんがもっと大きな声で、「ガンバレー」と叫びます。

「皆さん一緒に叫びましょう！　この町の明日のために、被災地の明日のために、自分のために、未来のために」

木場ちゃんが大声でそこいらの人にそう叫びました。

するとね、シャイな日本人の大人達も、みんなで大声で叫んでいるのです。

その声は大合唱になってゆきました。

航一郎にもきっと届いたはずです。

その後、みんなで団子を食べているときのことでした。

突然「あつお」が立ち上がって真面目な顔になって、暫く言葉を探していたかと思うと、こう言ったのです。

「コイチロさん。僕はお医者になれますか？」

僕、言葉が見つからなかった。

「あつお」をハグしたら涙が沢山沢山、沢山沢山、出てきた。

隣で木場ちゃんが僕にしがみついて声をあげて泣き出した。

「おめえ、よかったな、よかったな」って、大きな、大きな声で木場ちゃんが泣いてくれたんですよ。

僕が航一郎に医者になりたい、って言ったとき、航一郎は僕を笑顔で抱きしめてくれましたよね。

僕は泣いてしまったけれど。

今、僕にはあのときの航一郎の気持ちがよく分かります。


和歌子。

航一郎のバトンが日本に渡ったよ。


そしてきっと「あつお」はいつかケニアに来る。

今度はその「あつお」に憧れたケニア人がまた日本に行くかもしれない。

和歌子、なんて素晴らしいリレーなのでしょう。

「お父さんもお母さんもおばあちゃんも、妹もいなくなったけど、そんな僕でもお医者になれますか?」ってあつおが言った。

だからね、僕は震える声で答えたよ。

「君は四人も失ったのだから、五人を助けなくちゃならない」

でも途中から言葉にならなかったよ。

そしたら子ども達が「僕も」「私も」って騒ぎ始めた。

「大きくなったらコイチロさんになる」って。

バトンがいっぱいになっちゃった。


和歌子。

航一郎は喜んでくれるかな？


僕は今ではこの町では「明友館のドクター・ケニア」と呼ばれています。

復旧も少しずつ始まり、それぞれの住居地域によって、この秋には仮設住宅に入居するように指示されている家族もあるのですが、変な話、明友館から離れたくないっていう人の方が多いのです。信じられますか？

これには木場ちゃんも班長の糸井さんも悩んでいます。というのは、そろそろ行政の方から明友館に、立ち退《の》きの命令が来そうだからです。

元々ここは石巻市勤労者余暇活用センターといって、カルチャーセンターだからです。人が住み暮らせるような場所ではないのです。

二階建てで部屋の数は一階に八つ、二階にも八つ。総床面積は一階が四五〇平米、二階が四三〇平米。

和歌子。

ロキチョキオの病院の集会場を連想してください。あそこが二階建てだったと。明友館はそれほど小さいのですよ。そこに最大百三十六人が一緒に暮らしました。今はもう八十七人になりましたが、愛ちゃんの一家も良太の一家もまだここにいます。

「あつお」も。

あの未曽有の大災害にライフラインを断たれ、食料も何もなかった百三十六人が力を合わせて生き抜いたのです。他の避難所まで助けながら。和歌子、これは偉大なドラマです。

僕は凄い場所で暮らしたのです。


和歌子。

僕は今度ケニアから日本に帰ったら福島に行こうと思っています。

〈終章〉二〇一一年夏

草野和歌子のメール④

ンドゥング。

日本のためにそんなにがんばってくれて本当にありがとう。

私は、あなたが帰ってくるのを首を長くして待ちましょうね。

そうですか。あのトゥルカナ人のおばあさんのくれたトウモロコシは石巻と、福島と、長崎とで育つことになるのね。

それは航一郎が一番喜んでいると思います。

あなたはたった一人で日本へ行き、この国にいるときよりも沢山の友だちに出会ったようですね。

日和山から海に向かってみんなが叫ぶ「ガンバレー」の声は私にも届きましたよ。

あなたは本当に航一郎が好きだったのね。

でもきっと、あなたよりも私の方が航一郎のことが好きだと思うわよ。

それだけは他の何よりも自信があるわ。


あなたが福島に行くことに賛成です。もっともっとあなたにはできることがあります。ただ、あなたにはあなたの人生があります。

もう一歩突っ込んで言うことを許してくれるなら、あなたは航一郎ではないのです。

あなたはミケランジェロ・コイチロ・ンドゥングです。

自分の人生を送ること。

分かりますね。

私のことはなにも気にしないでね。

私には航一郎から貰った宝物が本当に沢山あります。

そうそう、あの、トラックで帰ってきた後、私にこっそりくれた指輪があるのですよ。勿論、決して高価な指輪などではありませんが、あれからずっと……今でも私を守ってくれているのです。

航一郎と暮らした時間は短かったけれど、私にとっては永遠の永さに感じられます。

子ども達は全て航一郎の子どもだと心から感じますし、航一郎は常に私の隣にいてくれるのよ。

今でも航一郎がふらりと帰ってきそうな気がするのですよ。

「あ、ちっと寝過ごしちって」って……。

ねえ、ンドゥング。

わたしは今でもこんな風にね、ずっと彼が帰ってくるのを待っているのです。

あとがき

〝アフリカでの僻地医療、巡回医療に青春を懸ける青年医師が、母国日本に残してきたかつての恋人に宛てた手紙〟

そんな設定の「風に立つライオン」という歌を書いたのは一九八七年のことだ。

勿論この歌のモデルは存在する。

一九六〇年代の終わり、ケニアのナクールにある長崎大学熱帯医学研究所に出向した柴田紘一郎医師だ。

彼と出会ったのは僕が二十歳のときで、当時の僕は音楽学生の道を諦め、國學院大學に在学中だったが、アルバイトと酒で身体を壊し、故郷に逃げ帰っていた最中のことだった。

僕の父と柴田先生は出会って後、まさに管鮑《かんぽう》の交わりと呼ぶべき大親友となり、以来二〇一〇年暮れに父が身罷《みまか》るまで二人の親密な交際は続いた。

最初に僕の父と柴田先生を引き合わせたのはNBC長崎放送の名プロデューサーだった故・武縄潔さんで、僕はいわば父の付録で三人の飲み会に交ざり込み、柴田先生と出会ったわけだった。

お目にかかる度に彼の語ってくれる、アフリカの光と影、美しさと厳しさ、雄大な風景に、毎度僕は胸を躍らせたものだ。

僕と柴田先生とは以後今日に至るまで親類以上のお付き合いが続いているが、この歌を書き上げるまでには彼と出会ってから十五年もの時間を要した。

幾度もトライして書き上げられなかった大テーマにもかかわらず一九八七年のある夜、八分にもなるこの歌を僕はわずか三十分ほどで一気に書き上げたのだ。

まさに突然〝降ってきた〟のである。

「ようやく先生の歌ができました」

柴田先生に出来上がった歌を送ると彼らしい、慎み深い手紙が返ってきた。

「これは僕の歌などではありません。しかし、僕の拙《つたな》い経験がこの素晴らしい歌のお役に立てたとすればこれほど嬉しいことはありません。頑張ってまさしさんのライオンに僕も一歩でも近づきたいと思います」と。


元々「風に立つライオン」という歌は、アルバム「夢回帰線」の中に含まれる九楽曲の一つに過ぎなかったが、その歌詞の内容から医師や医療従事者、青年海外協力隊の隊員達、また海外で暮らす在留邦人のみなさんに愛され、いつの間にか一人歩きを始めたのである。

この歌に「強く感ずるところがあって」NPO法人〝ロシナンテス〟の川原尚行先生は外務省医務官の職を辞し、以後スーダンにおける地域医療、また東日本大震災被災地、殊に宮城県亘理地区での支援活動に命懸けで取り組んでいる。

この歌に共感した鹿児島の堂園晴彦先生は「心ある医師を育てる」ためのNPO法人〝風に立つライオン〟を立ち上げ、毎年若い医師達をインドにあるマザー・テレサの終末病院に送って研修を行わせており、東日本大震災被災地では医療バス「風に立つライオン号」を走らせている。

冠動脈バイパス手術八千例、心臓弁膜症手術三千五百例、左室形成術三百二十五例、心臓移植五百二十例という奇跡のような実績をもつドイツ、ボッフム大学胸部・心臓・血管外科永代教授でもある世界一の心臓外科医、南和友先生は、後進を育てようと数年前に帰国され、僕の大切な友人を四人も救ってくださったが、今日もこの歌を口ずさみながら北関東循環器病院で必死の手術を続けておられることと思う。

その北関東循環器病院の心臓内科の名医、笠間周先生は自らが幼い頃に罹った難病と闘っていた中学生のときにこの歌を聴き、強く刺激されて医師になる決心をした。

小説『眉山』執筆の際の大切な取材協力者の一人だった寺澤大祐先生は現在岐阜県総合医療センターで新生児の緊急医療に命懸けで頑張っている。彼も医学生時代から「風に立つライオン」を目指して闘い続けているライオンの一人。

長野県諏訪地域の医療を受け持つ諏訪中央病院の名誉院長でもあり、東日本大震災以後は福島の子ども達のために必死の救援活動を続けておられる鎌田實先生、それからお父様のあとを引き継いで六十年にもわたり諏訪地方の僻地医療に心を砕いてこられた小松道俊先生とは画家の原田泰治さんを通じて極めて親しくお付き合いをさせていただいている仲なのだが、あるときお二人と食事をしていると、こんなことを仰った。

「風に立つライオンはいい歌だなあ。地域で頑張ってる僕たちは、あんな凄いライオンじゃあないけど、まあなんだなあ、八ヶ岳に立つ野ウサギくらいにはなりたいとお互いを励まし合っているんだよ」

温かなジョークだったが、僕は後にこのお二人のために本当に「八ヶ岳に立つ野ウサギ」という歌を書いて捧げたことがある。

もとより歌は、全て発表した瞬間に僕の所有物ではなくなるが、この歌のように多くの人人を刺激し、沢山のムーブメントを産み出す歌が僕に降ってきたのは初めてのことである。


さて、この物語は大沢たかおさんの強い奨めに従い、彼のために書いた。

僕の小説『解夏』の映画化にあたって主役を演じ、『眉山』が映画化されたときには主役の恋人役を演じてくれた大沢さんは、僕の小説の大切な読者の一人でもある。

二年ほど前から「是非書いて」とおだてられて、その気になったが、書き上げるまでに思いがけず長い時間がかかった。

諏訪の小松道俊先生は数年前から肺がんで闘病しておられ、この春容態が急変したので、どうかお元気なうちにこの小説を捧げたいと思ったが、無念にもそれは果たせなかった。

本作を執筆するにあたり、様々なヒントや影響を与えてくださった方々に心から感謝し、この物語を捧げたいと思う。

東京において、主治医のように僕の身体を気遣ってくださり、現在は一念発起して奄美大島で地域医療に貢献されている越智康仁先生、名古屋では、現在も主治医の如く僕の身体のことを人一倍心配してくださっている一般財団法人名古屋公衆医学研究所理事長の佐藤孝道先生、また、柴田紘一郎先生のホームグラウンドになる宮崎市の医療法人耕和会迫田病院の迫田耕一朗理事長とそのスタッフの皆さんに、それから長崎大学学長・片峰茂先生、長崎大学国際連携研究戦略副本部長・青木克己先生に、また昨年暮れから母の生命をお救いくださるためにご尽力くださった、半蔵門胃腸クリニック院長・掛谷和俊先生はじめ、大分大学学長・北野正剛先生、付属病院の猪股雅史先生、岩下幸雄先生とそのスタッフの皆さんと、諫早総合病院の西浦義博先生に、そして何より第3部の主人公のモデルであり、笑う避難所の主役であった石巻明友館自主避難所リーダー千葉恵弘くんと班長の糸数博くんに、心を込め、謹んでこの物語を捧げる。

平成二十五年六月

さだまさし

本書は書き下ろしです。
原稿枚数592枚（400字詰め）。

〈著者紹介〉

1952年長崎市生まれ。72年にグレープとしてデビュー、「精霊流し」「無縁坂」などが大ヒットする。グレープを解散後、シングル「線香花火」でソロデビュー。87年、「風に立つライオン」を発表。2001年、初小説『精霊流し』がベストセラーになる。同作品をはじめ、小説『解夏』『眉山』『アントキノイノチ』はいずれも映画化され、話題に。その他の小説に『はかぼんさん　空蝉風土記』『かすてぃら』などがある。13年7月、4000回目のソロコンサートを開催。

風に立つライオン

二〇一三年七月一七日　第一刷発行

著者　さだまさし
発行者　見城徹
発行所　株式会社　幻冬舎
〒一五一－〇〇五一
東京都渋谷区千駄ヶ谷四－九－七
電話　〇三－五四一一－六二一一〔編集〕
　　　〇三－五四一一－六二二二〔営業〕
振替　〇〇一二〇－八－七六七六四三
GENTOSHA
印刷・製本所　図書印刷株式会社

検印廃止

ISBN978-4-344-02422-9　C0093
幻冬舎ホームページアドレス http://www.gentosha.co.jp/
この本に関するご意見・ご感想をメールでお寄せいただく場合は、
comment@gentosha.co.jpまで。